IMPOSTORS

L'auteur

Scott Westerfeld est né au Texas. Compositeur de musique électronique pour la scène, concepteur multimédia et critique littéraire, il vit entre New York et Sydney.

Il est l'auteur de cinq romans de S.-F. pour adultes, dont l'*I.A. et son double*, déjà paru en France, et le space opera en deux parties paru aux éditions Pocket : *Les Légions immortelles* et *Le Secret de l'Empire*.

Scott Westerfeld écrit également pour les jeunes adultes : les séries best-sellers *Uglies* et *Midnighters*, ainsi que la trilogie *Léviathan*, toutes parues aux éditions Pocket Jeunesse.

Du même auteur :

La série Uglies

1. Uglies
2. Pretties
3. Specials
4. Extras
5. Secrets

La série Léviathan

1. Léviathan
2. Béhémoth
3. Goliath

Afterworlds

Retrouvez l'auteur sur son site :
www.scottwesterfeld.com

Par l'auteur de la série best-seller UGLIES

SCOTT WESTERFELD

IMPOSTORS

Traduit de l'anglais (États-Unis)
par Guillaume Fournier

POCKET JEUNESSE
PKJ·

Titre original :
Impostors

Publié pour la première fois en 2018 chez Scholasback

Loi n° 49 956 du 16 juillet 1949 sur les publications
destinées à la jeunesse : septembre 2019

ISBN : 978-2-266-28385-4
Dépôt légal : septembre 2019

À tous ceux qui luttent pour leur droit à exister.

PARTIE I
OTAGE

Considérez vos soldats comme vos enfants,
et ils vous suivront dans les vallées les plus profondes.

Sun Tzu

TUEUR

Nous sommes sur le point de mourir. Probablement.

Notre meilleure chance repose sur le couteau à impulsions que j'ai dans la main. Il tremble légèrement, comme un oiseau. C'est comme ça que mon instructrice, Naya, m'a appris à le tenir.

Doucement, pour ne pas l'écraser.

Fermement, pour l'empêcher de s'envoler.

Le truc, c'est que mon couteau à impulsions a *vraiment* envie de s'envoler. C'est une arme militaire. Rusée comme un corbeau, pas plus docile qu'un jeune faucon. Elle adore se battre.

Elle va être servie. L'assassin, à une vingtaine de mètres, est en train de mitrailler l'estrade sur laquelle ma sœur vient de prononcer son premier discours en public. Les dignitaires de Shreve présents dans l'assistance gisent à travers la salle – morts, feignant de l'être ou cherchant juste à se faire oublier. Drones de sécurité et hovercams jonchent le sol, court-circuités par un dispositif de brouillage.

Ma sœur est pelotonnée près de moi, cramponnée à ma main libre. Ses ongles s'enfoncent dans ma peau.

Nous sommes cachées derrière une table renversée. Du chêne de cinq centimètres d'épaisseur, mais le tueur a un pistolet-mitrailleur. Nous pourrions aussi bien nous abriter derrière un rosier.

Au moins, personne ne peut nous voir ensemble.

Nous avons quinze ans toutes les deux.

C'est la première fois qu'on essaie de nous tuer.

Mon cœur bat la chamade, mais je n'oublie pas de respirer.

Il y a quelque chose de grisant à sentir que tout ce à quoi je me suis préparée va arriver.

Enfin, je fais ce pourquoi je suis née.

Sauver ma sœur.

Les communications sont coupées, mais j'entends encore la voix de Naya dans ma tête, souvenir de milliers de séances d'entraînement – *Es-tu en mesure de protéger Rafia ?*

Pas sans neutraliser cet assaillant.

Alors fais-le.

— Reste ici, dis-je.

Rafi lève la tête vers moi. Elle a une coupure juste au-dessus de l'œil – elle a dû recevoir un éclat de bois. Incrédule, elle la frôle du bout des doigts. Ses professeurs ne l'ont jamais fait saigner, elle.

Elle a vingt-six minutes de plus que moi. C'est pour ça qu'elle prononce les discours et que je m'entraîne avec les couteaux.

— Ne me laisse pas, Frey, murmure-t-elle.

— Jamais. Je serai toujours là pour toi. (C'est ce que je lui souffle de mon lit à côté du sien, quand elle fait des cauchemars.) Maintenant j'ai besoin de ma main, Rafi.

Elle croise mon regard, y trouve cette confiance inébranlable qui nous unit.

Alors qu'elle me lâche, l'assassin se remet à tirer dans un fracas dévastateur. Il tire au hasard, à l'aveuglette. Notre père était censé être là ; il a annulé à la dernière minute.

Peut-être que le tueur ne pense même pas à Rafi. Je suis sûre qu'il n'est pas au courant pour moi, mes huit ans de formation au combat. Et mon couteau à impulsions.

Je passe à l'action.

DOUBLURE

Le discours de Rafi était parfait. Intelligent, bien tourné. Inattendu et drôle, comme les histoires qu'elle me raconte après l'extinction des feux.

Les dignitaires l'ont adorée.

Je l'écoutais en coulisse, hors de vue, portant la même robe qu'elle. Tout est identique chez nous : nos visages parce que nous sommes jumelles et le reste parce que nous travaillons dur pour ça. Je suis plus musclée, mais Rafi s'exerce avec des poids pour sculpter ses bras comme les miens. Quand elle grossit, j'ajoute une épaisseur de blindage sous mes vêtements. Nous avons la même coupe de cheveux, les mêmes tatouages et subissons chaque fois les mêmes opérations.

Je me tenais prête à prendre sa place pour saluer la foule à l'extérieur. Au cas où il y aurait un sniper.

Je suis sa doublure. Et sa dernière ligne de défense.

Un tonnerre d'applaudissements a éclaté quand elle a terminé son discours et s'est dirigée vers le balcon – la fille bien-aimée qui s'exprime au nom du leader absent. Les hovercams se sont élevées dans les airs comme les lanternes volantes le jour de l'anniversaire de notre père.

Nous étions sur le point d'échanger nos places au moment où l'assassin a ouvert le feu.

***

Je rampe hors de ma cachette.

L'odeur de métal chaud du pistolet-mitrailleur flotte dans l'air. Mêlée aux arômes de viande rôtie et du vin répandu. L'assassin se remet à tirer – le grondement de son arme me donne un coup de fouet.

Je suis née pour cet instant.

Il reste une table encore debout entre l'assassin et moi. Je me tortille entre les pieds de chaise et l'argenterie tombée au sol, je dépasse un corps agité de spasmes.

Sur le dos, les yeux levés vers le dessous de la table, je sens le vin me couler sur le visage à travers les trous creusés par les balles. Un vrai nectar aux arômes fruités : on ne sert pas de la piquette à la table de notre père.

Je serre mon couteau pour régler les impulsions à fond. Il gémit entre mes doigts, frémissant, brûlant, prêt à déchiqueter le monde entier.

Je ferme les yeux et l'enfonce à travers la table.

Notre père brûle du vrai bois dans son pavillon de chasse. Il y a tellement de fumée piégée dans ces bûches, elle s'élève dans le ciel jusqu'à un kilomètre. Un couteau à impulsions à pleine puissance libère autant d'énergie. Les molécules se désagrègent au-dessus de moi.

Plateau de chêne, assiettes et nourriture se volatilisent en un tourbillon de fragments, un nuage incandescent qui roule à travers la salle. La sciure scintille au milieu des particules de verre vaporisé.

L'assassin s'arrête de tirer. Il ne voit plus rien.

Moi non plus, mais j'ai déjà prévu ce que j'allais faire.

Je m'extirpe des débris de la table, retenant ma respiration dans la poussière. Au bord de l'estrade, je me relève, toujours aveuglée.

Un cliquetis métallique résonne dans la salle. Le tueur recharge son arme, il utilise des munitions améliorées qui sont plus discrètes, plus difficiles à détecter.

Il recharge afin de pouvoir tirer à l'aveuglette et abattre tout le monde.

Ma sœur est toujours là, dans la poussière.

Je sens un goût de sciure sur ma langue, avec une infime trace de nourriture. Je règle mon couteau à impulsions. Je le tiens comme une fléchette frémissante.

Alors l'assassin commet une erreur…

Il tousse.

Un simple mouvement du poignet et le couteau s'échappe de mes doigts, mortel, avide de sang. Une milliseconde plus tard, j'entends le même bruit que lorsque je m'entraîne sur des carcasses de porcs : les tissus qui se déchirent, les os qui se brisent.

La poussière est balayée par un souffle provenant de l'endroit où mon couteau a touché sa cible. Les jambes de l'assassin apparaissent, sans rien au-dessus de la taille ; rien d'autre qu'une vapeur sanglante.

Elles tiennent toutes seules un instant, sinistres, puis basculent sur l'estrade.

Le couteau me revient dans la main, chaud et glissant. L'air autour de moi a comme un goût de fer.

Je viens de tuer une personne, et la seule chose à laquelle je pense, c'est…

Ma sœur est sauvée.

Ma sœur est sauvée.

Je saute au bas de l'estrade et me précipite auprès de Rafi toujours cachée derrière la table. Elle respire à travers une serviette, dont elle me tend un bout.

Je reste en alerte, prête à me battre. Mais la salle résonne du bourdonnement des drones de sécurité qui se rallument. L'assassin devait porter le brouilleur sur lui ; il a sans doute été vaporisé avec.

Je finis par éteindre mon couteau. Je me mets à trembler, et soudain c'est au tour de Rafi d'avoir les idées claires.

— Allons-y, petite sœur, me chuchote-t-elle. Avant que quelqu'un ne s'aperçoive qu'on est deux.

Elle a raison. La poussière est en train de se dissiper, les survivants se frottent les yeux. Nous filons par une trappe d'accès sous l'estrade.

Nous avons grandi dans cette maison. Nous jouions à cache-cache dans cette salle avec des lentilles de vision nocturne. C'était toujours moi la chasseuse.

Les communications sont rétablies, et j'entends la voix de Naya dans mon oreille :

— On vous voit, Frey. Pierre Précieuse a-t-elle besoin de soins ?

C'est la première fois que nous utilisons le nom de code de Rafi dans une vraie situation de combat.

— Elle a une petite entaille, dis-je. Au-dessus de l'œil.

— Conduis-la dans la cuisine au sous-sol. Beau travail.

Ce compliment résonne de manière étrange. Tout l'entraînement que j'ai suivi en prévision de ce moment, oui, c'était du travail. Mais ça ?

Ça, c'est moi. C'est ce que je suis.

***

— C'est fini ? je demande à Naya.

— Nous n'en sommes pas sûrs. Votre père est coincé à l'autre bout de la ville.

Dans sa réponse, j'entends la possibilité que cet attentat ne soit que le début d'une opération plus vaste.

Le signe que les rebelles se mobilisent en force contre notre père.

Je guide Rafi jusqu'à l'escalier qui mène en bas. Drones de nettoyage et cafards détalent sur notre passage.

Cinq soldats – la totalité des membres de la Sécurité qui sont au courant de mon existence – nous retrouvent dans la cuisine évacuée par le personnel. Un médecin braque une lampe dans les yeux de Rafi, nettoie et panse sa plaie, vide ses poumons de la poussière et de la fumée.

Nous nous replions en petit groupe vers l'ascenseur sécurisé. Les soldats se pressent autour de Rafi et moi. Avec leurs armures, on dirait des géants protecteurs.

Ma sœur a toujours le regard vitreux.

— C'était pour de vrai ? demande-t-elle à voix basse.

Je lui prends la main.

— Bien sûr.

Mes entraîneurs nous ont fait suivre des centaines d'exercices avec des cadavres et des pistolets-mitrailleurs, mais jamais en public.

Rafi touche son pansement au front, comme si elle ne parvenait pas à croire qu'on a essayé de la tuer.

— Ce n'est rien, dis-je. Tu vas bien.

— Et toi, Frey ?

— Pas une égratignure.

Rafi secoue la tête.

— Non, je veux dire, est-ce que quelqu'un t'a vue... avec moi ?

Je la regarde bien en face. Ses craintes douchent mon excitation. Et si quelqu'un nous avait vues dans la grande salle ? Une doublure perd tout intérêt si quelqu'un s'aperçoit de la supercherie.

Dans ce cas, à quoi servirais-je encore ?

— Personne n'a rien vu, dis-je.

Il y avait trop de poussière, trop de confusion, trop de blessés et de mourants. Les hovercams étaient neutralisées.

Et le plus important, c'est que j'ai sauvé ma sœur. Je me laisse alors gagner par un sentiment d'euphorie.

Je ne me suis jamais sentie aussi bien de ma vie.

CICATRICE

— Je veux une cicatrice, déclare Rafi.

Notre médecin ne dit plus rien.

On nous a installées au centre médical de la tour, où notre père suit son traitement de longévité. Les surfaces sont rutilantes, le personnel porte des tenues blanches jetables. Rafi et moi sommes allongées dans des fauteuils de relaxation face à une baie vitrée offrant une vue panoramique sur Shreve qui se perd à l'horizon dans la forêt et les nuages d'orage.

Notre père n'est pas encore rentré, même si la ville est restée calme. Il ne s'agissait pas d'une révolution. Juste d'un tueur isolé.

L'assistante du docteur découpe ma jolie robe à la recherche de plaies éventuelles que l'adrénaline m'aurait empêchée de sentir. Elle est la seule membre du personnel d'Orteg qui soit au courant de mon existence.

Elle semble toujours avoir peur de moi. Peut-être à cause de toutes les blessures que j'ai pu recevoir à l'entraînement. Ou parce que, si elle a un jour le malheur de parler de moi, on la fera disparaître. Elle ne m'a jamais dit son nom.

Le Dr Orteg se penche sur Rafi et lui braque sa lampe sur le front.

— Je peux vous effacer ça en une minute. Ça ne fera même pas mal.

— Je me fiche d'avoir mal, réplique-t-elle en repoussant sèchement sa lampe. Ce que je veux, c'est une cicatrice.

Le docteur et son assistante échangent un regard, comme chaque fois que Rafi commence à créer des difficultés. Ses explosions de colère se déclenchent souvent sans prévenir.

Le Dr Orteg se racle la gorge.

— Je suis sûr que votre père…

— Mon père saura exactement pourquoi. (Elle s'étire, adresse un soupir théâtral au plafond et se rappelle de faire preuve de patience envers les êtres inférieurs.) Parce qu'ils ont essayé de me tuer.

Nouveau silence. Moins effrayé, plus pensif.

Rafi est plus populaire que notre père. Personne n'a jamais fait de sondage sur la question, cependant notre staff étudie les données. La manière dont les gens parlent d'elle, l'expression sur leur visage, le mouvement de leurs yeux. Tous les éléments recueillis par la poussière de surveillance prouvent que c'est vrai.

Bien sûr, personne n'a envie d'avoir cette discussion avec notre père.

Le Dr Orteg se tourne vers moi en quête de soutien, or Rafi a raison. La cicatrice empêchera quiconque d'oublier ce qui s'est passé ce soir. Ce que les rebelles ont essayé de lui faire.

Et tout à coup je comprends.

— Comme sur ces vieilles photos de Tally Youngblood !

Les yeux de Rafi s'illuminent.

— Exactement.

Un murmure traverse la pièce.

Personne n'a revu Tally depuis des années, excepté son visage dans les nuages, comme s'il s'agissait d'une sainte. Ou sur quelques images tremblotantes filmées par une hovercam. Néanmoins les gens continuent de la guetter.

Elle avait effectivement une cicatrice à cet endroit, juste au-dessus du sourcil. Souvenir de sa première tentative contre le régime des Pretties.

— Remarque intéressante, Frey, me complimente une voix depuis le seuil. Je vais demander à votre père.

C'est Dona Oliver, la secrétaire de notre père. Derrière elle est déployé un mur d'écrans : le centre de contrôle, où l'on surveille tout ce qui se passe à travers la ville. Discussions, ragots, chaque image saisie par la poussière de surveillance, tout est passé au crible.

Le Dr Orteg se remet au travail, visiblement soulagé que la décision ne lui incombe plus.

Dona se détourne de nous pour chuchoter quelque chose à son poignet. Elle est d'une beauté extravagante. De grands yeux, une peau de pêche ; cette perfection idéale qui date de l'époque des Pretties, quand tout le monde était parfait. Elle n'a jamais voulu subir d'opération pour ramener sa beauté dans des canons plus actuels. Malgré cela, elle réussit à ne pas avoir l'air d'une potiche.

Rafi saisit un petit miroir sur la table qui nous sépare.

— Je devrais peut-être porter cette cicatrice du côté gauche, comme Tally. Qu'en penses-tu, petite sœur ?

Je me penche au-dessus de la table et lui prends délicatement le menton pour mieux l'examiner.

— Laisse-la où elle est. Elle est parfaite comme ça.

Elle répond par un haussement d'épaules, mais sourit. Je suis assez satisfaite de moi, et cette satisfaction se mêle à l'excitation qui me reste du combat de tout à l'heure.

Je ne suis pas une mauvaise diplomate, bien que la diplomatie relève plutôt des compétences de ma sœur.

Dona nous fait de nouveau face.

— Il est d'accord, annonce-t-elle. Quelque chose de discret, hein, docteur ? Du travail soigné.

— Une cicatrice élégante, s'esclaffe ma sœur, avant de se rallonger dans son fauteuil.

***

Il faut dix bonnes minutes pour peaufiner la plaie de Rafi. Apparemment, il est plus difficile d'obtenir une cicatrice élégante que d'effacer complètement une blessure.

Ma sœur demeure aussi belle, pourtant je perçois cette marque sur son visage comme un reproche silencieux. J'aurais dû être plus rapide, repérer l'assassin avant qu'il n'ait le temps d'ouvrir le feu.

Quand le Dr Orteg a terminé, il m'adresse un regard gêné : à mon tour.

Il faut qu'il m'entaille, qu'il me fasse exactement la même cicatrice.

Il s'empare d'un spray anesthésiant.

— Attendez, dis-je.

Tout le monde me regarde. Ce n'est pas moi qui donne les ordres, d'habitude. Je suis née vingt-six minutes trop tard pour ça.

— C'est que…

Au début, la raison n'est pas claire dans mon esprit. Puis elle le devient.

— Ça t'a fait mal, n'est-ce pas, Rafi ?

— Les éclats de bois dans la figure ? (Elle rit.) Oui, très.

— Alors il faut que ça me fasse mal aussi.

Les autres me regardent comme si j'avais perdu la tête ; Rafi semble ravie. Elle adore me voir créer des difficultés, même si d'habitude c'est plutôt son rôle.

— Frey a raison, déclare-t-elle. Il faut qu'on soit pareilles, à l'intérieur comme à l'extérieur.

Ma vision se trouble un peu, je suis émue. J'aime quand Rafi et moi pensons la même chose, malgré tous les efforts accomplis pour nous différencier.

— À l'intérieur comme à l'extérieur, je répète dans un murmure.

Le Dr Orteg secoue la tête.

— Il n'y a aucune raison de faire ça sans anesthésie.

Il se tourne vers Dona Oliver.

— Je trouve l'idée excellente, approuve-t-elle. Bravo, Frey.

Je lui retourne son sourire. C'est le plus beau jour de ma vie.

Je ne suis même pas déçue qu'elle ne prenne pas la peine d'appeler notre père pour lui demander la permission de me faire mal.

DOMMAGES

Une demi-heure plus tard, nous voilà seules dans notre chambre, assises côte à côte sur le lit de Rafi. Face à son miroir mural.

Nous avons baissé l'éclairage parce que j'ai mal à la tête. Le Dr Orteg a dû s'y reprendre à trois fois pour me faire la même cicatrice que Rafi.

J'ai refusé l'anesthésie jusqu'au bout. Je voulais éprouver la même sensation que ma sœur : la peau qui se déchire, le sang chaud qui s'écoule. Quand nous toucherons nos cicatrices, nous aurons le même souvenir douloureux.

— On déchire, murmure-t-elle.

C'est toujours de cette manière qu'elle parle de notre beauté, au pluriel. Comme si ce n'était pas de la vantardise puisqu'elle m'inclut.

C'est peut-être vrai, d'ailleurs. Notre mère était une Pretty naturelle. La seule de toute la ville, raconte notre père à qui veut l'entendre. Il dit que nous n'aurons jamais besoin d'aucune opération, même quand nous serons vieilles et fripées, à part peut-être quelques retouches ici et là.

Mais le mélange entre son air maussade et les traits angéliques de ma mère m'a toujours paru étrange chez nous. Et maintenant, cette cicatrice…

Comme si la Belle et la Bête avaient eu deux filles, et les avaient élevées dans la forêt.

— Je ne sais pas si on est jolies, dis-je. En tout cas, on est vivantes.

— Grâce à toi. Moi, je me suis contentée de hurler.

Je me tourne vers elle en fronçant les sourcils.

— Quand as-tu hurlé ?

— Tout le temps, répond-elle en baissant les yeux. Dans ma tête.

Rafi est restée fidèle à elle-même en présence des autres : capricieuse, pleine d'arrogance. Mais maintenant que nous sommes seules, elle baisse la voix et parle avec gravité.

— Tu n'as pas eu peur ? me demande-t-elle.

Je récite ce que notre père dit toujours.

— Les rebelles nous détestent parce qu'ils sont jaloux de ce qu'il a construit. Ce ne sont que des médiocres, qui ne méritent pas qu'on ait peur d'eux.

Rafi secoue la tête.

— Je veux dire, ça ne te fait rien d'avoir *tué* quelqu'un ?

Il me faut une seconde pour digérer la question. J'étais trop sous le choc pour y réfléchir jusque-là. Je me rappelle le bruit du couteau qui s'enfonce à travers l'assassin, le goût de son sang dans l'air.

— Dans ces moments-là, je ne suis plus moi-même, dis-je. (Mes doigts se crispent, comme si je tenais encore le couteau à impulsions.) C'est l'entraînement qui prend le dessus – toutes ces longues heures de pratique.

Elle me prend la main pour calmer mes frémissements.

— Ça, c'est ce que dirait Naya. Mais toi, comment te sens-tu ?

— Super, légère comme une brise. Je tuerais n'importe qui pour toi, Rafi.

Ses yeux restent rivés sur les miens. Et ses lèvres bougent à peine pour formuler l'ombre d'une question : *N'importe qui ?*

Je retiens mon souffle. Je n'arrive pas à croire qu'elle me demande ça, trop bas pour que la poussière de surveillance puisse nous entendre. Parce que je sais exactement à qui elle pense.

Je hoche la tête, presque imperceptiblement.

Oui, même lui.

Rafi sourit enfin et se tourne vers le miroir. Vers ces deux visages identiques avec la même cicatrice.

— Tu te souviens quand on était gamines et qu'on nous disait que c'était un jeu ? Qu'il fallait faire semblant que nous étions la même personne ? Ça paraissait irréel, à l'époque.

J'acquiesce.

— Comme si on faisait une blague au monde entier.

— Tu parles d'une blague ! C'est moins drôle quand on se fait tirer dessus.

— Il t'a ratée.

Elle indique sa plaie.

— Parle pour toi.

— Ce n'était pas une balle, Rafi. Juste… des dommages collatéraux.

Elle me touche le front d'une main délicate. Sous la crème cicatrisante, je sens une douleur sourde palpiter au rythme de mon cœur.

— Et ça, c'est quoi ?

Je me détourne, mais Rafi est toujours là, dans le miroir.

— Rien du tout, dis-je. C'est moi qui fais partie de toi pour toujours.

Elle me presse la main, et j'éprouve la même certitude que lorsque j'étais gamine. Que je possède ma valeur propre. Que je suis plus qu'une simple doublure.

— Ce n'est pas normal, tout ça, murmure-t-elle. Tous ces secrets. Les gens n'élèvent pas leurs enfants pour prendre une balle.

— Je t'ai quand même sauvée.

Rafi ne peut pas comprendre ce que j'éprouve. À ressentir toutes ces années d'entraînement, tout ce travail, toutes ces souffrances me traverser comme une décharge de foudre.

Elle se détourne de moi.

— Un jour, c'est moi qui te sauverai.

LA CHOSE LA PLUS DOUCE

Naya essaie de me faire mal.

Elle m'attaque au moyen d'un *bô*, un long bâton en bambou aux extrémités cerclées de fer. C'est l'une de ses armes favorites – elle la fait tournoyer entre ses mains, brassant l'air frais de la salle d'entraînement.

Il s'est écoulé plus d'un an depuis la tentative d'assassinat, sans autre agression contre nous. Mon entraînement se poursuit, plus dur que jamais.

Ces derniers temps, je travaille surtout avec des armes improvisées. Je ne me déplace jamais nulle part sans mon couteau à impulsions, cependant Naya veut que je sois prête en toutes circonstances.

La table des armes est jonchée d'objets divers : un écran portable, une écharpe, un vase de fleurs, un tisonnier. Je suis censée en choisir un pour me défendre.

Pas le tisonnier, évidemment. Trop prévisible, trop lourd, trop lent pour bloquer ce bâton tournoyant.

Le vase se briserait, et je suis pieds nus. Non merci.

Alors j'attrape l'écran et j'en assène un coup à Naya avec le tranchant.

L'espace d'un instant, l'objet fend l'air comme une arme redoutable. J'ai presque peur de lui faire mal. Mais d'un revers de son *bô*, Naya le réduit en miettes.

À peine si elle ferme les yeux quand elle reçoit une pluie de fragments.

J'attrape le vase et le renverse sur le tapis. Je réussirai peut-être à la faire glisser.

Mais le récipient ne contient pas d'eau, seulement des fleurs fanées. Les pétales se répandent partout comme à un mariage.

J'ai peut-être tort de ruser. Alors que Naya se rapproche, je tends la main vers le…

Crac.

Le *bô* s'abat sur le dos de ma main et déclenche une douleur fulgurante. Mes cours d'anatomie me reviennent en mémoire : tous les nerfs de la main qui s'entrelacent autour des os délicats…

La meilleure manière de neutraliser un assaillant plus fort que toi, c'est de lui casser un doigt.

Je tombe à genoux en me tenant le poignet.

— À toi, dit Naya.

Elle me jette son bâton. Il tombe au sol et rebondit. La douleur me remonte dans le bras et se répand jusque dans ma tête. J'ai un voile rouge au bord de mon champ de vision.

— Lève-toi, ordonne Naya. Le combat ne s'arrête pas quand tu as mal.

— Je crois que tu m'as cassé…

— Lève-toi et *bats-toi.*

Elle ne plaisante pas.

Mes entraîneurs me font tous l'impression d'être devenus fous ces derniers temps. Ils cherchent constamment à me faire saigner, à me briser les os. Mais c'est la première fois que Naya m'oblige à continuer après m'avoir fait aussi mal.

Je me relève tant bien que mal, tenant le bâton dans ma main gauche.

— Fais-moi bouger un peu cette arme, Frey.

Je pose ma main cassée sur le bâton et, pendant un instant, j'ai trop mal pour réfléchir de façon lucide. Puis je me rappelle – la puissance du *bô* vient de la main arrière, la main avant ne sert qu'à le guider.

Je fais tournoyer l'arme, faiblement.

— Plus vite.

C'est impossible, mais j'essaie malgré tout. Si je m'évanouis, au moins, ce sera fini.

Naya bondit vers la table puis roule hors de portée, l'écharpe entre ses mains. Elle en noue rapidement une extrémité.

Bien sûr… la réponse adéquate consistait à choisir ce qu'il y avait de plus doux, de plus moelleux sur la table.

Elle lance l'écharpe vers mon bâton. La pièce d'étoffe s'enroule autour du *bô* et me l'arrache des mains. La secousse est si douloureuse que je manque de vomir.

— La meilleure façon d'absorber une force, c'est encore de l'étrangler, me dit Naya.

Je suppose que c'est la leçon du jour, une parabole destinée à me rendre plus maligne. Mais c'est difficile de retenir quoi que ce soit quand la douleur vous coupe le souffle.

***

Cinq minutes plus tard, alors que l'autodoc travaille sur mes métacarpes, notre père me fait appeler.

Naya ne paraît pas surprise. Elle se contente de secouer la tête.

— Tu n'es pas prête.

Je la dévisage avec méfiance.

— Pas prête pour quoi ?

— Ce n'est pas à moi de te le dire.

— Est-ce qu'on doit aller quelque part ?

Elle hésite, avant de hocher la tête.

— Donc il y avait une raison pour ça, dis-je en indiquant avec ma main valide le désordre qui règne dans la salle – l'écran en miettes, les pétales de fleurs, l'écharpe encore enroulée autour du bâton de bambou.

— Il y a toujours une raison, Frey. Croyais-tu qu'on faisait ça pour le plaisir ?

Le *plaisir* ? Je me retiens de pouffer. L'autodoc émet une sorte de grondement, comme la splendide machine d'acier dans le bureau de mon père qui produit du café sur commande. Je sens distinctement mes os se ressouder et se remettre en place.

Je grimace.

Puis la lumière se fait…

Des armes improvisées. Depuis un mois.

Je ne sais pas où ils comptent nous envoyer, Rafi et moi, mais je ne pourrai pas emporter mon couteau.

***

Naya et moi empruntons l'ascenseur privé. Seules les personnes au courant de mon existence ont le droit de s'en servir. Il y a aussi des couloirs spéciaux réservés à mon usage, avec des bandes rouges pour le personnel autorisé.

Quand nous étions petites, Rafi se cachait parfois dans notre chambre pour me permettre d'explorer la tour. Je m'habillais comme elle et pouvais aller partout où je voulais. Ce n'était pas si drôle, parce que j'étais toute seule.

Alors nous avions inventé un meilleur jeu. Cela consistait à faire semblant de vivre dans un donjon infesté de monstres. Nous nous étions faufilées dans les couloirs pour espionner le personnel.

Par chance, c'est Naya qui nous avait surprises. Furieuse, elle nous avait expliqué ce qui se passerait si quelqu'un d'autre nous voyait ensemble. Quelqu'un qui ne serait pas au courant, pour moi.

Après cela, le jeu n'avait plus rien de drôle.

N'empêche que je regrette le temps où nous pouvions encore nous amuser.

J'ai la main emmaillotée dans une poche de froid pour réduire l'inflammation. Les os ont beau avoir été réparés, j'ai l'impression qu'il y a quelque chose qui cloche. Comme après chaque nouvelle blessure, j'ai peur d'avoir une déchirure interne, trop petite pour être détectée par l'autodoc.

L'ascenseur nous arrête à l'étage du bureau de notre père, et je retrouve Rafi avec son assistante. Mon père ne me voit jamais hors de la présence de ma sœur aînée. Il ne s'agirait pas de nouer une relation privilégiée avec sa fille de rechange.

Rafi jette un coup d'œil à mon pantalon de survêtement, mon visage rougi et la poche de froid que j'ai autour de la main.

— Tu sens la transpiration, observe-t-elle. (Une partie de sa formation consiste à donner l'impression de tout faire sans effort. Elle m'adresse néanmoins un haussement d'épaules pour me témoigner sa sympathie.) Au moins, ça lui évitera de se tromper.

Je souris.

Une fois, alors que nous avions dix ans, nous nous étions habillées de manière à nous faire passer l'une pour l'autre. Rafi en survêtement et moi en petite robe chasuble. Elle avait mis une heure à me maquiller ; je n'arrêtais pas de bouger.

Notre père s'y était laissé prendre, mais pas Dona. Elle nous avait privées d'hoverboard pendant un mois. Cela en valait la peine ; pendant un instant, nous avions eu l'avantage sur notre père. Nous savions quelque chose qu'il ignorait.

À présent, il nous fait attendre.

Naya consulte l'affichage numérique de ma poche de froid tandis que l'assistante de Rafi énumère à ma sœur les soirées auxquelles elle est invitée. Rien de trop public. Je vais donc pouvoir rester ici, pour compenser les heures d'entraînement perdues à cause de ma blessure à la main.

En temps normal, je serais ravie de rester à la maison. Mais après un mois d'entraînement sans relâche, j'ai envie de sortir. Dans une boîte à la mode, où je pourrais quitter un peu la suite familiale et remplacer Rafi sur la piste de danse.

Je danse mieux que ma sœur. Pas le ballet ou les danses de salon, bien sûr. S'agiter au milieu d'une foule d'inconnus en sueur ressemble davantage à un combat qu'à tout ce qu'on lui enseigne.

Une fois que son assistante a terminé, Rafi se tourne vers moi.

— Tu sais pourquoi on est là, petite sœur ?

Je secoue la tête. Elle a l'air déçue et m'adresse un de nos vieux signaux secrets. Ceux que nous avons commencé à échanger quand nous avons compris que nous étions surveillées en permanence.

Fais comme moi.

Comme s'il m'arrivait de faire autre chose.

La porte du bureau s'ouvre et Dona Oliver apparaît.

— Votre père va vous recevoir.

***

Le bureau de notre père se trouve au dernier étage de la tour, qui est une construction à l'ancienne, avec une charpente en acier. Il n'a aucune confiance dans les poutrelles magnétiques, il préfère le métal et la pierre.

À deux cents mètres de haut, la ville a l'air minuscule. La forêt est un tapis vert à l'horizon. Les nuages, par contre, demeurent imposants ; ils flottent dans le lointain, hors d'atteinte.

Ma sœur fait une révérence et moi un hochement de tête. Le regard rivé sur un écran, notre père ne donne pas signe de s'être aperçu de notre présence.

— Vous avez remarqué le changement dans votre routine, les filles ? nous demande Dona.

— Difficile de passer à côté, réplique Rafi. Vous m'avez envoyée à *toutes* les soirées, et regardez la pauvre Frey. Elle s'est fait casser la main !

— Un moment douloureux, j'en suis sûre, convient Dona. Mais nécessaire.

Rafi se tourne vers notre père.

— C'est l'accord avec les Palafox, c'est ça ?

Toujours absorbé par son écran, il sourit pour lui-même.

J'ignore de quel accord ils parlent. Les affaires et la politique ne sont pas mon domaine. Je sais simplement que les Palafox sont la première famille de Victoria. Une ville modeste, plus faible que Shreve, à quatre cents kilomètres au sud. Pas une menace militaire.

— Excellent, Rafia, la complimente Dona avec un petit sourire. Nous sommes en train de régler les derniers détails. Le mois prochain, les opérations de récupération de Victoria fusionneront avec les nôtres.

— Autrement dit, nous assurerons la sécurité, résume Rafi. Nous les protégerons des rebelles pendant qu'ils fouillent dans les ruines.

Les ruines rouillées. Donc, c'est en rapport avec l'acier.

Tous les enfants connaissent cette histoire. Plusieurs siècles auparavant vivaient des gens appelés les Rouillés qui raffolaient du métal. Ils creusaient des mines, empoisonnaient les rivières et rasaient des montagnes entières pour s'en procurer. Ils s'en servaient pour construire leurs villes, leurs voitures, leurs outils et, bien sûr, les armes avec lesquelles ils ont fini par s'entre-détruire.

Aujourd'hui, la seule chose qui nous reste d'eux, ce sont leurs ruines. Les vestiges de leur ancien monde.

Or il est beaucoup plus facile de récupérer le métal au sein de leurs cités mortes que de l'extraire du sol. Notre père adore construire, et il aura bientôt épuisé toutes les ruines aux alentours de Shreve.

C'est pour cela qu'il cherche à conclure un accord. Une protection en échange de métal.

Dona Oliver sourit toujours, cependant l'expression de Rafi me rend nerveuse. Cette lueur dans ses yeux, comme si elle était sur le point de piquer une crise.

— Pourquoi les Palafox auraient-ils confiance en toi ? demande-t-elle en s'adressant directement à notre père.

Je retiens mon souffle ; Dona se crispe.

Il ne paraît pas fâché, pourtant. Il finit par lâcher son écran pour nous regarder toutes les deux : moi blessée, en sueur ; ma sœur vive et concentrée.

Une arme à double tranchant.

— Bonne question… Pourquoi nous laisseraient-ils envoyer une armée dans leurs ruines ? (Il sourit de nouveau.) La réponse, c'est qu'ils se méfient.

Le sang palpite dans ma main meurtrie.

Personne ne veut plus se fier à notre père. Tout le monde se rappelle ce qu'il a fait à ses soutiens ici, à Shreve, une fois qu'il a obtenu d'eux ce qu'il voulait. Ils ne sont plus rien, maintenant. C'est comme s'ils n'avaient jamais existé.

Notre père fabrique sa propre réalité.

— Les Palafox veulent un témoignage de bonne volonté, continue-t-il. Une garantie qu'ils récupéreront leurs ruines une fois que les rebelles en auront été chassés.

Ma sœur a les yeux qui brillent. Elle semble au bord des larmes.

— Papa. Ne fais pas ça.

— Ils ont insisté, dit-il d'une voix douce. Il leur faut quelque chose que nous ne voudrons jamais risquer de perdre. Qui soit plus important à nos yeux que n'importe quoi d'autre au monde. Quelque chose de précieux.

— Pas question ! s'écrie Rafi. Je ne te laisserai pas faire !

Un silence mortel s'installe, comme chaque fois qu'elle élève la voix contre notre père. Dona semble vouloir disparaître. Et je commence à comprendre de quoi ils parlent : d'envoyer ma sœur en otage chez les Palafox.

C'est elle qui garantira l'accord. Si notre père garde les ruines, les Palafox garderont Rafi.

Je sens le monde vaciller sous mes pieds. Nous n'avons jamais été séparées plus de quelques jours.

— Ce sont leurs conditions, explique-t-il. Les Palafox ont insisté.

— Mais ils comprendront tout de suite ! proteste Rafi en s'approchant de son bureau. Si tu crois qu'elle réussira à donner le change…

C'est là que mon cerveau embrumé par la douleur finit par comprendre. Rafi a consacré ces derniers temps à participer à des événements mondains, à développer sa popularité, à se rendre indispensable à notre père. Pendant que je m'entraînais avec des armes improvisées.

Parce que personne ne laisserait un couteau à impulsions à une otage.

Ce n'est pas elle qui servira de garantie.

C'est moi.

Le monde se dérobe un peu plus sous mes pieds.

— Frey se débrouillera très bien, assure Dona.

Rafi pivote pour lui faire face.

— Sur quelle planète ? Il ne s'agit pas d'une bande d'anonymes qui veulent un autographe. Nous sommes en train de parler d'une première famille !

— Nous la formerons, promet Dona.

— En un mois ? Elle ne sait pas comment s'habiller, comment se comporter à table. Elle sait à peine tenir une conversation !

Les paroles de Rafi me piquent au vif, même si je comprends qu'elle essaie de me protéger.

— C'est vrai, convient Dona. Ce n'est pas quelque chose que nous avions anticipé dans notre programme d'entraînement.

— Vous ne vous rendez pas compte, insiste Rafi en se retournant vers notre père. Les autres familles ne sont pas aussi vulnérables que tu le crois, papa. Les Palafox vont la manger toute crue !

Je fixe Rafi avec indignation. Pour qui me prend-elle ? Elle ne va quand même pas me garder enfermée dans notre chambre pour toujours !

Mais personne ne m'a demandé mon avis. Personne n'a même un regard pour moi. Ils ont tellement l'habitude de faire comme si je n'existais pas.

— Je peux y arriver.

Un nouveau silence s'installe. À croire qu'ils avaient oublié que je sais parler.

— Je me fais passer pour toi depuis seize ans, Rafi. Je suis née pour ça.

Ma sœur me dévisage avec incrédulité. Elle voudrait continuer à protester, mais ma trahison lui a coupé l'herbe sous le pied.

Notre père m'adresse un sourire compatissant.

— Brave fille. (Son regard se perd à nouveau dans le vague.) C'est décidé.

Soulagée, Dona nous reconduit hors de son bureau.

— Venez. Nous avons du pain sur la planche, Frey. Tes cours de français commencent ce soir.

— De français ? dis-je. Mais Victoria est au sud. Pourquoi pas des cours d'espagnol ?

Rafi pousse un soupir.

— Leur fils aîné va au lycée à Genève. Tu ne le savais pas ?

Je secoue la tête. Parce que je ne savais pas que les Palafox avaient un fils. Je ne savais même pas qu'on parlait français à Genève.

Je ne sais rien, en fait.

Rafi m'adresse un sourire maussade.

— *T'es dans la merde*, lance-t-elle.

Malgré mon français épouvantable, je crois saisir assez bien ce que ça veut dire.

MACHIAVEL

— T*on accent est nul*, observe Rafi.
— J'en suis consciente.
— *Recommence*, m'ordonne-t-elle.

Et la simulation redémarre.

Je fais de mon mieux – vraiment – mais, au milieu de l'exercice, j'ai la langue qui fourche. Le type à l'écran a l'air perplexe. Il porte un béret et on voit l'hoverdrome de Paris derrière lui, parce que cette simulation est destinée aux gamins.

Agacée par ce nouvel échec, Rafi boucle l'exercice à ma place. Sans aucune difficulté. Sans la moindre faute. Trop vite pour que ça puisse m'aider.

L'homme au béret se remet à sourire.

Je le déteste.

Ma sœur apprend des nouvelles langues tous les jours, toute la journée. Quand elle pointe quelque chose avec deux doigts, le cyrano qu'elle a dans l'oreille lui donne le nom français ; trois doigts pour l'allemand. Elle a des professeurs humains dans les deux langues, pour lui apprendre les gestes et les expressions d'usage, de manière à ne pas donner l'impression d'avoir été instruite par une machine.

Bien sûr qu'elle est meilleure que moi. Pendant que j'apprenais à me battre, Rafi perfectionnait sa culture générale et sa vivacité d'esprit.

Elle fait un petit geste dégoûté avec la main et l'écran se volatilise. Je la trouve d'une humeur massacrante depuis notre entretien avec notre père.

— Je n'en reviens pas que tu aies tout oublié, Frey !

Rafi m'a appris des rudiments de français quand nous étions petites. De manière à ce que je puisse répondre à des appels sans la faire passer pour une ignare. Mais ma conjugaison n'avait pas besoin d'être irréprochable pour ça.

La conjugaison des verbes en français, c'est l'enfer.

— On ne va pas me faire passer un examen, Rafi. Je te parie que les Palafox ne sont même pas au courant que tu parles français !

— Ils sauront tout ce qu'il y a à savoir sur moi. Tu te souviens de notre voyage à Montré ?

Elle fait un petit geste de la main et l'écran réapparaît : on y voit Rafi aux infos, radieuse, qui prend la pause avec des enfants en tenues d'écoliers dans un jardin enneigé. Pleine d'assurance, charmante, elle n'a pas du tout la tête d'une personne en train de massacrer la grammaire locale.

Il n'y a pas d'écolier dans le souvenir que je garde de ce voyage. J'étais restée cachée dans notre suite privée pendant que ma sœur et mon père sortaient rencontrer les gens importants. Puis je prenais sa place devant des foules polies, portant des fourrures synthétiques par-dessus mon gilet pare-balles. Une cible humaine les deux pieds dans la neige.

Les voyages n'ont rien de très amusant pour moi. Je dois continuer à me cacher dans un espace beaucoup plus réduit.

Je me laisse tomber en arrière sur mon lit.

— Donc c'est ta faute, parce que tu as voulu frimer.

— Non, c'est ta faute, parce que tu lui as dit que tu voulais y aller !

— Ce que je peux dire n'a aucune importance.

Je soutiens le regard de Rafi. Je la mets au défi de me contredire.

Elle détourne les yeux.

— D'accord. Alors c'est *sa* faute. Si les gens avaient confiance en lui, les Palafox n'auraient pas besoin d'otage.

Je hausse les épaules. C'est comme ça. *Il* est comme ça. Et la part de moi qui a courageusement pris la parole devant notre père tient vraiment à faire ça.

Rafi ne peut pas comprendre. Tous les jours, elle doit séduire des gens et s'assurer que les citoyens de Shreve nous aiment autant qu'ils nous craignent. Alors que mes années d'entraînement n'ont trouvé leur utilité que pendant deux minutes et quatre secondes, le temps qu'il m'a fallu pour lui sauver la vie.

— J'ai besoin de faire ça, Rafi.

Elle me répond dans un murmure :

— De l'aider ? Il ne te voit même pas.

Je me détourne, piquée au vif. Ce sont des choses qu'elle ne dit pas d'habitude.

— J'ai envie de me sentir utile.

Elle soupire.

— Tu ne le détestes pas autant que moi.

C'est une vieille accusation. Mais c'est naturel pour Rafi de détester notre père : au moins, il reconnaît son existence.

— Je ne resterai pas absente longtemps. Deux mois pour sécuriser les ruines, a dit Dona.

— « Sécuriser les ruines » ? Si tu veux donner le change aux Palafox, laisse tomber le jargon militaire. (Rafi se rend à la fenêtre pour jeter un coup d'œil maussade sur le jardin.) Cet acharnement à vouloir faire les poubelles des Rouillés, ça me dépasse.

— Tout le monde a besoin de métal. On ne va quand même pas se remettre à creuser le sol.

Parce que c'est comme ça que les Rouillés ont conduit le monde au bord de l'abîme, récite-t-elle. Peut-être que le régime des Pretties n'avait pas complètement tort. Si tout le monde avait encore la tête vide, il y aurait peut-être moins de combats.

Je ris, parce que je suppose qu'elle plaisante.

Le régime des Pretties a pris fin juste avant notre naissance. À l'époque, tout le monde subissait une opération à l'âge de seize ans. Ça vous rendait joli, mais pas seulement. Ça modifiait aussi votre façon de penser.

Les Pretties ne remettaient jamais les autorités en question, ils consommaient une quantité de ressources raisonnable et rien de plus. Les villes utilisaient l'énergie solaire pour leur électricité et recyclaient le moindre bout de métal. Personne n'exploitait les ruines rouillées ; elles constituaient une réserve stratégique, l'assurance que l'humanité n'aurait plus jamais besoin de miner le sol.

Puis une jeune fille du nom de Tally Youngblood était devenue la première rebelle. Elle avait abattu le régime des Pretties, et les gens s'étaient mis à penser par eux-mêmes. On avait appelé cela le raz-de-cervelle – le réveil soudain de toutes ces têtes vides. Les villes étaient devenues ambitieuses, avides de s'étendre.

La liberté avait aussi un effet destructeur.

Des personnes comme notre père avaient profité du chaos pour s'emparer du pouvoir. Ils avaient fondé une nouvelle organisation, de nouvelles villes, et lancé une course pour le métal. Désormais, les ruines n'étaient plus simplement le témoignage des excès des Rouillés. Elles étaient aussi une invitation à prendre un nouveau départ.

Tally avait peut-être disparu, mais il restait des rebelles pour estimer qu'on ne devrait pas toucher aux ruines.

— Tu aurais détesté être une tête vide, fais-je remarquer. Ils avaient des lésions au cerveau !

Rafi hausse les épaules.

— N'empêche qu'ils étaient heureux en permanence. Ils n'avaient pas à s'inquiéter de se faire tirer dessus. Ils n'étaient jamais en guerre.

— Ils étaient trop bêtes pour se faire la guerre !

Elle secoue la tête.

— Ce n'est pas avec ce genre de réflexions que tu vas impressionner tes hôtes.

— Oh, je parlerai le moins possible. Je ne serai pas obligée d'enchaîner les mots d'esprit, quand même ?

— Parce que tu crois que c'est ça, ton principal problème ? (Rafi commence à compter sur ses doigts.) Tu ne sais pas quels motifs sont à la mode en ce moment. Tu n'es pas au courant des derniers ragots ; qui n'est plus invité aux soirées, et pourquoi. Tu ne saurais même pas changer de sujet si la conversation devenait gênante !

Je me lève et viens me planter devant la fenêtre de notre chambre. J'ai des fourmis dans les mains.

— Je t'adore, petite sœur, continue Rafi d'une voix douce. Mais tu n'es pas normale. Tu t'intéresses aux issues de secours et aux armes improvisées plutôt qu'aux fringues ou à la musique. Et puis tu manges comme une sauvage.

Elle m'a déjà dit tout ça : le fait d'être élevée en tant que doublure m'avait rendue différente. Toujours avec affection, parce que au moins je n'étais pas une peste prétentieuse comme la plupart de ses amies. Sauf que la manière dont elle le dit maintenant me fait me sentir seule.

Le truc, c'est que je suis capable de sourire comme Rafi, de bouger comme elle, d'imiter ses expressions. Je peux lire un discours sur écran oculaire avec les mêmes pauses, les mêmes inflexions de voix. Nous nous tenons toutes les deux de la même manière sur un hoverboard.

Mais je ne connais pas les *gens* aussi bien qu'elle. Elle est capable de s'adresser à n'importe qui – dignitaire, soldat, anonyme dans une file d'attente – avec une aisance parfaite. Elle a des centaines d'amis que je n'ai pratiquement jamais rencontrés. J'ai mémorisé leurs visages pour savoir qui saluer sur la piste de danse. Je connais sa vie de manière fragmentaire, comme une fête que j'aurais espionnée par un trou de serrure.

C'est peut-être pour ça que je tiens tellement à me rendre à Victoria. Afin de pouvoir vivre ma propre fête, pour une fois.

Je fais une petite moue.

— Je n'aurai qu'à bouder sans arrêt, ils n'y verront que du feu. Deux mois à faire la tête, ce n'est pas si long.

Je maîtrise à la perfection son expression boudeuse. Ça ne fait pas rire Rafi.

— Il faudra jouer les invitées modèles, Frey. Ce serait un désastre pour les deux familles si quelqu'un comprenait que tu es là en otage.

— Qui pourrait croire une chose pareille ? Je veux dire, c'est déjà arrivé par le passé ?

— Pas depuis sept cents ans. Ce que tu saurais si tu avais lu Machiavel. (Sa voix baisse d'un ton.) Mais c'est de papa qu'on est en train de parler. Tu crois qu'il… ? (Elle hésite.) Sensei Noriko.

Nous nous rendons à la salle de bains et ouvrons tous les robinets d'eau chaude à fond, noyant la pièce dans la vapeur au cas où de la poussière de surveillance traînerait dans les coins. Nous patientons en silence le temps que les miroirs s'embrument.

Sensei Noriko était la professeure de bienséance de Rafi. Elle lui enseignait tous les raffinements subtils que je n'avais pas besoin de connaître – comment se tenir à table, se servir d'un éventail, rester assise lors d'une cérémonie du thé. Elle n'était pas au courant pour moi.

Et puis, alors que nous avions neuf ans, Rafi a décrété que j'avais besoin de travailler ma révérence. J'ai donc pris la place de ma sœur pour l'une de ses leçons.

Noriko avait l'œil acéré, elle s'est tout de suite rendu compte qu'il y avait quelque chose d'inhabituel chez moi. Elle était sur le point d'appeler la préceptrice principale de Rafi, ce qui n'aurait fait qu'aggraver les choses. Alors je lui ai avoué qui j'étais. Ce que j'étais.

Quelqu'un devait nous surveiller, parce que Sensei Noriko n'est plus jamais revenue donner des cours.

Rafi et moi avions douze ans quand nous avons osé parler à voix haute de ce qui avait dû lui arriver. Depuis, les mots *Sensei Noriko* nous rappellent que notre secret est dangereux.

Une fois la vapeur suffisamment dense, Rafi se penche vers moi et me glisse à l'oreille :

— Et s'il préparait un coup pareil depuis notre naissance ? S'il t'avait gardée cachée tout ce temps en prévision du jour où il aurait besoin de sceller un accord ?

Un frisson me parcourt.

Sur les chaînes d'infos extérieures à notre ville, les gens se demandent souvent si notre père organise tout à l'avance ou s'il improvise au fur et à mesure. Personne ne peut jamais prédire ce qu'il fera, parce qu'il décide des choses que personne d'autre ne ferait.

Comme cet échange d'otage. Comme moi.

Mais Rafi se trompe.

— C'est à cause de notre frère, dis-je à voix basse. Tu le sais bien.

Avant notre naissance, à l'époque où le raz-de-cervelle déferlait sur le monde, notre père n'était encore qu'un homme politique comme les autres. Même si certains le considéraient déjà comme dangereux.

Notre frère Seaman avait sept ans. Quelqu'un – on n'a jamais su qui – l'a kidnappé pour forcer notre père à démissionner de son siège au conseil. Contre toute attente il a refusé, et personne n'a plus jamais revu Seaman.

Il m'a donc élevée pour servir de doublure, comme un ultime moyen de défense contre les ennemis de notre famille.

— C'est exactement ce que je veux dire, chuchote Rafi. Et si papa voulait éviter de se retrouver dans la même situation ? En confiant sa fille à des étrangers, il leur laisse croire qu'ils ont l'ascendant sur lui. Or, c'est faux. Parce que, cette fois, il n'aurait rien à perdre.

Je la dévisage avec des yeux ronds – bien sûr qu'il aurait quelque chose à perdre.

Il pourrait me perdre, moi.

— Cette idée d'otage ne vient pas de lui, dis-je dans un souffle. Ce sont les Palafox qui ont insisté !

Rafi hausse un sourcil. C'est une expression qu'elle aime bien, que je n'ai jamais vraiment réussi à imiter – à la fois dubitative et perspicace. Elle se penche à nouveau.

— Et qui t'a raconté ça, petite sœur ? me glisse-t-elle à l'oreille.

CYRANO

Le mois suivant s'écoule à toute vitesse.

Cours de langues. Cours de danse.

Cours d'histoire sur le raz-de-cervelle. Sur les Palafox et leur accession au rang de première famille de Victoria. Sur les rebelles défenseurs de la nature qui tentent de les empêcher d'exploiter leurs ruines rouillées.

J'apprends à monter à cheval. À savoir ce qu'il faut porter pour un dîner officiel.

À m'adresser aux drones domestiques. À formuler des excuses sincères. À bloquer poliment la surveillance dans une maison qui n'est pas la mienne. J'apprends à faire la conversation, à maîtriser mon langage corporel, à porter un toast lors d'un repas. Et, bien sûr, quel couvert utiliser en toute occasion (il s'avère qu'effectivement je mange comme une sauvage).

Je ne m'étais jamais rendu compte à quel point ma sœur devait travailler dur pour apprendre toutes ces choses. Et tout cela, bien évidemment, sans négliger mon entraînement pour réussir à s'évader d'une ville étrangère ou à survivre en pleine nature, au cas où l'accord conclu par notre père tournerait court.

Tout cela m'épuise au point que je n'ai pas le temps de m'inquiéter à l'idée d'être séparée de Rafi et de mon couteau à impulsions. Ni à celle de devoir jouer les imposteurs pendant deux mois.

***

La veille de mon départ, malgré ma fatigue, ma grande sœur et moi restons éveillées toute la nuit.

— Pas question que tu te fasses assassiner pendant que je ne suis pas là pour te sauver, lui dis-je. Je te l'interdis !

Rafi lève les yeux au ciel et s'écarte légèrement sur son hoverboard.

— Aucune chance, réplique-t-elle. Pendant que tu seras loin, en train de vivre des aventures passionnantes, je serai coincée ici à me planquer.

— Pendant deux mois entiers ? (Je la rattrape pour qu'elle puisse voir mon expression choquée.) Tu n'y survivras jamais !

Elle ne saisit pas la plaisanterie. Ou alors, elle n'en montre rien.

Nous parvenons au bout de la propriété de notre père, où la forêt se dresse devant nous comme un tsunami sombre.

Rafi plonge au milieu des arbres sans ralentir. Elle vire sèchement sur la droite et se faufile entre les troncs, les genoux fléchis pour ne pas se faire renverser par une liane.

Je la suis tout en gardant un œil sur les voyants de mon hoverboard. Nous ne devons pas nous enfoncer trop loin dans la forêt sans quoi nous sortirions du champ magnétique de la propriété.

Des branches basses me cinglent le visage, les mains. Je bascule mon écran oculaire en mode vision nocturne et Rafi se transforme en zigzags de chaleur corporelle sur le fond bleu de la forêt. À l'issue d'un virage serré autour d'un tronc, mes bracelets anticrash se mettent à ronronner – ils me croient sur le point de tomber.

Sur son passage, Rafi fait envoler une nuée d'oiseaux, d'un blanc nacré dans ma vision nocturne. Nous grimpons au milieu de leurs battements d'ailes et débouchons au-dessus des arbres, poussant nos planches à la limite de leurs capacités.

— Attention, dis-je en pointant le doigt. Elle n'a plus qu'un seul voyant allumé.

Elle m'ignore. Tournée en arrière, elle contemple notre immeuble, une tour noire au milieu d'une mer de jardins impeccables et de sentiers à l'éclairage feutré. Deux drones de sécurité patrouillent à distance, gardant un œil sur nous et sur la forêt.

— C'est plutôt toi qui vas devoir faire attention, petite sœur.

— Ça ira. (Je tends le bras pour la ramener en direction de la propriété. Un deuxième voyant s'allume sur sa planche.) Je me suis entraînée pour ça toute ma vie.

— Tu es ravie, en fait, lâche-t-elle avec amertume. Tu es impatiente de te retrouver loin de moi.

— Je déteste être obligée de te quitter, Rafi. Mais c'est vrai que j'en ai ma claque de passer mon temps à m'entraîner. Tous ces trucs qu'il faut apprendre, quelle barbe ! (Comme elle ne paraît pas convaincue, je rajoute une part de sincérité.) Ce ne sera peut-être pas désagréable de vivre un peu au grand jour, pour une fois. Et toi, tu pourras voir ce que c'est de rester cachée en permanence.

Rafi laisse sa planche dériver vers la mienne et me prend par les épaules.

— Quand je serai au pouvoir, tu n'auras plus besoin de te cacher.

J'ai la bouche sèche, tout à coup. C'est la première fois qu'elle me dit un truc pareil. Ce n'est pas une chose à laquelle je pense souvent.

Toutefois, notre père en est à sa deuxième prolongation de vie, et les meilleures opérations de rajeunissement ne peuvent plus masquer complètement les rides qu'il a au coin des yeux.

Même si c'est difficile à croire, il lui faudra bien mourir un jour.

— J'informerai toute la ville de ton existence, promet Rafi – dans un murmure, même s'il ne peut pas y avoir de poussière de surveillance ici, au-dessus de la forêt. J'expliquerai que c'est toi qui saluais les foules. Que c'est toi qui as été courageuse quand l'assassin a essayé de nous tuer.

J'esquisse un sourire. Pourtant, l'idée que tout le monde sache la vérité à notre sujet me rend mal à l'aise.

— Tu n'as pas peur que les gens nous en veuillent de les avoir trompés ?

Elle secoue la tête.

— Ce n'est pas notre faute.

J'ai l'impression qu'on m'enlève un poids des épaules, comme chaque fois qu'elle me dit ça.

Je ne serai peut-être pas éternellement un pion dans le jeu de notre père.

— Je vais te donner quelque chose, me dit Rafi. Mon cyrano.

— J'en ai déjà un.

Je me suis entraînée à m'en servir, j'ai appris à écouter ses conseils sans rien laisser paraître. Logé au creux de mon oreille, il m'aide à respecter le protocole et à mettre un nom sur chaque visage. Il peut même corriger mes fautes de conjugaison.

— Pas comme celui-là, dit-elle en décrochant la boucle de métal brillant qu'elle a derrière l'oreille.

Je fronce les sourcils.

— Le mien est beaucoup plus petit.

— Oui, mais le mien fait plus de choses. Il parcourt les infos, propose des analyses, effectue des traductions simultanées. En pleine nature, il peut même recevoir les réseaux satellites. (Rafi sourit.) Par contre, il est complètement passif. Il n'émet pas. Totalement indétectable.

Elle me passe son cyrano. Il est tiède au toucher.

— Comment se fait-il que tu ne m'en aies jamais parlé ?

— Je ne le porte pas souvent. (Elle souffle entre ses dents.) Il n'a qu'une seule voix possible. Elle me rappelle la *sienne*.

Je manque de lâcher le cyrano, de le laisser dégringoler dans le noir entre les branches. C'est hélas la seule protection que Rafi peut m'offrir.

— Merci.

Il s'enroule derrière mon oreille, chaud et bourdonnant.

— Tu feras bien attention à toi, me recommande-t-elle.

Nous restons ainsi toute la nuit, en équilibre sur nos planches, à discuter de tout ce qui changera une fois qu'il ne sera plus là.

RUINES

Cinq hovercars bourrés de soldats me conduisent à Victoria.

Ce ne sont pas des véhicules urbains, qui voleraient sans bruit grâce à la sustentation magnétique, mais des engins militaires dont la carcasse blindée est soutenue par des rotors. Le rugissement des moteurs noie tous les bruits alentour ; nous filons au ras du désert en soulevant un tourbillon de sable dans notre sillage.

Tu es en retard, me susurre le cyrano avec la voix de mon père. *Tu as un déjeuner prévu avec les Palafox.*

Je me sens mal à l'aise dans mes vêtements. Je me suis habillée comme Rafi des centaines de fois, mais ce n'est pas la même chose lorsqu'elle n'est pas là, avec moi. Comme si c'étaient mes propres vêtements désormais.

Pourquoi sommes-nous en retard ?

Je me tourne vers la soldate sanglée à côté de moi. Plus grande que moi, large d'épaules, changée en machine de guerre par la chirurgie.

Le cyrano me rappelle son nom.

Sergente Tani Slidell. C'est elle qui commande cette unité.

— On ne devrait pas déjà être arrivés ? je crie pardessus le vacarme du moteur.

Elle jette un coup d'œil sur la droite pour consulter son écran oculaire.

— Dans huit minutes, mademoiselle. Le temps d'un petit détour au-dessus des ruines.

Je me penche vers le hublot, un rectangle de ferroglas de dix centimètres d'épaisseur. Les montagnes se dressent à l'ouest, rouge écarlate sous le soleil.

Dans ces montagnes, il y a des rebelles qui surveillent en permanence les ruines, qui guettent la moindre occasion d'attaquer et de compromettre les opérations de récupération des Palafox. Je croyais que mon escorte était là pour m'assurer un voyage rapide et sans danger.

— Pour quoi faire, ce détour ?

La vibration du moteur fait trembler ma voix.

— Les ordres, mademoiselle. Juste un peu de reconnaissance.

Je tressaille chaque fois qu'ils m'appellent mademoiselle. Dans ce voyage, personne – qu'il s'agisse des soldats, des pilotes ou du personnel diplomatique – ne sait que je suis un imposteur ou même un otage. Les infos ont annoncé une visite amicale pour renforcer l'alliance entre deux premières familles.

C'est plus sûr. Ainsi, personne ne risque de me trahir. N'empêche que je me sens seule.

J'ai toujours partagé tous mes secrets avec Rafi. Et voilà qu'elle se trouve maintenant à trois cents kilomètres. Je n'ai jamais été si loin d'elle.

Ni de mon couteau à impulsions.

Derrière le hublot, les ruines se rapprochent, formant une tache sombre au milieu du désert. Un ancien gratte-ciel dresse encore sa carcasse, à moitié désossée par les drones de récupération. Le reste de la ville morte s'étend à ses pieds. Des poutrelles métalliques sortent du sable. Des drones sentinelles bardés d'armements planent aux alentours.

Soudain, le moteur de l'hovercar se tait. Je ressens encore les vibrations.

— Nous sommes passés en mode magnétique, mademoiselle, m'explique la sergente Slidell.

Bien sûr. Il y a suffisamment de métal là-dessous. Plus besoin des rotors.

C'est le métal qui est l'enjeu de cette lutte, après tout.

Au cours du mois écoulé, j'ai appris beaucoup de choses à propos des rebelles. Ils prétendent obéir au serment de Tally Youngblood de combattre tout ce qui menace la nature. Ils disent que les nouvelles villes se développent trop vite, que le recyclage des ruines ne fait que nous rapprocher du jour où nous recommencerons à miner le sol. Selon eux, nous ne tarderons plus à redevenir exactement comme les Rouillés, à raser les montagnes, brûler les forêts, empoisonner l'air.

Les premières familles promettent que les rebelles se trompent. Qu'elles cesseront d'agrandir les villes quand les ruines ne donneront plus de métal. Que la nature ne risque rien.

Mais chacun sait que ce genre de promesse ne pèse pas lourd. D'autant que Tally n'est plus là pour faire pression.

Je me penche à nouveau vers le hublot. Deux mois suffiront-ils pour exploiter des ruines aussi vastes ?

L'éclairage de la cabine vire au jaune.

— Aux postes de combat ! lance Slidell à ses hommes, avant de se tourner vers moi. Simple précaution, mademoiselle. Les rebelles ne sont pas dangereux.

Je secoue la tête.

— Si c'était vrai, les Palafox n'auraient pas besoin de nous.

Slidell hoche la tête, surprise de voir Rafi s'intéresser à ces choses-là. Elle doit s'imaginer que je ne fais qu'apprendre les verbes irréguliers toute la journée.

— Exact, mademoiselle. Mais nous ne sommes pas comme ces mauviettes de Palafox. (Elle arme un levier sur le côté de son fusil. Un écran s'allume au-dessus du viseur, affichant la température interne de l'arme et le stock de munitions.) Nous sommes prêts à nous battre. Et les rebelles le savent.

— Vous croyez qu'ils ont peur de nous ?

— Oh, ils vont apprendre à nous connaître. En tout cas, je doute qu'ils s'attaquent à cinq de nos appareils.

Je colle mon nez au hublot. Les ruines sont juste au-dessous de nous à présent, dispersées au milieu du désert comme des jouets cassés.

— Temps restant avant l'arrivée ? je demande dans un souffle.

Onze minutes, répond le cyrano.

Slidell avait dit *huit*. Sans doute nous écartons-nous de Victoria pour nous rapprocher des montagnes. Ce détail ainsi que la voix de mon père réveillent en moi un vieux souvenir.

Je revois Naya en train de m'enfiler mon premier gilet pare-balles, de m'apprendre à baisser la tête pour me mettre à couvert, de me montrer comment recoudre mes plaies. J'avais douze ans, et c'est à ce moment-là que j'ai compris que mon rôle n'était pas uniquement de protéger ma sœur… mais aussi de servir de cible.

— Vous n'auriez pas un gilet supplémentaire pour moi ? dis-je.

Slidell me jette un regard confus.

Puis une explosion sourde retentit dans le lointain. L'hovercar tremble autour de nous, et une curieuse odeur envahit l'habitacle.

Une alarme se met à sonner.

SAUT

L'alarme fait le même bruit qu'un oiseau qu'on étranglerait à mort, encore et encore.

Les lumières de la cabine clignotent, les soldats bouclent leurs gilets de sustentation. Slidell me fourre un paquet de sangles dans les mains.

— Vous savez vous en servir ?

Un rire nerveux s'échappe de mes lèvres. Rafi et moi avons passé tout un été à jouer avec des gilets de ce genre, à sauter l'une après l'autre par la fenêtre de notre chambre au dixième étage. En faisant semblant qu'il s'agissait d'un exercice incendie.

— C'est comme un parachute, dis-je. Tant qu'il y a suffisamment de métal à proximité pour soutenir les aimants.

Je plaque le gilet contre mon torse et presse le bouton rouge. Les sangles en plastique intelligent prennent vie, s'enroulent autour de mes bras et de mes cuisses. Un instant plus tard, elles se bouclent avec un déclic.

J'entends un bourdonnement de charge, puis une lumière verte s'allume sur mon épaule. Si nous avons besoin de sauter, je suis prête.

J'ai le cœur qui bat à tout rompre. Je retrouve la même sensation que la dernière fois qu'on a essayé de me tuer.

Cette excitation. Cette détermination.

Il manque un détail, cependant : il n'y a plus de Rafi à sauver cette fois.

Il n'y a que moi. Parce que mon père me fait confiance pour gérer la situation.

Son plan m'apparaît clairement tout à coup. Ce détour au-dessus des ruines est un piège pour les rebelles, une cible pour les amener à se découvrir et montrer au monde entier que l'armée de Shreve est de taille à se défendre.

Une agitation fiévreuse règne autour de moi. Les soldats vérifient leurs armes, bouclent leur équipement. Le camouflage caméléon de leurs armures ne cesse de se brouiller pour s'adapter aux lumières clignotantes.

J'en ai la tête qui tourne. Je me penche une nouvelle fois vers le hublot : de fines colonnes blanches s'élèvent dans les airs.

— Qu'est-ce que c'est que ça ? je demande dans un murmure.

Des défenses anti-hovercars, me souffle mon cyrano.

Soudain, les colonnes s'étoilent à leur extrémité et se développent à travers le ciel comme des toiles d'araignées.

Un filament vient droit sur nous…

Il frappe le flanc de l'hovercar avec un bruit étouffé. Le paysage derrière le hublot bascule sur la gauche.

Nous sommes touchés.

Le véhicule s'enfonce sur le côté. Les soldats glissent sur le sol métallique, se raccrochent aux poignées. Slidell se dresse au-dessus de moi pour me faire un rempart de son corps.

Je me colle au hublot. Le fil qui nous a touchés est lui aussi en plastique intelligent – il s'enroule autour de la carlingue et cherche un moyen de pénétrer à l'intérieur. Une de ses branches s'infiltre dans un rotor de l'hovercar.

Elle se scinde en une centaine de filaments qui bloquent les pales.

Nous sommes coincés au-dessus des ruines. Puis nous amorçons une descente en spirale, entraînés vers le sol par le fil blanc.

L'éclairage de la cabine vire au rouge.

Pour la première fois, je lis de la peur sur les visages qui m'entourent.

Je devrais avoir peur moi aussi. Mais c'est comme dans mon rêve à propos de l'assassin. Le temps donne l'impression de ralentir, et je ressens une forme d'exaltation au milieu du chaos.

Mon père m'a envoyée là dans un but précis. C'est à moi de m'en sortir.

— Abandonnez l'appareil ! ordonne Slidell. Pierre Précieuse et moi d'abord !

Les soldats se pressent contre les parois de la cabine pour nous laisser passer.

L'hovercar tournoie sur lui-même ; ciel et terre se succèdent derrière les hublots. Une porte en œilleton s'ouvre à l'arrière et laisse un vent brûlant s'engouffrer à l'intérieur.

J'ai toutes les peines du monde à rester debout, mais Slidell m'entraîne vers la porte.

Dehors, on ne voit qu'une masse grouillante de filaments blanchâtres. Les soldats se mettent à tirer ; les détonations de leurs fusils font trembler la cabine. Ils font voler en miettes le plastique intelligent.

Le sol se rapproche à toute vitesse.

— Accrochez-vous à moi ! me crie Slidell, avant de me tirer dans le vide.

Nous dégringolons en chute libre. Prise de vertige, je sens mon estomac me remonter dans la gorge. Nous tournoyons, projetées dans les airs par la rotation de l'hovercar.

Le gantelet de Slidell se met à crachoter et à siffler – à sortir des petits jets d'air comprimé pour stabiliser notre chute. Elle parvient ainsi à contrôler notre descente.

Pendant un instant, la scène se détache sous mes yeux avec une netteté parfaite. Les soldats sautent derrière nous comme une rangée de perles, virant au bleu quand leur tenue caméléon prend la couleur du ciel. Plus loin, deux autres hovercars empêtrés dans les filaments blancs tournoient follement eux aussi. Je vois des embrasements lumineux à l'horizon, accompagnés d'un grondement sourd, comme le crépitement d'un feu d'artifice. Des balles traçantes zèbrent le ciel autour de nous. Les rebelles nous tirent dessus depuis le sol.

Les ruines grossissent en contrebas.

Puis quelque chose passe au-dessus de nous en rugissant, un autre hovercar de notre formation qui tente d'échapper aux toiles.

Le souffle de ses rotors nous précipite vers le bas. Et j'ai soudain la sensation que les ruines se rapprochent beaucoup trop vite.

La lumière de mon gilet vire au jaune.

Alerte, me dit mon cyrano. *Le gilet signale que tu es trop lourde.*

C'est Slidell qui m'entraîne vers le bas – avec son armure, ses armes et tout son équipement. Son gilet est peut-être réglé pour soutenir un tel poids. Pas le mien.

— Lâchez-moi ! je hurle.

— Ça va aller, mademoiselle. Je vous tiens !

— Non ! C'est juste que…

Je n'ai pas le temps de lui expliquer que les aimants magnétiques monopoles fonctionnent mal en tandem. Je sais seulement que le sol se rue vers nous.

— Lâchez-moi !

Voyant qu'elle ne m'écoute pas, je me roule en boule et la frappe en plein torse avec mes deux talons. L'un de mes pieds glisse sur son armure et l'atteint au menton ; sa tête part en arrière.

Elle lâche prise.

Me voilà qui tournoie de nouveau, incapable de contrôler ma chute. Le ciel, le sol, tout défile devant moi en un tourbillon vertigineux.

Au moins le voyant de mon gilet est redevenu vert.

Les sangles de mon harnais claquent quelques secondes plus tard. Elles me cisaillent les cuisses, les bras, freinant brusquement ma descente.

La carcasse d'un ancien immeuble couleur rouille, rongé par des siècles de tempêtes de sable, se dresse en dessous de moi. Je fonce droit dessus.

Je me couvre le visage avec les bras.

Le gilet de sustentation m'écarte au dernier moment des poutres de métal. Je touche une dune de sable, que je dévale brièvement en m'écorchant la peau. Puis je suis propulsée vers le haut et rebondis dans les airs.

Je suis meurtrie, les sangles de mon harnais me rentrent dans la chair. Mais je suis en vie.

Une armure sifflante me tombe dessus. S'enroule autour de moi.

C'est Slidell, dont les gantelets crachent de l'air comprimé pour guider son rebond. Elle m'entraîne vers le sol, à l'abri derrière l'immeuble en ruines.

J'atterris sur mes pieds, cette fois.

— Désolée pour le coup, lui dis-je.

Elle se frotte le menton.

— Tout le monde panique à son premier saut, mademoiselle.

Je suis sur le point de lui dire que ce n'est pas mon premier saut quand une ombre s'abat sur nous. Nous rentrons instinctivement la tête dans les épaules.

Ce n'est qu'un autre soldat.

Enfin… le corps inerte d'un soldat, les bras ballants, que son harnais fait rebondir avant de s'arrêter. Nous avons peut-être survécu à la chute, mais les rebelles continuent à nous tirer dessus.

Je fixe le cadavre sans rien dire. Quelque chose a horriblement mal tourné.

Cela aurait pu être moi.

CODE

— J'ai Pierre Précieuse ! crie Slidell dans son micro. Rassemblez-vous à mon signal !

Nous sommes à couvert sous les ruines de l'immeuble, un gratte-ciel à moitié dépouillé de son métal qui oscille sous son propre poids. Des projectiles sifflent au-dessus de nos têtes – les hovercars restants arrosent les positions des rebelles. Le ciel est strié de filaments blanchâtres, à travers lesquels d'autres soldats de mon père descendent tout en tirant.

Je porte les vêtements dans lesquels j'étais censée me présenter aux Palafox. Rafi a passé une heure à choisir cette chemise en soie couleur corail et ces sandales assorties. Elle m'a expliqué qu'elles composaient un ensemble à la fois respectueux et sobre. Idéal pour un petit déjeuner ou un déjeuner léger, mais pas pour un dîner.

Ça ne vaut pas un gilet pare-balles, et je me sens toute nue.

D'autres corps de soldats flottent dans les airs. Les rebelles sont plus forts que nous le pensions. Je dois rester cachée en attendant l'arrivée des renforts.

La dune s'enfonce à l'ombre des ruines. Je me laisse glisser le long de la pente, les deux pieds enfoncés dans le sable.

Il fait plus frais en bas. Plus sombre, aussi. Les échos de la fusillade nous parviennent comme assourdis.

Je n'avais encore jamais exploré de ruines, et pourtant cet endroit a quelque chose de familier. Ses lignes massives et carrées, peut-être, son architecture rigide. Les constructions de mon père ont le même style, avec leurs charpentes en acier.

— Mademoiselle Rafia ! me lance Slidell d'en haut. Ne vous éloignez pas, s'il vous plaît.

Mon père a sans doute prévu la suite également : le sauvetage héroïque, qui transformera l'affront en victoire éclatante.

Il fabrique sa propre réalité. Par la force s'il le faut.

— Tout va bien, je réponds à la sergente. Les renforts vont arriver.

— Bien sûr, mademoiselle. Mais nous sommes quand même à une heure de Shreve !

— Oh, ce sera plus rapide que ça, dis-je à mi-voix.

Mon père ne me laisserait pas en danger si longtemps.

Le gilet de sustentation possède une lampe intégrée, que j'allume. Des ombres dansent dans toutes les directions. Cet espace est encore plus grand que je ne l'imaginais.

Le mur du fond s'est écroulé et forme le plafond de cette salle souterraine. Des filets de sable y descendent chaque fois qu'une détonation retentit à l'extérieur. L'endroit n'est pas stable.

Ce n'est peut-être pas le meilleur refuge qui soit au milieu d'une bataille.

Pourtant, des gens sont déjà venus s'abriter ici. Le sol est jonché d'emballages de nourriture, et des traces sombres marquent encore les emplacements d'anciens feux de camp.

Il y a quelque chose d'écrit sur une poutre au-dessus de moi. Non pas dans l'écriture bâton des Rouillés, mais à grandes giclées de bombe de peinture.

« Elle ne viendra pas pour nous sauver. »

Il y a aussi des symboles que je ne reconnais pas.

— Rafia ! m'appelle Slidell en se laissant glisser derrière moi. (Dans la pénombre, son camouflage prend alternativement des teintes sable, rouille et noire.) Mon équipe est prête. Nous allons vous conduire en sécurité.

Je suis déjà en sécurité. Les renforts ne vont plus tarder.

Mon père ne me sacrifierait pas dans le seul but de remporter une victoire contre les rebelles.

— Que peuvent bien signifier ces symboles ? dis-je en braquant ma lampe sur le plafond.

Je ne sais pas, me répond le cyrano.

Slidell lève la tête, croyant que je m'adresse à elle.

— Un code rebelle, sans doute. Il devait s'agir d'une de leurs bases avant que les Palafox ne les repoussent dans les montagnes. (Elle jette un coup d'œil aux alentours.) Mauvais choix. Ce sable peut nous engloutir d'une seconde à l'autre. Sortons d'ici.

J'hésite, le regard fixé sur les symboles. Je n'obéis pas tout de suite. Je me suis comportée comme Rafi toute la journée et je commence à me glisser dans le personnage. Comme si personne n'avait d'ordres à me donner.

Je finis quand même par céder.

— D'accord, allons-y.

Slidell me reconduit au sommet de la dune, en plein soleil. Cinq autres soldats nous attendent, accroupis en cercle autour de nous.

— Le point de rendez-vous est là-bas, m'indique Slidell en pointant du doigt la ruine la plus haute, l'ancien gratte-ciel. C'est la meilleure position de repli.

— N'est-ce pas dangereux de nous déplacer au milieu de cette fusillade ?

— Il n'y en a que pour quelques minutes, mademoiselle. Après, nous serons en sécurité. Nous n'aurons plus qu'à attendre les renforts.

— Quelques minutes ? (Je secoue la tête.) Ils seront là avant.

— Mademoiselle Rafia, insiste Slidell, qui laisse percer pour la première fois une pointe d'impatience. Shreve est à une heure de vol en hovercar !

Je la regarde droit dans les yeux, tâchant de rassembler tout ce que j'ai de ma sœur en moi.

Ce n'est pas uniquement pour moi. Je suis aussi responsable de ces soldats, de mon escorte. Nous serons plus en sécurité ici qu'en essayant de nous faufiler sous le feu des rebelles.

Je suis convaincue que mon père s'attendait à cette attaque.

Qu'il *voulait* qu'elle se produise.

— On ne bouge pas, dis-je d'un ton définitif.

Slidell me fusille du regard. Elle a dix ans de plus que moi et me domine de toute sa hauteur dans son armure. J'en ai le tournis rien qu'à penser à tout ce qu'elle pourrait me faire : m'injecter un sédatif, m'attacher les poignets dans le dos avec l'une des sangles en plastique qu'elle porte à la ceinture ou simplement me soulever sur son épaule et me porter à travers les ruines, malgré mes ruades et mes protestations.

Bien sûr, elle croit avoir affaire à une Rafi sans défense.

Elle s'approche de moi, pose la main sur mon bras…

Mes réflexes de combat s'enclenchent.

Je lui happe le poignet et la tire en avant d'un coup sec. Puis je lui assène un coup de pied sur le côté du genou. Son armure protège ses ligaments, mais elle s'écroule avec un cri de douleur.

— Qu'est-ce qui vous… ?

Je me retourne face aux soldats médusés.

— Nous allons attendre ici. (Je suis un redoutable mélange de Rafi et de Frey, autoritaire et dangereuse.) Ce sont les ordres de mon père.

Ils échangent des regards confus, terrifiés à l'idée de faire un mauvais choix. Je tourne le dos à Slidell. Qu'elle essaie donc de s'en prendre à moi encore une fois.

Pendant un instant fragile, la situation menace de basculer.

Puis les soldats lèvent les yeux au ciel.

— À dix heures ! crie l'un d'eux.

Et ils se jettent tous à plat ventre par terre.

Je me retourne et vois une pluie de météores, une vingtaine de projectiles incandescents qui tombent du ciel.

— Qu'est-ce que c'est ? je demande.

— Des drones suborbitaux, me répond Slidell. Mais les rebelles n'ont pas d'engins capables d'atteindre l'orbite basse. Et nous non plus !

— Mais si, on en a, dis-je. Ne bougez pas.

Elle me toise d'un air furibond, perplexe, se demandant sûrement si elle ne devrait pas me plaquer au sol. Mais je garde les yeux levés vers le ciel avec confiance.

Il y a quelques semaines, Naya m'a confié que mon père préparait discrètement les anciennes machines de guerre. Attendant un prétexte pour s'en servir.

Non. *Orchestrant* un prétexte.

Je retrouve cette excitation familière, cette sensation d'être tenue comme dans une bulle par la volonté de mon père. J'avais raison. Il n'a jamais perdu le contrôle de la situation. Malgré la puissance de feu inattendue des rebelles, je suis de nouveau en sécurité.

Plusieurs « bang » roulent au-dessus des ruines. Ce sont les engins suborbitaux qui franchissent le mur du son. Ils arrivent de l'espace, si vite qu'une enveloppe d'air brûle autour d'eux. Ils s'enfoncent dans les toiles anti-hovercars des rebelles comme des couteaux dans de la fumée.

Leurs parachutes s'ouvrent et se déploient, freinant aussitôt leur descente. Puis leurs boucliers réfractaires chauffés à blanc volent en éclats et laissent apparaître des drones de combat hérissés d'armes.

Ils ouvrent le feu tout en tombant.

Slidell me dévisage avec stupéfaction.

Je ne suis pas du tout comme elle s'y attendait.

— Vous étiez au courant pour ça ?

— Pas exactement, dis-je. Mais j'en apprends tous les jours.

PREMIER FILS

Le lendemain matin, je prends mon petit déjeuner en compagnie des Palafox.

Trois générations d'entre eux – mère, grand-mère et fils – me rejoignent autour d'une petite table en fer sur un balcon baigné de soleil. Des fleurs et des squelettes sont peints sur les drones de service. Le café est fort et sucré.

Je porte l'une des tenues favorites de Rafi, une robe bleu ciel avec des ailes de libellules sur l'ourlet. Prélevées sur d'authentiques insectes, bien sûr, pas simplement imprimées. Mon bagage a réchappé de l'embuscade, mais le chemisier en soie ne m'a pas semblé approprié.

Onze soldats ont trouvé la mort dans l'attaque.

Je ne veux pas y penser pour l'instant. Ce chiffre me donne le vertige. Les rebelles ont essuyé plus de pertes que nous, évidemment. Les chaînes d'infos ne parlent que de ça, et du fait que les forces suborbitales de mon père sont en mesure de frapper n'importe où dans le monde.

Quand même, onze soldats…

— Un vrai scandale, ne cesse de répéter Zefina Palafox. C'est un miracle que tu n'aies pas été blessée.

— Je n'ai pas eu peur, dis-je.

Ma voix tremble un peu, ce qui ne ressemble pas à Rafi. Je dois me contrôler mieux que ça.

— Bien sûr que non, répond Zefina en me tapotant la main. Nous n'avons pas oublié ce qui s'est passé l'année dernière. Tu avais déjà été très courageuse à ce moment-là.

Je lui adresse un sourire intrépide.

Zefina est la grande dame du clan. Quatre-vingt-six ans, avec la chirurgie classique pratiquée pendant l'ère pretty : cheveux blancs, joues roses, yeux pétillants. Elle m'a accueillie hier après-midi à mon arrivée, alors que j'étais toute crasseuse et encore sous le choc, et m'a aussitôt mise au lit.

— Nous devrions peut-être parler d'autre chose, suggère fermement Aribella Palafox.

C'est la fille de Zefina, la dirigeante de la ville de Victoria. L'homologue de mon père.

— Nous ne devons pas laisser cet incident gâcher ta visite, Rafia.

— Bien sûr que non.

Je me découpe un bon quartier de mangue, comme pour exprimer que ce ne sont pas quelques rebelles qui vont me couper l'appétit.

Fourchette dans la main gauche, couteau dans la main droite, me souffle le cyrano. *Et c'est la nourriture qui doit s'approcher de la bouche, pas l'inverse.*

Je porte la main à mon oreille et décroche le cyrano. Aribella s'en aperçoit, mais je m'en fiche – beaucoup de gens portent un cyrano –, comme je me fiche de manger comme une sauvage. Je ne veux plus entendre la voix de mon père pour l'instant.

Onze soldats.

Je souris à Aribella. C'est une belle femme. Pas au sens où on l'entendait autrefois : sa chirurgie de Pretty a été entièrement effacée. Son charme tient à son assurance, sa certitude d'être née pour commander.

Quand je la regarde, je comprends pourquoi tant de villes ont ressenti le besoin d'avoir un chef après le raz-de-cervelle. Non pas un parlement, un conseil ou un comité, mais une personne emblématique pour les guider à travers le chaos du réveil de l'humanité. Comme les célébrités ou les membres de familles royales chez les Rouillés.

J'en oublierais presque que je suis sa prisonnière.

— Tu aimes la chasse, Rafia ?

Nous nous tournons toutes vers Col Palafox, un garçon de mon âge. C'est la première fois qu'il prend la parole depuis qu'on nous a présentés. Jusque-là, il affichait un air méfiant, le regard rivé sur son café comme s'il craignait qu'il soit empoisonné.

— Je suis certaine que Rafia a beaucoup mieux à faire, répond Aribella.

Je ne cherche pas à discuter. Aribella ne va pas laisser son otage s'évanouir dans la nature avec une arme, un hoverboard tout-terrain et son fils.

Col baisse à nouveau les yeux sur sa nourriture.

Qu'il ne soit pas causant ne m'ennuie pas du tout. C'est l'aîné des deux fils Palafox, celui qui parle français. Mes fautes de conjugaison risqueraient de lui mettre la puce à l'oreille.

Rafi et moi avons étudié ce que les réseaux disent de lui. On le décrit comme un garçon réservé, studieux, un peu ennuyeux. Il n'a jamais fait partie du cercle social de Rafi. Ici, pourtant, c'est celui qui lui ressemble le plus. Lui aussi est l'héritier d'une première famille. Si quelqu'un est capable de percer à jour mon imposture, c'est bien lui.

Dans la réalité, il paraît plus mûr. Plus costaud, le regard plus triste ; plus séduisant, aussi. Encore une raison pour ne pas lui adresser la parole. Ma sœur est connue pour séduire aussi facilement les filles que les garçons, tandis que je n'ai jamais flirté avec personne.

— Votre maison est ravissante, dis-je pour combler le silence.

C'est un compliment que Rafi m'a conseillé au cas où je ne saurais pas quoi dire d'autre.

Zefina dresse la tête.

— Oh, nous devons te la faire visiter ! Et si tu t'en occupais après le petit déjeuner, Col ?

Aribella hoche la tête, comme pour nous donner sa permission.

— Excellente idée. Tu n'as plus parlé français une seule fois depuis ton retour.

Col prend un air misérable.

Je partage sa douleur.

FAUSSE JUNGLE

La résidence des Palafox est vraiment un bel endroit. Alors que celle de mon père est sombre et fermée, ici tout est grand ouvert, laissant circuler l'air et la lumière. Les pièces donnent sur des balcons ou des terrasses, le soleil du matin tombe en biais dans les couloirs, et l'ensemble est entouré d'un jardin arboré grand comme deux terrains de foot.

C'est dans cette jungle que Col m'entraîne tout d'abord, sur un sentier de dalles volantes au milieu des fougères arborescentes et d'une nuée de papillons. Je serais incapable de dire si ces insectes sont naturels ou fabriqués en laboratoire, ni ce qui les empêche de s'envoler au loin.

Des drones de sécurité planent à proximité pour nous rattraper en cas de chute. Quand je vois à quelle hauteur du sol nous sommes, je ne peux m'empêcher de me toucher les poignets : je voudrais bien porter des bracelets anticrash.

— Tu n'essaies pas de me faire peur, au moins, Col ?

Il hausse les épaules.

— Ne me dis pas qu'une fille qui tient tête à des assassins et des rebelles est sensible au vertige.

— Je parlais des papillons. Ils sont bien carnivores, non ?

Pour la première fois, Col m'adresse un mince sourire. Je ne devrais pas essayer ce genre de blagues stupides avec lui. Il risquerait de me répondre en français, et mon cyrano est toujours dans ma poche. Je ne veux pas de la voix de mon père en train de me glisser des conseils à l'oreille.

Mais Col ne répond rien, il se contente de m'entraîner au bas du sentier.

Le sol rocailleux est chargé d'humidité. Tout est recouvert d'un lichen vert pâle, moucheté de petites fleurs rouges. Il s'agit plus d'un habitat que d'un jardin, comme si on avait reconstitué une tranche de nature sauvage ici, au cœur de la ville.

Je me demande s'il y a un chemin depuis la cime des arbres jusqu'au toit, une voie d'évasion au cas où j'en aurais besoin. Col le sait probablement, mais je ne peux pas lui poser la question. Il se tient debout avec une main tendue, sans bouger, dans l'attente qu'un papillon vienne se poser.

Quand Rafi veut faire parler quelqu'un, elle a souvent recours à la moquerie.

— Pour un guide touristique, tu ne dis pas grand-chose.

Il baisse sa main.

— Nous sommes dans une simulation de la Reserva de la Biosfera El Cielo.

Je devrais peut-être remettre mon cyrano. Sauf que c'était de l'espagnol, pas du français.

— La Biosphère du Ciel, traduit-il. Une forêt de nuages à cinquante kilomètres au sud-ouest. C'était déjà une réserve naturelle au temps des Rouillés. Ma famille continue à la protéger.

— Une forêt de nuages ? Très poétique.

Col hausse une nouvelle fois les épaules.

— C'est une jungle qui se situe à une telle altitude que les arbres peuvent recueillir l'humidité à même les nuages. De l'eau sur commande. Les anciennes jungles fabriquaient leur propre pluie.

— *Là*, on croirait entendre un guide touristique.

— Je suis barbant comme pas deux.

Il m'adresse en même temps un geste discret de la main : *On nous observe.*

Pendant un instant, je le fixe bêtement sans réagir. Comment peut-il connaître les signes secrets de Rafi ? Elle les a appris de ses petites camarades à son école de danse à Diego. Or Col Palafox est allé à l'école de l'autre côté de l'océan.

Peut-être que ces signes sont universels, transmis sur toute la planète par les mauvais élèves au gré de leurs changements d'établissement. Ou peut-être que « *On nous observe* » est si pratique qu'il se signale de la même façon partout.

Rafi le saurait. Elle me manque déjà.

Col me regarde attentivement, et je hoche la tête pour lui signifier que j'ai compris. Que je suis comme lui, une enfant gâtée – et pas une doublure, entraînée à tuer.

Il m'adresse alors son premier vrai sourire.

Un grondement résonne au-dessus de nous, ça ressemble au bruit d'un hovercar en approche. Je lève les yeux, prête à me mettre à couvert.

— C'est seulement l'orage, m'explique Col. Il revient toutes les heures. La véritable Reserva recueille trois mètres de précipitations par an.

Une brume descend autour de nous, si fine que les papillons ne semblent pas s'en préoccuper. Je ne vois pas les pulvérisateurs.

— Donc les jungles fabriquent vraiment leur propre pluie.

Nouveau sourire de sa part.

— Allons nous mettre à l'abri.

Je hausse les épaules.

— Cette robe est bourrée de nanos. Même après une immersion complète, elle se nettoie et sèche en cinq minutes.

Il me dévisage avec étonnement. Ce n'est pas comme ça que Rafi parlerait de ses vêtements. Elle s'inquiéterait plutôt à l'idée de se salir avec des déjections de libellules, ou d'avoir les cheveux trempés.

— D'accord, concède Col. Mais il y a une chose que je voudrais te montrer. C'est dans le bâtiment d'origine. Il a plus de cinq cents ans.

Il fait un autre signe avec la main. Celui-là, je ne le connais pas, mais je peux deviner sa signification.

Un bâtiment aussi vieux sera forcément en pierre : les murs ne seront pas assez intelligents pour nous espionner. Ils n'ont pas de poussière de surveillance ici, à Victoria.

— Curieuse de voir ça, je lance.

Col ne dit plus rien. Il me conduit hors de la jungle embrumée, dans un couloir bordé de fresques. Avec des crânes, des fleurs et un paysage désertique comme celui que j'ai survolé hier.

Je suis plutôt contente de moi. Pour l'instant, Col ne se doute pas une seconde que je ne suis pas Rafi. Que je ne suis pas une habituée des folles soirées et que je n'ai jamais dessiné mes propres vêtements.

Mais nous n'avons pas encore vraiment parlé. Et voilà qu'il veut m'entraîner loin des oreilles indiscrètes. Et si c'était pour discuter de trucs d'enfants gâtés, échanger des ragots sur des gens qui me sont parfaitement inconnus ?

Rafi m'a prévenue que devenir amie avec Col m'attirerait forcément des ennuis. Je devrais prétexter la fatigue et retourner dans ma chambre. Je suis d'ailleurs censée rassembler un nécessaire d'évasion, au cas où.

Mais quand j'ouvre la bouche pour m'excuser, rien n'en sort. En dehors de ma sœur, je n'ai encore jamais eu d'ami.

Et s'il avait quelque chose d'utile à me dire ?

Col m'entraîne au cœur de la demeure familiale.

***

Le vieux bâtiment est la partie la plus sinistre de la maison des Palafox.

Mon hôte me fait franchir une porte équipée d'une serrure rétinienne, puis nous passons dans un couloir aux murs de pierres brutes. Le soleil matinal s'y infiltre par de hautes fenêtres à barreaux. Pas de fresques aux couleurs vives par ici, juste le silence froid et gris de la pierre.

— C'est quoi, cet endroit ? dis-je. Un château ?

— Un monastère, répond Col, sans plus de précision.

Il fait décidément un guide touristique très laconique.

Rafi le saurait probablement. Je demande néanmoins :

— Et c'est quoi, un monastère ?

— L'équivalent d'un dortoir, pour les pré-Rouillés qui prenaient la religion très au sérieux. (Il passe la main sur la surface rugueuse du mur.) Les moines qui vivaient ici faisaient le vœu de renoncer au monde extérieur.

— Des moines ? Comme les moines guerriers de Shaolin ?

Je me retiens d'ajouter que j'ai étudié leur style de combat. Col hausse un sourcil circonspect, à la façon de Rafi lorsqu'elle m'entend parler comme un conseiller militaire.

— Si tu veux. Sauf que ceux-là s'intéressaient plus à la calligraphie qu'à cogner sur les gens.

Je remets mon cyrano en place et l'allume d'une petite tape.

La calligraphie est l'art de l'écriture décorative.

— Super, réponds-je en copiant le ton sarcastique de Rafi. Donc tu vas me montrer ta collection de vieux manuscrits ?

— Désolé de te décevoir, mais nous n'avons rien d'aussi vieux ici. Seulement quelques objets de famille. Je pense que tu devrais trouver ça… intéressant.

Nous bifurquons et débouchons dans une salle au plafond bas avec une multitude de vitrines.

Ces vitrines sont remplies d'armes de l'époque des Rouillés, et certaines sont encore plus anciennes. Je vois des épées, des fusils, des armures faites de plaques métalliques, une arbalète…

Je tâche de cacher mon excitation, puis mon regard se pose sur la plus petite des vitrines – elle contient un couteau à impulsions. L'un des tout premiers modèles ; il date de l'époque chaotique avant que l'instauration du régime des Pretties ne ramène la paix.

Il a l'air moins sophistiqué que celui que j'ai à la maison, mais plus fiable. Le genre d'équipement militaire qui marche peut-être encore après plus de cent ans.

Je touche la vitrine du bout des doigts.

On dirait du ferroglas, d'un centimètre d'épaisseur environ. Difficile à briser, mais pas impossible. Et les murs qui nous entourent ne sont pas intelligents.

Les Palafox sont des têtes vides. Ils conservent leur collection d'armes dans la partie de leur maison la plus facile à cambrioler.

Bien sûr, ils me prennent pour Rafi, qui n'a jamais rien volé de sa vie.

— Jolis joujoux, dis-je tout bas.

— Voilà mon préféré.

Il m'entraîne devant une autre vitrine, qui renferme un arc de chasse.

Cette arme n'a rien d'une antiquité. C'est un modèle nanotechnologique pliable avec visée laser. Ses flèches sont dotées d'un empennage intelligent et de toutes sortes de pointes : à air comprimé pour les oiseaux, ou explosives pour le gros gibier.

Sous le régime des Pretties, on ne tuait pas les animaux. Cette arme a été faite après le raz-de-cervelle.

— C'est le mien, déclare Col. D'habitude, il est accroché dans ma chambre.

— Que fait-il ici, dans ce cas ?

— Jefa me l'a confisqué. Elle l'a enfermé ici, avec mon hoverboard. (Il me regarde fixement.) Hier, juste avant ton arrivée. Elle ne m'a pas dit pourquoi.

— Qui est Jefa ?

— C'est comme ça qu'on appelle notre mère, mon frère et moi. Pour des raisons évidentes.

Cela veut dire « cheffe », me glisse mon cyrano.

Voilà donc pourquoi Col a parlé de chasse au petit déjeuner. Il cherche à comprendre pourquoi sa mère lui a pris son arc. Il ne sait pas que je suis là en tant qu'otage.

Il est temps de redevenir Rafi.

Je pousse un gros soupir.

— Peut-être qu'elle avait peur que tu ennuies tes invités avec tes passe-temps d'un autre âge.

— Peut-être bien. (Col baisse les yeux sur la vitrine.) Ou peut-être qu'elle s'imagine que je ne les vois pas venir. Avec ton petit séjour chez nous.

Je frissonne. Aurait-il tout compris ?

Il attend que je dise quelque chose. Et je suis à peu près sûre que « Votre maison est ravissante » ne lui suffira pas.

— Nos parents veulent établir une alliance entre nos deux familles, je commence avec prudence.

— Exactement. (Il soupire.) N'empêche qu'ils pourraient se montrer un peu plus subtils. *Et si tu faisais visiter la maison à Rafia, Col ?*

Les rouages de mon cerveau ne s'enclenchent pas tout de suite. Mais ils finissent quand même par le faire.

— Oh, je murmure.

— Arrête. Ne me dis pas que tu n'étais pas au courant.

Je secoue la tête. Je suis sincère.

Rafi et moi aurions dû nous en douter, mais nous étions trop obnubilées par mes bonnes manières et mon français pour nous demander ce que mamie Palafox devait penser.

— Ta famille, dis-je. Ils voudraient nous… mettre ensemble ?

Col renifle avec dégoût.

— *Ma* famille ? Parce que ton père a des projets différents, peut-être ?

Je n'ai aucune réponse à lui fournir. Mon père ne recherche pas ce genre d'alliance, sinon il aurait envoyé la vraie Rafi et non sa stupide doublure.

Il veut juste humilier les rebelles, récupérer sa part de métal dans les ruines de Victoria et tirer sa révérence.

Aucun de nous n'avait envisagé cette possibilité.

— Je n'en reviens pas, bougonne Col. J'ai passé ma vie à étudier, à me préparer pour aider Jefa à diriger cette ville. Et maintenant, elle voudrait me marier à une espèce de…

Il s'interrompt et lève les mains au ciel.

— Une espèce de quoi, exactement ?

Col grommelle un moment, avant de lâcher :

— Tout ça me paraît tellement moyenâgeux !

Je ne peux m'empêcher d'éclater de rire. Ça l'est encore plus qu'il ne le croit.

Ses yeux noirs lancent des éclairs.

— Tu trouves ça drôle ?

Je secoue la tête. Aribella sait que je suis là en otage et pas en invitée de marque. Elle a pourtant approuvé avec enthousiasme cette suggestion de visite guidée.

Essaierait-elle de doubler mon père ? D'utiliser son fils pour verrouiller une alliance ?

— C'est juste que je n'étais pas au courant, Col. Je te jure.

Il me dévisage longuement. Puis il se met à faire les cent pas, avec de grands gestes des bras.

— L'hiver dernier, quand les rebelles étaient sur le point de nous chasser des ruines, tout le monde disait qu'on ne pouvait pas laisser vos forces débarquer chez nous. Que ton père ne voudrait jamais repartir une fois qu'il aurait vu tout le métal à disposition. Et puis, tout à coup, l'affaire est faite et te voilà, sans que personne veuille me dire pourquoi. Comme si tout le monde jouait à un jeu dont je ne connaissais pas les règles !

— Je connais cette sensation.

— Ma mère m'a complètement écarté de toutes les décisions. Et le plus agaçant, c'est qu'il m'a fallu jusqu'à ce matin pour comprendre !

Je hoche la tête.

— Cache ton plan jusqu'à ce qu'il soit prêt à être exécuté, il aura plus de chances de réussir.

Il se tourne vers moi.

— Ce ne serait pas une citation de Machiavel ?

— Je l'ai relu récemment.

Col m'examine de la tête aux pieds, et je me rends compte que je me tiens mal. Non pas comme Rafi, à la manière d'une danseuse de ballet, mais dans la posture de combat que Naya me fait adopter en cours. Le poids sur l'avant des pieds, prête à me battre.

— Tu n'es pas du tout comme je m'y attendais, Rafia.

Je devrais dire quelque chose pour lui prouver le contraire. Être davantage comme ma sœur quand elle passe sur les chaînes d'infos : autoritaire, capricieuse, toujours prête à chercher et pointer les faiblesses des autres.

Au lieu de quoi, je demande :

— Comment ça ?

— Eh bien, tes sorties mondaines, tes crises de colère… Je m'attendais à une tête vide, franchement.

Je le dévisage avec stupéfaction, un peu vexée pour Rafi. Ce n'est pas une tête vide, sauf quand elle fait semblant. C'est elle qui m'a fait découvrir Machiavel.

C'est également flatteur, parce que ce n'est pas Rafi que voit Col, mais moi. En tout cas, la partie de moi qui affleure sous le déguisement.

J'en ai la tête qui tourne.

Sauf que la Frey prise de vertige ne sait pas quoi dire, alors je passe le relais à la Rafi sarcastique :

— Navrée de te décevoir, Col. Je vais tâcher de mieux jouer les têtes vides.

— Non, je suis plutôt soulagé, en fait. Surtout si ma famille a l'intention de nous jeter dans les pattes l'un de l'autre.

Ça, on peut en être sûrs. Et si Col a déjà compris que je n'étais pas la Rafi que tout le monde voit aux infos, c'est qu'il est suffisamment malin pour en découvrir plus. Une amitié avec lui serait dangereuse.

Elle présenterait tout de même certains avantages. Il a saisi une chose qui avait échappé à ma grande sœur ; les Palafox cherchent à sceller l'alliance dans le sang.

J'ai besoin de quelqu'un pour me dire comment pense cette famille.

— Oublions nos parents, dis-je. On n'a qu'à nouer notre propre alliance.

Il hausse un sourcil.

— Un truc moins contraignant que le mariage, j'imagine ?

Il me fait rire.

— Beaucoup moins. On n'est même pas obligés de s'apprécier, si on n'a pas envie.

— Ça veut dire que je n'aurai pas à jouer les guides touristiques ?

Je hoche la tête, et dans un éclair de génie j'ajoute :

— Et moi, je n'aurai pas à te faire travailler les langues étrangères !

— *C'est parfait*, dit-il en français.

La voix de mon père me donne la traduction. Je souris.

— Alors, c'est réglé. On est alliés.

Il me tend la main.

— Et pas uniquement des pions pour nos deux familles.

Nous échangeons une poignée de main. J'ai quand même l'impression de faire une promesse que je ne pourrai pas tenir.

Je suis née pour être un pion.

VICTORIA

Quelques jours après mon arrivée, Col m'emmène faire le tour de la ville.

Je suis tout excitée à l'idée de sortir. Jusqu'à maintenant, je n'ai eu droit qu'à des dîners officiels avec les dignitaires de Victoria ou à des déjeuners avec les Palafox. Des conversations guindées et une nourriture trop riche en calories. Ce qu'il me faudrait, c'est une bonne séance d'entraînement avec Naya. Une longue promenade à travers la ville fera l'affaire.

Col et moi sortons dans la rue incognito. Sans armure, tout juste escortés par une demi-douzaine de gardiens qui se fondent dans la foule autour de nous. Un drone nous suit dans le ciel au milieu des pigeons. Sans doute pour s'assurer que je n'essaie pas de m'enfuir.

Le plus bizarre, c'est que j'ai plus de liberté ici en tant qu'otage que chez moi dans mon rôle de fille cadette. La maison Palafox n'a pas de couloirs ou d'ascenseurs réservés. Pas de poussière de surveillance en suspension dans l'air.

Moi qui ai toujours rêvé de me retrouver dans la peau de Rafi, me voilà en train de vivre une expérience qu'elle n'a jamais connue : déambuler tranquillement dans la rue au milieu des gens ordinaires.

La plupart des passants nous ignorent. Quelques-uns s'approchent pour saluer Col, le premier fils de la ville. Très à l'aise, il échange quelques mots avec eux, toujours les mêmes, qu'il ressert sans vergogne à chaque interlocuteur.

Naya m'avait prévenue que je serais peut-être exposée à ce genre de situation. Beaucoup de villes fonctionnent de cette manière – avec les riches et les puissants au contact de la population. N'empêche que ça fait une drôle d'impression.

Je me sens nerveuse. J'ai l'impression que les gens devinent tout de suite que je ne suis pas celle que je prétends être.

Col, pour sa part, paraît parfaitement naturel. Les habitants de Victoria semblent adorer leur premier fils.

Ils l'interrogent sur ses travaux, son jardin, sa pratique du tir à l'arc. Toutes les raisons qui poussent les amies de ma sœur à l'ignorer – son côté studieux, ses hobbies ennuyeux – sont valorisées ici.

Ce que je trouve bizarre, parce que Victoria n'a rien d'une ville studieuse ou ennuyeuse. Au contraire, elle est pleine d'animation.

Des gamins nous dépassent en hoverboards à des vitesses qui les enverraient en cellule par chez nous. Des drones nous survolent en rasant les toits, chargés de plis officiels mais aussi de sacs de courses, de commandes, de linge propre, comme si la ville entière disposait de sa propre flottille. Et cette effervescence ne se retrouve pas uniquement dans la circulation. Les Victoriens semblent pouvoir porter tout ce qui leur passe par la tête : vêtements chatoyants, tatouages flashs, chirurgies qui n'obtiendraient jamais l'aval de la censure chez nous…

Les bâtiments eux-mêmes débordent de vie. Des architectures magnétiques, légères et fantasques, s'élèvent très haut dans les airs. Et plus bas, au niveau de la rue, les façades en adobe sont peintes de couleurs vives, orange, jaune, bleu électrique…

Ce qui me déconcerte le plus, ce sont les animaux. Les nuées de pigeons dans le ciel, les chats qui se prélassent au bord des toits avec dédain.

Je pointe du doigt une poule aux plumes aussi éclatantes que les façades qui se faufile entre les passants.

— Comment a-t-elle pu arriver là ?

Col m'adresse un regard interrogatif.

— Les animaux sauvages ne sont pas autorisés à Shreve, je précise. On y trouve quelques oiseaux, évidemment. Mais rien de comparable à ça.

— Ces poules ne sont pas vraiment sauvages, m'explique Col en reprenant sa voix de guide touristique. Elles sont équipées de puces pour permettre à la ville de contrôler l'écosystème. Et puis elles éliminent la vermine.

— Vous n'avez pas d'insecticide ?

— Nous préférons faire les choses à l'ancienne. Quand mon petit frère n'a pas école, il sort tous les matins pour ramasser des œufs.

— Pour les manger ? Des œufs de poules qui mangent des insectes ? (Je secoue la tête.) J'ai l'impression d'être retournée à l'époque des Rouillés, ou même à l'époque d'avant !

— Les pré-Rouillés, dit Col en riant.

— Si tu veux. En tout cas, j'adore.

Son rire s'estompe, et il m'adresse un regard intrigué.

— C'est vrai, Rafia ? Shreve est tellement plus grande et plus moderne que Victoria que je pensais que tu t'ennuierais ici. Ne me dis pas que tu es *séduite* par notre petite ville ?

Je ne réponds pas tout de suite. La vraie Rafi étoufferait un bâillement, ostensiblement, parce que ce genre de petite cité à l'ancienne est dépassée comparée aux constructions nouvelles du raz-de-cervelle. Mais je ne veux pas vexer Col. C'est un allié, désormais.

Et, après une vie passée à me cacher, à m'entraîner et à jouer un rôle écrit pour moi, il est difficile de ne pas se laisser griser par toute cette animation. Toutes ces odeurs, ces bruits… Sans parler du fait que je suis libre de me promener à ma guise dans n'importe quelle rue.

Le plus troublant, cependant, ce n'est pas ma liberté – mais celle de tous les autres. Victoria semble complètement hors de contrôle.

— Je ne trouve pas ça ennuyeux du tout, Col. Au contraire, c'est très excitant de pouvoir déambuler comme ça, à découvert. Ça me donne une sensation de… précarité.

Il m'étudie avec curiosité.

— Plus que d'avoir des assassins qui te tirent dessus ?

— J'ai des gardes du corps, à Shreve. Ici, je ne vois que quelques gardiens. Vous n'avez même pas de poussière de surveillance !

— C'est illégal.

— Je sais, mais…

Mes professeurs m'ont enseigné que le respect de la vie privée est une véritable obsession à Victoria. La ville efface ses données temporaires tous les jours. Elle oublie les déplacements de ses habitants, les messages qu'ils ont échangés, ce qu'ils ont fabriqué.

Chez nous, à Shreve, l'air est chargé de machines. Quand on braque une lampe torche dans le noir, la plupart des minuscules particules en suspension que l'on voit sont de la poussière de surveillance, des nanocaméras qui prennent une centaine de clichés par seconde dans toutes les directions, équipées de micros, d'émetteurs et de batteries.

Quand les gardiens veulent savoir ce qui s'est passé à telle heure à tel endroit, ils consultent simplement l'interface de la ville. Ils peuvent visionner les images sous n'importe quel angle, réécouter le moindre son, aussi léger soit-il. À moins que les agents de Dona n'aient censuré l'enregistrement pour dissimuler les petits secrets de mon père, bien sûr. Comme moi.

— C'est juste que ça ne paraît pas très prudent, Col. Et quand il y a un meurtre ? Comment faites-vous pour résoudre l'enquête ?

— On menait des enquêtes longtemps avant l'invention de la poussière de surveillance, tu sais. Nous utilisons l'analyse ADN, les empreintes, les témoignages oculaires. (Il hausse les épaules.) Et, je ne sais pas… la logique ?

— C'est se donner beaucoup de mal, alors qu'il vous suffirait de *regarder* ce qui s'est passé.

— Les gens n'aiment pas être espionnés. Et puis nous n'avons pas eu un seul meurtre non résolu depuis le raz-de-cervelle.

Je baisse un peu la voix.

— Mais comment fait ta famille pour garder le contrôle ?

Il me dévisage à travers ses paupières mi-closes.

— Nous ne gardons pas le contrôle. Nous dirigeons, c'est tout.

— Tu es assez content de toi, hein ?

— La plupart du temps. (Il regarde un chien passer devant nous ventre à terre, à la poursuite de deux chats.) Ma mère fait du bon travail. Du coup, personne ne cherche à nous éliminer.

Je le fusille du regard.

— Tu es en train de me dire qu'on a cherché à me tuer parce que mon père ferait mal son travail ?

— Ton père est différent, répond-il calmement. Tu le sais très bien.

Je reste plantée là, à l'ombre d'un mur en adobe, le temps de rassembler mes idées. Je ne trouve rien à lui répondre parce que je ne sais même pas pourquoi je discute. Est-ce pour jouer le rôle de Rafi, toujours prompte à défendre notre famille en public ? Ou bien est-ce simplement parce que je déteste être jugée ?

— Je suis désolé que tu ne puisses pas te promener librement chez toi, dit Col. Ça doit être dur, un tel climat de violence.

Encore cette suffisance insupportable.

— Ne me parle pas de violence, je réponds. Ta mère emprunte l'armée de mon père.

— Simplement parce que nous n'avons pas d'armée professionnelle assez conséquente. La moitié de nos soldats ont un autre métier. Tu ne vois pas la différence ?

— Pas vraiment.

Il soupire.

— *Il n'est pire sourd que celui qui ne veut pas entendre.*

Mon cyrano me donne la traduction. Un proverbe en français ? Génial. Rafi serait tellement meilleure que moi à ce jeu-là. Elle aurait probablement un dicton approprié à lui renvoyer à la figure.

Je tâche de me rappeler ce que mes professeurs m'ont appris sur les préoccupations d'aujourd'hui. Sur la question de savoir si les premières familles, avec leur poussière omniprésente et leurs armes anciennes, ne seraient pas devenues trop puissantes.

Mais qui voudrait se plier à l'autorité d'une famille faible ?

Je note que les gardiens ont formé un cercle autour de Col et moi, tournés vers l'extérieur, les bras croisés. Les passants font un détour pour nous laisser discuter.

Je me souviens de Rafi me disant que les Palafox ne sont pas des tendres. C'est leur pouvoir que je perçois autour de nous. Discret, mais bien réel.

Ça les ennuie de le reconnaître, c'est tout.

— Tu ne sais peut-être pas tout ce qu'il y a à savoir sur ta famille, je lance.

Col réfléchit un moment, puis il hoche la tête.

— Tu as raison. Je n'aurais jamais cru que Jefa ouvrirait la porte aux forces de Shreve. Sans même me consulter. Ou qu'elle essaierait de me marier sans me demander mon avis. (Il baisse la voix d'un ton.) Et je n'arrive toujours pas à comprendre pourquoi elle m'a enlevé mon arc.

Je ne prends pas la peine de lui expliquer. Allié ou pas, Col n'a pas besoin de savoir que je suis une otage. La seule chose qui l'intéresse, c'est son arc, ne serait-ce que pour se rebeller contre Aribella et la manière dont elle le traite.

Je peux peut-être me servir de ça.

— J'ai une question à te poser, dis-je à voix basse en me rapprochant de lui. Il y a souvent des gens qui descendent au monastère ?

— Pratiquement jamais. Même les drones de nettoyage n'y sont pas admis : leurs brosses sont trop agressives pour les vieilles pierres, d'après Jefa.

— Alors, j'aurais peut-être un moyen de récupérer ton arc si tu m'aides.

Il ouvre grand les yeux.

— De quelle manière ?

— Il ne faudra pas en parler à ta mère. Pas un mot. Promis ?

— Bien sûr.

Je me demande si je peux lui faire confiance. Chez nous, le bureau de mon père est truffé de capteurs capables de détecter les battements du cœur, la température corporelle, le moindre mouvement des yeux. Tous les signes révélateurs que quelqu'un est sur le point de mentir.

Mais ici, dans la rue, je ne peux m'appuyer que sur le regard franc et direct de Col.

Je considère que c'est suffisant.

— Sais-tu à quoi ressemble un chargeur à impulsions ?

ROBE DE BAL

Une semaine plus tard, les Palafox organisent une grande fête en mon honneur.

Les chaînes d'infos ne parlent plus que de ça. Toutes les familles victoriennes de haut rang sont invitées. Tout le monde a envie de rencontrer la jeune fille courageuse qui a survécu à une tentative d'assassinat et à une attaque des rebelles. Les claqueurs spéculent sur la durée de mon séjour. Sur mon entente avec mes hôtes. Et se demandent si l'alliance entre nos deux familles va sortir renforcée de ce conflit commun contre les rebelles.

Les gens s'interrogent aussi sur la nature de la relation qui nous unit, Col et moi.

Notre discussion animée en pleine rue a été filmée par plusieurs caméras privées, mais les interprétations divergent en fonction des sources. Étions-nous en train de nous disputer ? De flirter ? De jouer la comédie ?

La ville entière commence à se demander si je suis uniquement là pour une visite de courtoisie.

***

Le bal doit avoir lieu ce soir, et je suis encore en train d'essayer des robes virtuelles sur l'écran mural de ma chambre.

J'ai commencé par les tenues standard du trou dans le mur, mais elles étaient trop simples pour convenir à Rafi. J'ai les doigts qui frémissent et s'agitent, qui choisissent parmi une liste interminable de styles et d'options. Je personnalise, j'affine, je spécifie d'une centaine de manières différentes… cependant, je procède sans trop savoir où je vais.

Chaque tentative se solde par un désastre.

Et si grand-mère Zefina, curieuse de savoir ce que je vais porter ce soir, était en train de m'observer ? Elle doit se demander pourquoi Rafi, toujours si élégante, paraît complètement perdue.

Voilà ce qu'il en coûte d'avoir voulu partir de chez moi et être enfin moi-même. On organise une soirée en mon honneur, et c'est un cauchemar.

Rafi avait raison : je ne sais ni m'habiller, ni flirter, ni même tenir une conversation. Cela ne s'est pas trop vu dans les dîners mondains jusqu'à présent. Ce soir, pourtant, le monde entier saura à quel point je manque de classe. À quel point je manque de tout.

Comme si je n'étais qu'à moitié finie.

Le cyrano de ma sœur ne m'aide pas. Il peut me conseiller sur le protocole, mais pas en matière de mode ; c'est une chose dont Rafi n'aura jamais besoin.

Dans l'immédiat, je donnerais n'importe quoi pour un bon conseil. Mais les Palafox risqueraient de trouver cela étrange si j'appelais chez moi pour solliciter mon propre avis.

Et puis, alors que je contemple à l'écran ma quinzième tenue possible, le cyrano siffle discrètement dans mon oreille.

Un signal secret venu de chez moi. Le premier depuis mon arrivée.

Le cyrano ne peut rien émettre vers l'extérieur sans que la sécurité de la maison Palafox s'en aperçoive. Par contre, il peut parcourir les réseaux d'infos publics à la recherche de messages cachés. Ces derniers sont cryptés dans des vidéos officielles où l'on voit mon père saluer la foule ou signer un document. Sous la forme d'infimes changements de couleurs apparemment aléatoires, enfouis au cœur de milliards de pixels sous des centaines de couches mathématiques trompeuses que mon cyrano n'a plus qu'à décoder.

Je ne réagis pas immédiatement au cas où quelqu'un serait en train de m'observer. J'efface d'abord ma dernière création vestimentaire avec un soupir dégoûté, bascule à la renverse sur mon lit et fixe le plafond. Ensuite seulement, je tapote mon cyrano pour écouter le message.

C'est un enregistrement vocal de ma sœur.

Frey ! J'espère que tu vas bien, ou du moins que tu ne t'en tires pas trop mal.

Surtout, j'espère que tu m'écoutes. Parce qu'il va falloir assurer, ce soir. Tu as regardé notre rang facial ces derniers temps ? Depuis l'attaque des rebelles, on a intégré le top cent. Et pas au niveau national, hein, je te parle du rang mondial, Frey.

La planète entière aura les yeux rivés sur cette petite fête.

Tu as intérêt à tout déchirer.

J'aimerais pouvoir interrompre Rafi et lui dire qu'elle ne m'aide pas. Je me sens déjà suffisamment nerveuse sans penser à l'audience planétaire qui m'attend. Tous ces gens qui seront en train de nous scruter, Col et moi, d'interpréter nos moindres gestes…

Et puis je m'aperçois que Rafi a dit « *notre* rang facial ». C'est nouveau, ça. Jusqu'à présent, c'est elle qui était célèbre, pas moi. Mais puisque c'est sur moi que les rebelles ont ouvert le feu, j'imagine que j'ai bien mérité d'en retirer quelque avantage.

Heureusement pour toi, ta grande sœur est sur le coup.

Mets ce message sur pause le temps de te poser devant ton écran mural. Et ensuite, fais exactement ce que je vais te dire.

Je saute de mon lit et me plante devant l'écran mural. Prête à obéir.

Commence par ouvrir la Seft. Tu sais ce que c'est, au moins ? La Standard European Fashion Timeline, la ligne de haute couture européenne standard. Pour l'ouvrir, il faut serrer les deux poings, pouces à l'intérieur. Un peu comme si tu t'apprêtais à cogner sur quelqu'un.

Sauf que je me casserais le pouce si je frappais quelqu'un de cette façon.

Maintenant, fais défiler les robes 2040 de la A-liste. J'imagine que ça ne te dit rien, mais tu sais reconnaître la lettre A, je suppose ? Ha, ha.

Tu vois celle qui se trouve presque au milieu, avec le col en dentelle ? Sélectionne-la et va dans les options. Pas celles pour les gamines, avec seulement quatre choix. Prends ton courage à deux mains et va dans les options avancées.

Oui, je sais. Il doit y avoir une centaine de sous-menus. Et on commence à peine.

Mais ne t'en fais pas, grande sœur est là pour t'accompagner…

Je suis ses indications de mon mieux. Elle enchaîne à toute vitesse, me guide à travers les innombrables spécificités de la mode. Et pendant tout ce temps, je l'imagine en train de parler toute seule dans notre chambre, face à l'écran mural que nous partageons depuis toujours. J'ai l'impression de me retrouver à côté d'elle, chez nous.

Mais à mesure que Rafi me chuchote ses instructions, qu'elle élabore cette tenue à mes mesures – à *nos* mesures –, j'en arrive à croire que ce sont mes propres idées qui me viennent à l'esprit. Comme si c'était mon savoir-faire qui me guidait à travers plusieurs siècles de modes et de tendances, en tenant compte des mensurations de mes hanches, de mes bras, de mes épaules.

Si on m'observe, ça doit donner l'impression que mon génie créatif m'est revenu en force.

Quand l'enregistrement de Rafi s'achève enfin, l'écran mural m'affiche drapée dans une spirale de dentelle gris métal sur une robe scintillante faite de dégradés de noir. J'ai des gants gris qui me remontent jusqu'aux coudes et des volants en tulle sombre qui dépassent de mon ourlet.

Le distributeur m'annonce que la fabrication va prendre trois heures. Je ne savais même pas qu'une nanoforge pouvait mettre aussi longtemps à produire quoi que ce soit. Il me restera tout juste le temps de m'habiller avant la fête.

J'ai déjà hâte d'y être. D'habitude, je me moque bien de ce que Rafi et moi pouvons porter. Mais après avoir vu cette création découlant d'un millier de choix judicieux apparaître à l'écran, je suis impatiente de devenir cette fille dans cette tenue.

Enfin, pas cette tenue. Cette robe de bal.

Un signal sonore résonne dans la chambre.

— Rafia ?

C'est Aribella Palafox, mon hôtesse – ma geôlière. Le minutage est si parfait qu'elle devait être en train de m'espionner.

— Si tu es disponible, nous pourrions peut-être parler un peu de ce soir.

— Avec plaisir.

Je retire mon cyrano. Aribella dirige toute la ville de son bureau. Il sera certainement truffé de capteurs.

Soudain, je suis de nouveau Frey et non plus la princesse en robe de bal. Frey qui ne sait jamais quoi porter, ni quel couvert utiliser. Et encore moins discuter avec son hôtesse d'une soirée qui sera suivie en direct dans le monde entier.

— Maintenant, si tu veux ? me suggère-t-elle.

Je fais oui de la tête, de peur qu'on entende le manque d'assurance dans ma voix.

***

Aribella vient m'accueillir à la porte de son bureau et me prend les mains.

— Laisse-moi te regarder un peu, Rafia.

Elle recule d'un pas et m'examine de la tête aux pieds. Est-elle en train de m'imaginer dans ma robe de bal, de s'assurer que je serai suffisamment élégante pour la fête de ce soir ? Ou de se dire que j'ai l'air différente dans la réalité ?

Rafi m'a parlé à l'oreille tout l'après-midi, si bien que son attitude et son expression nonchalante me viennent naturellement. L'examen d'Aribella me met tout de même mal à l'aise. Par-dessus son épaule, je vois la baie vitrée de son bureau inondée de lumière. La maison Palafox n'est pas située à la lisière de la forêt, contrairement à la tour de mon père ; elle se dresse au cœur de la ville et offre à ses dirigeants une vue imprenable sur leurs administrés.

Tout en terrasses et piliers magnétiques, Victoria ressemble à un royaume féerique, comparé à l'architecture massive de Shreve. Une cathédrale datant des pré-Rouillés se dresse au loin ; sa flèche de pierre miroite dans le soleil réfléchi par les immeubles voisins. Des drones passent dans le ciel, chargés de fleurs ou de fruits, faisant fuir les pigeons.

À l'instar de sa ville, le bureau d'Aribella est très coloré. On n'y voit pas de table en bois sombre, pas d'écran mural imposant. Juste un cercle de canapés rouges vers lequel elle m'entraîne.

Nous nous asseyons tout près l'une de l'autre – nos genoux se touchent presque.

— J'ai un aveu à te faire, commence-t-elle. J'ai jeté un coup d'œil à ta robe de ce soir, et je la trouve parfaite. Je vais m'assurer que Col et toi serez bien assortis.

Avec tout ce qui circule à notre sujet sur les chaînes d'infos, Aribella veut alimenter la rumeur. Montrer à toute la ville que sa famille est en train de verrouiller une alliance solide avec mon père.

— Col s'est montré très gentil avec moi, dis-je.

— Mais bien sûr que oui. Tu es vraiment adorable, Rafia. (Elle se rapproche encore.) Et sans aucune opération, pas la moindre ?

Pendant un instant, aucune réponse ne me vient à l'esprit. À l'époque des Pretties, l'apparence n'était pas quelque chose dont on se vantait. Mais chaque ville a ses propres coutumes.

— J'aimerais bien me faire raccourcir le nez, je réplique. (Rafi s'en plaint depuis l'enfance.) Mais mon père ne veut pas en entendre parler.

Aribella m'adresse un sourire compatissant.

— Il parle sans arrêt de ta mère, la Pretty naturelle. Peut-être qu'il aime la retrouver dans tes traits.

— Je ne me souviens pas d'elle.

— Bien sûr que non. (Elle tend la main pour me caresser les cheveux. Son contact est étonnamment doux.)

Tout le monde connaît l'histoire. Ton père a pris ce qu'il voulait.

Je ne sais pas trop quoi répondre à ça. Si mon père n'avait pas pris ce qu'il voulait, Rafi et moi ne serions pas nées.

Lors de l'enlèvement de notre frère Seaman, ma mère a tenté de s'opposer aux ravisseurs. Elle a reçu quatre balles, et pendant qu'elle agonisait sur la table d'opération, notre père a dit au chirurgien de prélever ses ovules afin de pouvoir avoir d'autres enfants avec elle.

Notre père fabrique sa propre réalité. Quelquefois par la force. Quelquefois grâce à la technologie.

Il nous a sorties du néant, Rafi et moi.

Je répète ce que Dona Oliver dit toujours :

— Il aimait trop ma mère pour la laisser partir.

— C'est là-dessus que je compte, dit Aribella en se tournant vers la baie vitrée. En misant sur le fait qu'il ne voudra jamais mettre en danger son propre sang, je pense pouvoir assurer la sécurité de ma ville.

Un frisson de soulagement me parcourt. Au moins, nous ne cherchons plus à faire semblant. Je suis ici en tant que prisonnière, et non comme invitée. Une garantie du bon comportement de mon père.

Aribella se méprend sur ma réaction.

— Tu dois me trouver horrible, de prendre en otage une enfant.

— Vous ne m'avez pas prise. (Je me redresse sur le canapé.) Je suis venue de mon plein gré.

— Eh bien, tant mieux, Rafia. Je craignais que ton père ne t'ait rien dit, ce qui aurait rendu la suite de la conversation quelque peu… gênante.

Je me retiens d'éclater de rire.

— Mon père n'hésite jamais à partager les mauvaises nouvelles.

— C'est vrai qu'il raffole des situations de crise. Pour l'instant en tout cas, il semble décidé à tenir parole.

— Bien sûr.

À en croire les infos, les rebelles seraient déjà en train de battre en retraite. Sous les assauts des forces combinées de Shreve et de Victoria.

— Dans la famille, nous ne sommes pas du genre à nous dérober devant un combat.

— Non, en effet, concède Aribella en posant son regard sur la cicatrice que j'ai au-dessus de l'œil. À ce propos, j'ai entendu une rumeur étonnante de quelqu'un qui était présent ce jour-là, quand cet individu abominable a tenté de te tuer.

Je me crispe. Les agents de Dona ont examiné sous tous les angles les images recueillies par la poussière de surveillance, à la recherche de quelqu'un qui nous aurait vues ensemble, Rafi et moi. Mais au milieu de la fumée et de la confusion, difficile d'affirmer quoi que ce soit.

Je hausse les épaules.

— Il y a toutes sortes de rumeurs qui circulent là-dessus.

— Celle-là, je ne voulais pas y croire… jusqu'à ce que je fasse ta connaissance. (Aribella se penche plus près.) Est-ce toi qui as tué ton assassin ?

Rafi nierait, ou se contenterait d'éclater de rire. Mais avec mon autre secret plus important dans la balance, je préfère avouer cette vérité. Et peut-être aussi que j'ai envie d'impressionner Aribella.

— Oui. C'est moi.

Je ne sais pas à quoi je m'attendais, mais son sourire chaleureux me surprend.

— Merci de ta confiance, Rafia. (Elle me prend délicatement le poignet droit.) Ta main va mieux ?

Je la dévisage sans comprendre.

— Ma main ?

— Nous avions peur que tu aies quelque chose dissimulé sous la peau. (Aribella détourne le regard, un peu embarrassée.) Une puce, peut-être. Alors nous t'avons passée au scanner.

Les services de sécurité de mon père balaient nos invités avec des ondes radars pour s'assurer qu'ils n'ont pas d'arme sur eux.

— Ah. Non, je n'ai pas d'implants, sauf dans les yeux.

— Je sais. Mais nous avons remarqué que tu avais subi une fracture à la main droite récemment.

— Je suis tombée de mon hoverboard.

Aribella secoue la tête.

— C'est ce que nous avons pensé tout d'abord, avant un examen plus approfondi. (Elle me touche l'épaule.) Tu t'es aussi déboîté cette épaule il y a longtemps, tu as également des traces de fracture au niveau de ton poignet gauche et de ton genou droit. Sans oublier le tissu cicatriciel présent dans la plupart de tes muscles. Mon médecin m'a dit qu'il n'avait jamais vu autant de blessures contractées à l'entraînement. Ni d'implants visuels d'aussi bonne qualité. Ton corps ne ment pas, Rafia.

Je serre les poings. Les Palafox n'ont peut-être pas une armée capable de rivaliser avec celle de mon père, mais ils sont aussi malins que lui.

Nous savions qu'ils vérifieraient mon ADN, ce qui ne pose pas de problème, puisque c'est le même que celui de Rafi. Mais comment puis-je leur cacher quoi que ce soit s'ils me passent au scanner pendant mon sommeil ?

Peut-être le mieux est-il de continuer à lui dire la vérité.

— Mon père est resté traumatisé par l'enlèvement de mon frère. Alors il a fait en sorte que je sache me défendre.

— C'est triste. (Elle me prend la main de nouveau et plonge son regard dans le mien avec une expression de pitié.) Mais je veux que tu saches une chose, Rafia. Quels que soient les accords que j'ai passés avec ton père, je ne te ferai jamais aucun mal.

Je la dévisage avec scepticisme.

— Cela reste entre nous, bien sûr, dit-elle. Dans l'intérêt de la paix, je dois m'en tenir à mes menaces. Mais tu seras toujours en sécurité sous mon toit. Je te le jure.

Pourquoi me dire une chose pareille ? Cette histoire d'otage n'a aucun sens si mon père n'a aucun souci à se faire pour moi. À moins qu'elle n'essaie de me mettre de son côté…

Il est vrai qu'elle a peur de moi. Elle a enfermé l'arc de Col à double tour avant même d'être informée de mes blessures à l'entraînement.

Je comprends soudain ce qu'elle a besoin d'entendre.

— Et moi, je ne m'en prendrai jamais à un membre de votre famille, Aribella. Je vous en fais la promcssc.

Elle me sourit avec affection et me serre dans ses bras. Elle sent la même odeur que le jardin au centre de la mai son Palafox, un parfum frais, vivant et puissant, comme si elle produisait sa propre pluie.

— Merci, Rafi, dit-elle. (Elle me lâche et se lève.) C'est bien que nous puissions avoir confiance l'une dans l'autre.

— Bien sûr.

Jusqu'à ce qu'elle découvre que je ne suis pas l'héritière légitime de mon père. Est-on tenu par les promesses qu'on a pu faire à un imposteur ?

— J'ai remarqué que tu n'avais pas encore appelé chez toi, observe-t-elle d'une voix douce.

J'hésite. Je me demande comment lui expliquer qu'il n'y a personne à Shreve à qui je pourrais parler. Les amies de Rafi me perceraient à jour en cinq minutes ; quant à mon père, je ne crois pas que nous ayons jamais eu de véritable conversation.

La seule personne à qui je pourrais parler, c'est ma sœur, et je ne peux pas le dire aux Palafox.

— J'ai été tellement occupée. Après la soirée, peut-être ?

— Bien sûr. D'ailleurs, je crois qu'il est temps de nous préparer. (Aribella me sourit.) Tous les regards seront braqués sur nous ce soir.

Je me lève à mon tour en hochant la tête. Les regards sont toujours braqués sur moi.

SOIRÉE

Les Palafox n'ont pas lésiné sur les moyens.

Un feu d'artifice illumine le ciel au-dessus de la ville. Des flammèches blanches crépitent dans la nuit. Des gerbes de braises bleues se déploient et mettent plusieurs minutes à se disperser. D'immenses ombrelles écarlates se consument majestueusement.

À l'intérieur de la maison Palafox, des flammes de sécurité ondulent sur les rideaux et descendent en cascade les colonnes qui encadrent le seuil de la porte. Même la musique, scandée par un orchestre de cuivres, contribue à électriser l'air.

La salle de bal s'est agrandie au fil de la journée : les murs se sont écartés lentement sur les lames du parquet. Dehors, une longue file d'hovercars amène mille invités, tous vêtus de couleurs autrement plus chatoyantes que celles qu'on porte à Shreve dans les soirées.

Au début, la robe de bal de Rafi semble un peu terne. Mais à mesure que la foule grossit, le noir et le gris commencent à se détacher au milieu de cet arc-en-ciel d'étoffes et de flammes. Et Col est parfait à côté de moi. Son costume bleu nuit prend des reflets métalliques à la lueur des étincelles qui pleuvent du ciel et du plafond.

Sa cravate est un écran nano montrant des images d'océan dans la nuit.

— Un petit sourire pour les hovercams, me suggère-t-il. (Nous sommes sur un balcon qui domine la foule, des flûtes de champagne à la main.) Les enfants gâtés comme nous n'ont pas le droit d'être moroses.

Je cache ma bouche derrière mon verre.

— Tu es au courant que les gens lisent sur les lèvres, j'imagine ?

— Pas ici, répond-il en indiquant les étincelles qui tombent. Leur fréquence de scintillement est alignée sur le nombre d'images par seconde des hovercams. Ça brouille juste assez les clichés pour nous donner un peu d'intimité.

— Malin, dis-je.

— Nécessaire.

Encore une fois, cette obsession des Victoriens pour le respect de leur vie privée. N'empêche qu'il y a quelque chose d'excitant à savoir que nos paroles sont masquées, même sous le regard d'un million de spectateurs.

Rafi doit être en train de nous observer, elle aussi. Elle m'a déjà observée lors d'autres sorties en public, dans des boîtes de nuit ou au milieu de grandes foules. Mais toujours d'une suite privée, jamais de notre chambre. Je me demande si elle est contente de me voir enfin monopoliser l'attention. Ou bien si elle éprouve une pointe de jalousie ?

Une connaissance de Col nous rejoint sur le balcon, et le cyrano me glisse à l'oreille une présentation succincte.

Yandre Marin, enfant aîné (genre : non binaire) d'un couple de célébrités. Le père est un romancier à succès, la mère une figure de l'opposition politique locale.

J'ignore ce qu'est un romancier, mais j'imagine que cela doit correspondre à l'un de ces passe-temps dont semblent raffoler les Victoriens, comme la calligraphie ou le kayak.

Mais la mère de Yandre serait membre de l'opposition ? À Shreve, on n'invite pas ses ennemis politiques dans les soirées.

Je souris et m'incline poliment, admirant la longue robe bleue de Yandre avec son ourlet brodé de fleurs dorées. Un tatouage flash pulse sur son épaule au rythme de la musique.

— Bienvenue à Victoria, me dit Yandre en s'inclinant à son tour. J'espère que tu ne vas pas t'imaginer que nous sommes tous aussi rasoir que ton cavalier.

— Rasoir ? proteste Col. Alors qu'on a sorti les rebelles pour l'accueillir !

— Vous ne m'avez jamais accueilli avec des rebelles, moi ! s'indigne Yandre.

Iel se tourne vers moi, attendant probablement l'une des reparties qui ont fait la réputation de ma sœur.

Rafi dirait quelque chose de léger, de spirituel, qui tournerait l'attaque en dérision. Je comprends la raison d'être de ce genre de plaisanteries, il s'agit de dédramatiser un sujet délicat, cependant c'est un domaine dans lequel je manque de pratique. Et mon cyrano reste muet.

Col vole à mon secours.

— Ta famille entière est pratiquement composée de rebelles, Yandre. De toute manière, tu es là uniquement pour siffler le champagne de Jefa.

— Et pour ma dose hebdomadaire de sermons. (Yandre se tourne vers moi.) Il t'a déjà servi son laïus sur la forêt de nuages ?

— Le premier jour, dis-je.

Ce qui n'est pas très spirituel.

Ils attendent de moi que je sois drôle. Alors j'ouvre la bouche et prie pour que mon inspiration soit bonne.

— Elle ne viendra pas pour nous sauver.

Yandre fronce les sourcils et repousse ses longs cheveux bruns derrière son oreille.

— Pardon ?

J'ignore pourquoi, au milieu de la folie de cette journée, ces mots sont restés gravés dans ma mémoire. Mais maintenant il faut que je leur explique.

— Pendant l'attaque, on s'est réfugiés dans les ruines d'un ancien immeuble. Il y avait un campement abandonné, avec des inscriptions au plafond laissées par les rebelles. La seule chose que j'ai réussi à lire, c'est : « Elle ne viendra pas pour nous sauver. »

— Je me demande qui peut être cette « elle », dit Yandre. Notre sainte patronne Victoria ? On l'a mariée de force à un païen. Un peu comme ce qui t'attend, Rafia.

— Ne dis pas n'importe quoi, rétorque Col. Les rebelles se moquent bien des divinités des pré-Rouillés.

— Une sainte n'est pas une divinité, enfin ! Et elle a quand même donné son nom à notre ville.

Col soupire.

— J'ai toujours eu horreur de ça.

— De quoi ? fait Yandre en riant. De voir ton hovercar s'écraser dans une base rebelle couverte d'inscriptions incompréhensibles ? Parce que ça t'arrive souvent ?

— Non. De surprendre une bribe de conversation, de lui trouver quelque chose de mystérieux et d'intrigant, réplique Col en regardant une traînée d'étincelles dégringoler devant le balcon, et de ne pas comprendre ce qu'elle veut dire.

— Tu penses trop, *chico*. (Yandre lève les yeux au ciel. Puis il se tourne vers moi.) Je demanderai à mon petit frère. C'est un peu un rebelle, à sa façon ; pas le genre à tirer sur des personnalités en visite, évidemment. Peut-être que cette phrase lui dira quelque chose.

Je lui souris.

— Merci.

— Puisqu'on parle de ton frère, dit Col à voix basse, a-t-il pu dénicher ce que je lui avais demandé ?

Yandre hoche la tête.

— Je l'ai caché sous le divan dans la chambre ouest ; grand-mère Zefina m'a laissé entrer pour rajuster ma robe. Même si je me demande bien ce que tu comptes faire avec un chargeur à impulsions.

Je prends une gorgée de champagne pour masquer mon expression.

— J'en ai besoin, c'est tout. (Col me sourit.) On n'aura qu'à se glisser dans le vieux bâtiment cette nuit.

Je le dévisage avec ébahissement.

— Avec un million de personnes qui suivent la soirée en direct ? Il va nous falloir une sacrée diversion.

Yandre nous prend tous les deux par le bras et s'esclaffe.

— Nous sommes à Victoria, ma chère. Les soirées débordent de diversions.

PROMESSE

Une heure plus tard, la diversion survient.

Sans crier gare, sans invitation à nous mettre à couvert de la part de l'interface de la ville. Une simple pluie de projectiles tirés de toutes les directions.

Le premier touche Yandre ; du coin de l'œil, je le vois frapper sa robe bleue avec un « pop » qui libère une poudre écarlate. Je sursaute, mais Col et Yandre se contentent de rire.

Un deuxième projectile m'atteint à l'épaule. Je le sens à peine : son enveloppe est faite d'une sorte d'aérogel, léger comme un courant d'air. Il éclate, et ma robe de bal se retrouve éclaboussée de poudre fluorescente verte.

D'autres projectiles zèbrent la salle au-dessus de nos têtes.

— Qu'est-ce que… ?

— Des *cascarones*, m'apprend Col. Pour égayer un peu la fête. C'est une tradition qui remonte au festival organisé par les pré-Rouillés pour…

Une traînée bleue lui raye le front.

— Oh ! c'est parfait, s'exclame Yandre en riant.

Les projectiles n'épargnent personne. Ils tombent dans les flûtes de champagne et maculent les robes, les costumes, les chapeaux ou les visages de poudre colorée.

La fête redouble d'énergie, et les musiciens accélèrent le tempo.

La foule entière se met à danser.

— Viens, me souffle Col en me prenant la main. On a une minute, le temps que les hovercams se mettent à couvert.

Yandre lève son verre dans notre direction.

— Amusez-vous bien, tous les deux.

Col m'entraîne à l'écart de la foule puis nous fait longer le mur de la salle de bal. D'autres *cascarones* filent et crépitent autour de nous. J'en reçois un autre, comme un baiser délicat entre les omoplates.

Nous arrivons au bout de la salle, et Col ouvre une porte dérobée.

— Si on nous pose la question, tu avais envie de nettoyer ta robe.

Je me retiens de protester. Personnellement, j'aime bien ces touches de couleurs vives sur l'étoffe. Mais il est vrai que Rafi détesterait.

Elle doit être rivée à son écran en ce moment même, à se demander où je suis passée. Devine-t-elle que je me suis éclipsée en compagnie de Col ? Être associée à quelqu'un d'aussi studieux et ennuyeux risque-t-il de nuire à son rang facial ?

Col me conduit dans un passage étroit où s'entasse le mobilier mis de côté par l'écartement des murs. Il sort une tige éclairante de sa poche et la casse en deux. Une lumière vive en jaillit, et une cascade d'étincelles arrose ma robe de bal. Bien sûr – comme les feux d'artifice à l'extérieur –, cette tige sert aussi à brouiller l'image des hovercams indiscrètes.

Col navigue entre les fauteuils, les canapés et les tables de lecture pour s'avancer jusqu'à un petit divan dans un coin. Il s'accroupit, passe la main dessous et sort un objet emballé dans du plastique blanc.

Il me le passe.

— C'est bien ce que tu voulais ?

Le chargeur est un vieux modèle plutôt massif. Le couteau à impulsions aussi.

— Ça devrait faire l'affaire.

Col sourit. Il a les yeux qui brillent, et un filet de sueur fait couler la poudre bleue sur son visage. Je me demande si c'est la première fois qu'il se faufile comme ça dans sa propre maison.

— Tu crois qu'on a le temps ? je demande à voix basse.

Il hoche la tête.

— Une fois que Yandre aura dit à tout le monde qu'on est partis ensemble, personne ne viendra nous chercher.

— Oh. Bien sûr.

Rafi placerait une petite plaisanterie à ce moment-là. Mais aucune ne me vient à l'esprit.

— Désolé, s'excuse Col d'un air gêné.

Puis je me souviens d'une des répliques préférées de ma sœur.

— Si je me préoccupais de ce qu'on peut dire sur moi, ça ne ferait qu'encourager les ragots.

L'imitation était parfaite, jusqu'au petit haussement de sourcil désinvolte. Pourtant, Col me regarde d'un drôle d'air avant de m'entraîner vers une autre porte.

***

Quelques minutes plus tard, nous arrivons au pas de course au pied du mur de pierre de l'ancien bâtiment. Après avoir débloqué le verrou rétinien, Col laisse tomber sa tige éclairante et l'écrase sous son talon. Puis il me conduit par un couloir obscur dans la salle des armes.

Je m'avance jusqu'à la vitrine qui contient le couteau à impulsions et m'accroupis devant. Il ne me faut pas longtemps pour trouver l'emplacement adéquat – en bas, juste à côté du couteau.

Une pression suffit à activer le chargeur, qui se colle à la vitrine par aimantation. Il détecte le couteau et entame un cycle de charge tout en pulsant rapidement.

— Comment ça marche ? demande Col.

Je me relève et lui fais face.

— Une fois chargé, le couteau pourra se libérer tout seul. Et on s'en servira pour casser la vitrine dans laquelle se trouve ton arc.

— Ça va faire du dégât, j'imagine ?

— Comme s'il y avait eu une explosion. (Je hausse les épaules.) Mais tu as dit que personne ne venait jamais ici.

— Pratiquement jamais, confirme-t-il avec un regard mélancolique vers son arc de chasse. Combien de temps ça va prendre ?

— Pour un rechargement complet ? Une journée, plus ou moins. Demain soir, nous n'aurons qu'à revenir et dire au couteau de se frayer un chemin hors de la vitrine. S'il fonctionne toujours.

Col se rapproche pour regarder à travers le ferroglas.

J'étends la main au-dessus du couteau et – l'annulaire et le majeur collés l'un à l'autre, les autres doigts écartés – je fais le geste *Viens à moi*.

Pendant un instant, l'arme ne réagit pas. Puis un voyant rouge s'allume sur son manche.

— Tu vois ? Il voudrait me sauter dans la main. Mais il n'a pas encore assez de jus.

— Et il peut couper le ferroglas ?

Je lui souris.

— Comme s'il s'agissait de beurre.

— D'accord, convient-il. N'empêche qu'il y a quelque chose que tu ne me dis pas.

Ces mots détournent mon attention du couteau. Il me dévisage intensément avec ses yeux sombres.

Je prends ma voix de Rafi amusée.

— Qu'est-ce que tu insinues ?

— Quelque chose ne colle pas. Ça ne te ressemble pas, tout ça.

Bien sûr. La vraie Rafi n'aurait pas quitté un événement d'un tel retentissement pour aider quelqu'un à voler un arc de chasse. Elle ne passerait pas la soirée en compagnie d'un seul garçon alors qu'il y a mille autres invités à charmer. Et elle ne serait certainement pas là en train d'expliquer le fonctionnement d'un couteau à impulsions.

Col sait que je ne suis pas elle.

Un plan d'évasion se forme aussitôt dans ma tête : un bon coup à la tempe, main ouverte. Après quoi je me débrouillerais pour fracturer la vitrine avant de m'enfuir avec l'arme et le chargeur. La soirée qui se déroule en haut me donnerait quelques heures d'avance.

Mais pourquoi Col m'accuse-t-il *ici*, où personne ne peut l'aider ?

Il attend une réponse. La vraie Rafi en aurait une.

Pas moi.

— Sur les réseaux, dit-il, quand on te voit te comporter comme une enfant gâtée… C'est un numéro que tu joues, pas vrai ? Pour te moquer des gens comme nous.

Mon cœur s'était emballé ; il ralentit un peu.

— C'est amusant, je réplique, de se moquer des enfants gâtés.

— Alors que fais-tu ici avec moi ? Il y a une centaine d'hovercams là-haut, qui n'attendent que ça. Pourquoi n'es-tu pas en train de leur faire ton numéro ? Qu'est-ce qui a changé, Rafia ?

Trouve quelque chose à dire. Trouve quelque chose à dire.

Je touche mon cyrano, dans l'espoir qu'il pourra m'aider.

Col Palafox. C'est le fils aîné de la première famille de Victoria.

Stupide machine qui s'imagine que j'ai oublié son nom. Et qui se fiche de moi avec la voix de mon père.

— Pourquoi ma mère a-t-elle enfermé mon arc ? insiste Col. Aurait-elle peur de toi ?

— Oui, dis-je, soulagée de répondre enfin quelque chose.

Il attend la suite, mais j'entrevois enfin une porte de sortie. Pour l'empêcher de découvrir mon grand secret, il faut que je lui en dévoile un petit.

— Ne dis pas à ta mère que je t'ai mis au courant, je continue sur un ton anxieux.

— Au courant de quoi ?

— Que je suis là en tant qu'otage.

Col ne réagit pas. C'est comme s'il ne connaissait pas ce mot.

— Je suis votre prisonnière, j'explique. Pour garantir que les troupes de mon père ne vont pas faire main basse sur vos ruines.

Sa voix paraît troublée dans la pénombre.

— Et ma mère est d'accord avec ça ?

Une curieuse envie de défendre Aribella s'empare de moi.

— Ça ne lui plaît pas plus qu'à moi. Elle m'a promis de ne pas me faire de mal, Col.

Il laisse échapper un rire amer.

— Très délicat de sa part. Quand je pense qu'elle répète sans arrêt que nous sommes différents des autres premières familles… Je n'en reviens pas !

Il a l'air suffisamment fâché pour remonter l'escalier quatre à quatre et tirer les choses au clair avec Aribella. Une dispute entre eux n'arrangerait pas mes affaires.

Je lui prends le bras.

— Elle ne doit pas savoir que je te l'ai dit.

— Non, bien sûr que non… (Col me dévisage d'un air hésitant.) Que ton père ait organisé une chose pareille, je veux bien le croire. À la rigueur. Mais toi, pourquoi as-tu donné ton accord ?

Je détourne le regard. Col ne comprendra jamais que je n'ai pas eu le choix.

— Je ne veux pas de conflit entre nos deux villes. Et avec moi ici, il n'y en aura pas.

— Tu es très courageuse.

Je ne saurais pas dire s'il est sarcastique ou non.

— J'aurais dû t'en parler plus tôt. Je suis désolée.

Il me prend la main. Un frisson me traverse.

— Pas la peine de t'excuser, Rafi. Et ne t'en fais pas. Je suis sûr que Jefa tiendra sa promesse.

Il m'effleure la main du bout des lèvres. Brièvement.

— *J'en mettrais ma main au feu*, ajoute-t-il en français.

Je fixe ma main, ses lèvres.

Le cyrano me traduit ce qu'il vient de dire.

Que signifie cette expression ? Ce baiser ? Est-ce ainsi qu'on scelle une promesse à Victoria ? Ou est-ce le commencement d'autre chose ?

Je n'y connais rien en matière de baisers.

Ses yeux sombres sont rivés aux miens. Personne ne m'a jamais regardée avec une telle intensité, sauf Naya quand elle évalue mes faiblesses. Je me sens soupesée, passée au crible, sans défense.

Puis Col me lâche enfin et s'éloigne en direction du couloir.

— On devrait retourner à la fête, suggère-t-il.

Je hoche machinalement la tête. Soudain, ce tourbillon de musique, de flammes et de projectiles me paraît moins dangereux que de rester en sa seule compagnie.

DIS-MOI TOUT

Une chose étrange s'est produite au cours de cette soirée : je suis devenue populaire.

Tout le monde s'attendait à une Rafia capricieuse et sophistiquée, mais à la place, ils ont eu droit à moi. Au lieu de chercher à plaire à tous ces invités et à toutes ces caméras, je ne me suis occupée que de Col. Comme une jeune fille ordinaire prise d'un coup de foudre.

Et puis, quand cette pluie de *cascarones* s'est abattue sur nous, nous avons disparu tous les deux pendant une demi-heure.

Le rang facial planétaire de Rafi a baissé un peu ce matin : sortir avec son hôte n'a rien de bien glorieux selon les standards de ma sœur. Mais ici, à Victoria, les gens sont ravis de voir Col Palafox, le fils héritier de leur première famille, tourner la tête à une personnalité aussi flamboyante que moi.

Voir les réseaux sociaux discuter de ça me rend nerveuse. C'est de *moi* qu'ils parlent désormais, et non de Rafi. Cette fascination pour ma robe de bal, mon attitude, mes cheveux. Toutes ces spéculations concernant ce qu'il y a entre Col et moi, alors que je ne le sais pas moi-même.

Comment fait Rafi pour supporter une telle attention ? Comment parvient-elle à se rappeler qui elle est sous toutes ces couches de faux-semblants, de rumeurs et de ragots ? Pas étonnant qu'elle pique aussi souvent sa crise.

Je me demande si elle serait tentée d'échanger sa vie contre la mienne, ne serait-ce que pour avoir l'occasion de cogner sur quelque chose.

Je zappe sur les chaînes d'infos. Ici, à Victoria, je peux regarder les réseaux du monde entier au lieu de me contenter de la propagande de Shreve. C'est bizarre de voir les nouvelles présentées de manière aussi sobre, sans musique ni gros titres tapageurs.

Les troupes de mon père ont effectué un raid dans les montagnes la nuit dernière afin de détruire un campement rebelle à une centaine de kilomètres des ruines. Cette affaire sera peut-être bientôt réglée, après quoi je pourrai rentrer chez moi.

Mais bien sûr, mieux vaut ne pas trop compter là-dessus. Alors, tout en écoutant les infos, je continue à travailler sur mon kit d'évasion.

J'ai commencé à rassembler quelques petites choses utiles que je cache un peu partout dans ma chambre, et que je n'aurai qu'à ramasser si je dois m'enfuir précipitamment. Jusqu'à présent, j'ai mis de côté des fruits secs subtilisés à l'occasion des repas, quelques sacs en plastique pour collecter l'eau de pluie, mes vêtements autonettoyants et un briquet. Ce matin, j'y ajoute une arme improvisée : un luminaire aux bords tranchants que j'ai à moitié décroché du mur en faisant semblant de m'étirer.

Je préférerais un couteau à impulsions.

J'ai encore mal au crâne à cause de la soirée. L'entraînement me manque. Je suis en train de me ramollir, ici. Naya me tuera si je retourne à la maison en ayant pris du poids. Mais les pilules brûle-graisse me rendent nauséeuse, et je n'ai vraiment pas besoin de ça.

Bien sûr, Aribella sait déjà que je suis dangereuse, alors peut-être que ça ne changera pas grand-chose si je fais quelques pompes.

Au milieu de mon cycle d'exercices, mon cyrano tinte discrètement : un autre message de Rafi.

Je l'écoute tout en continuant à m'entraîner.

Tu me tues, Frey.

Que ma robe se fasse saccager, passe encore, mais fallait-il vraiment me faire passer pour une potiche pareille ? En pincer pour Col Palafox, sérieusement… Et s'il décide de te parler en français ?

À moins que vous n'ayez été trop occupés pour parler tous les deux.

Beurk. Je préfère ne rien savoir.

Enfin, si. Je veux tout savoir.

Je souris malgré moi. On dirait presque que Rafi est jalouse.

Elle est obligée de se cacher, bien sûr, sans pouvoir se rendre à aucune soirée. L'idée qu'elle doive vivre *ma* vie sociale par procuration a quelque chose de déstabilisant.

Par la fenêtre, j'aperçois une nuée de pigeons autour de la flèche de la cathédrale qui volettent avec insouciance. J'ai des picotements dans la main à l'endroit où Col m'a embrassée.

Est-ce donc ça, la sensation d'avoir une vie propre ?

Tu sais ce qui me tue le plus, Frey ? Que tu ne puisses même pas me raconter ce qui s'est passé. Que tu te sois frénétiquement débarrassée de tes vêtements pour la première fois sans ta grande sœur pour te conseiller, c'est intolérable.

Je respire profondément.

Frénétiquement débarrassée de mes vêtements ? En voilà une idée. Les lèvres de Col m'ont à peine effleuré la main.

Si Rafi était là, elle saurait ce qui est en train de se passer entre lui et moi. Le seul mot que nous avons échangé à voix haute, c'est *alliés*. Est-ce plus ou moins la même chose qu'*amis* ?

Il m'a quand même embrassé la main…

Il faudrait que je fasse une recherche sur la signification de ce geste, ici, à Victoria. Je pourrais interroger l'interface de la ville sur les pratiques locales en matière de romance.

Mais le service de sécurité des Palafox le remarquerait tout de suite – et ça ne ressemble pas à quelque chose que Rafi aurait besoin de demander. Elle le saurait déjà.

Donne-moi un indice, Frey. Si toi et ce garçon avez partagé ne serait-ce qu'un regard enflammé, porte la veste écarlate aujourd'hui, celle qui a des boutons sur les manches. S'il n'y a rien entre vous, mets plutôt la blanche.

Rouge pour la passion. Blanc pour la froideur et la solitude. Tu te souviendras ?

Envoie-moi un signe, Frey. N'importe quoi pour me changer les idées. Je deviens folle, enfermée ici !

En toute sincérité, j'espère que ce sera la veste blanche. Je veux dire, sérieusement. C'est le premier garçon auquel tu adresses la parole !

Je t'aime, petite sœur. Mais suis le conseil de ton Sensei *: pour l'instant, tu ne sais rien.*

L'enregistrement prend fin, et ses dernières paroles résonnent à mon oreille.

Sensei. Ce n'est pas un mot qu'elle utilise à la légère. Pas depuis la disparition de Noriko.

Elle tente de m'adresser un message que personne d'autre ne pourrait saisir, une chose d'une importance mortelle. Mais je n'arrive pas à l'interpréter.

Elle a raison. Je ne sais rien.

La situation m'apparaît tellement embarrassante, tout à coup. Notre père l'écoutait-il pendant qu'elle enregistrait ce message ? Se soucie-t-il de savoir s'il y a quoi que ce soit entre Col et moi ?

Il n'y a probablement rien de toute manière. Ce baiser sur le dos de la main n'est probablement qu'une de ces vieilles traditions victoriennes, comme la calligraphie ou l'écriture de romans.

N'empêche que le regard qu'il m'a lancé ensuite…

Un coup léger résonne à ma porte. Un coup frappé du bout des doigts.

— Entrez.

C'est Col. Il me dévisage d'un œil perplexe. Je suis en chemise de nuit, décoiffée et couverte de sueur. Pas l'état dans lequel Rafi a l'habitude de recevoir des visiteurs.

Maintenant que j'ai commencé à confier mes petits secrets, la façade que je présente au monde se fissure de toutes parts.

— Je me disais qu'on pourrait peut-être aller faire un tour dans le jardin sur le toit avant le déjeuner, dit-il.

Il me fait le petit geste qui signifie *On nous surveille.*

— Avec plaisir, Col. Je serai prête d'ici… quarante minutes ?

Il hoche la tête, visiblement rassuré.

Voilà typiquement une réponse que Rafi aurait pu donner.

ÉPINES

Le toit de la maison Palafox est couvert d'objets pointus : des antennes dressées vers le ciel, les lames tournoyantes de plusieurs éoliennes, un jardin rempli de cactus.

Il y en a de toutes les tailles et de toutes les formes, allant du ballon de foot hérissé de piquants aux géants de plus de trois mètres avec les bras écartés. Certains sont couverts de fleurs minuscules, autour desquelles bourdonnent des galaxies d'abeilles.

— *Les murs n'ont pas d'oreilles*, dit Col.

Mon cyrano me donne la traduction.

Je regarde autour de moi. Aucun drone de sécurité, aucun mur intelligent. À moins que l'une de ces abeilles ne soit une nanocaméra, il a probablement raison.

Pas d'hovercam en vue non plus. Ce qui est une bonne chose, parce que je n'ai pas encore choisi quelle veste je vais porter.

Comme l'a dit ma sœur, je ne sais rien.

Col fait un geste en direction de mon oreille.

— Ce truc nous écoute, pas vrai ?

Je hausse les épaules.

— C'est juste un cyrano. Je n'arrive jamais à retenir les noms.

— Jefa dit que les scanners de la maison ne peuvent pas le craquer, ce qui veut dire que c'est de la technologie de pointe. (Il me jette un regard en biais.) Il est peut-être en train de répéter tout ce qu'on dit à ton père.

Je lève les yeux au ciel. Je m'y connais beaucoup plus en matière d'espionnage que d'amourettes.

— Il est complètement passif. Vos services s'en apercevraient tout de suite s'il commençait à émettre. Mais si ça peut te rassurer…

Je glisse le cyrano dans ma poche.

Col ne sait pas qu'il nous écoute en permanence.

Un silence gênant s'installe entre nous.

— La soirée était très réussie, finis-je par dire.

Col m'adresse un sourire embarrassé.

— Jefa était ravie. Elle n'a fait aucune remarque concernant notre petite escapade.

Donc Aribella ne voit pas d'inconvénient à ce qu'il se passe quelque chose entre Col et moi. Du moins, il ne lui déplaît pas que le reste de la ville le croie.

Mais Col, qu'en pense-t-il exactement ?

J'ai toujours ce picotement dans la main à l'endroit où il m'a embrassée.

La voix de Naya me revient en mémoire. *Il y a tellement de terminaisons nerveuses dans la main, c'est le plus sûr moyen d'abattre un adversaire plus fort que toi.*

Je sais comment casser des doigts. Mais en matière de baiser, je n'y connais rien.

— Yandre m'a appelé ce matin, m'apprend Col. Iel a parlé à son frère, le sympathisant rebelle, à propos de cette inscription : « Elle ne viendra pas pour nous sauver. » Apparemment, ce serait une référence à Tally Youngblood.

Un frisson me traverse. Les rebelles ont leur propre sainte.

— Et qu'est-ce que ça veut dire ?

— Exactement ce que ça dit. Tally ne reviendra pas. Nous ne pouvons compter que sur nous-mêmes.

Rien de nouveau, en somme.

Je me détourne et jette un coup d'œil circulaire sur le toit, comparant la forme du bâtiment à la disposition des étages en dessous.

Préparer des plans d'évasion, ça, je sais faire.

Dans la cour, plusieurs arbres ont poussé si haut qu'ils dépassent du toit. Il ne serait pas trop difficile de les escalader pour monter jusqu'ici.

— Tu crois que le couteau a fini de se recharger ? me demande Col.

— Pas encore. La chasse te manque à ce point ?

— J'ai horreur de me faire confisquer mes affaires. (Il jette un regard mélancolique en direction des montagnes.) Mais, oui. J'aime bien assurer ma subsistance par moi-même, me sentir en communion avec la nature.

J'éclate de rire.

— Tu communies avec la nature en la mangeant ? J'espère que tu ne procèdes pas de la même façon avec tes amis.

— Pourquoi ? C'est ce que nous sommes ?

Très juste. Nous avons seulement parlé d'être *alliés*.

Col me lance un de ses regards intenses qui doivent probablement signifier quelque chose. Mais comment savoir quoi ? L'amitié est une chose dont je n'ai pas l'habitude. Je n'ai eu qu'une seule amie à proprement parler jusqu'ici, c'est ma sœur jumelle.

— Amis ? Bien sûr, si tu veux.

— Super.

Il hoche la tête avant de se détourner.

J'ai l'impression de ne pas m'y prendre comme il le faudrait.

— En parlant de manger ce qu'on trouve dans la nature, ces *nopales* sont tout à fait délicieux. (Il a repris sa voix de guide touristique et m'indique un bosquet de cactus aplatis qui ressemblent à des grandes assiettes oblongues couvertes de fleurs.) Il y en aura au déjeuner, tu pourras goûter.

— Hmm, ça n'a pas l'air très appétissant. (Je tends la main et touche l'un des cactus, en m'attendant à me piquer. Ce qui ne rate pas.) Aïe. Pourquoi faut-il que tout ait des piquants, par ici ?

— Des épines, me corrige Col. Petites et duveteuses pour éloigner les insectes, plus grosses pour les grands mammifères comme toi et moi.

— Bref, tu es en train de me dire que les cactus ont peur de tout.

Col m'adresse un regard entendu.

— Quand on a de l'eau dans le désert, on est bien obligé de se défendre.

Il fait allusion aux ruines, évidemment. Le métal est une ressource qui intéresse toutes les villes, comme l'eau dans le désert.

— Et ta famille, quel genre d'épines a-t-elle ?

— Le genre qui fait mal. Ce matin, j'ai demandé à Jefa ce qu'elle ferait si ton père refuse de nous rendre nos ruines.

Je fronce les sourcils.

— Elle n'a pas menacé de me jeter aux oubliettes, j'espère ?

— Non. Elle est restée évasive. Mais elle m'a appris qu'elle gardait quelques surprises en réserve pour ton père. Il n'est pas le seul à réactiver des armes anciennes.

— Ça ne fera qu'empirer la situation.

— Pour lui.

Je secoue la tête.

— Quand les choses ne tournent pas en sa faveur, mon père augmente les enjeux. Quand il est pris en flagrant délit de mensonge, il réplique par un mensonge encore plus gros. Quand on cherche à lui résister, il cogne encore plus fort.

Quand quelqu'un lui enlève un enfant, il en fait deux autres.

— Nous n'avons pas peur de lui, dit Col.

— Pourquoi ta mère a-t-elle besoin d'une otage, dans ce cas ?

— Pour épargner des vies. Nous ne tenons pas à nous battre. (Son regard se perd en direction des montagnes.) Même si les premières familles ne se livrent plus des guerres ouvertes comme à l'époque des Rouillés, les soldats continuent de mourir dans les conflits. En te gardant près de nous, Jefa tente de montrer à ton père une autre manière de procéder. La négociation plutôt que la violence.

Aribella s'imagine donc pouvoir manipuler mon père.

— Elle me fait un peu peur, dis-je.

— *Très drôle.* Si l'on considère qui est ton père.

— *Je suppose*, répondis-je, assez fière de réussir à me passer de mon cyrano.

Drôle a la même signification que *droll* en anglais.

Col me trouve amusante.

— Il y a une chose que je voudrais te montrer, me dit-il.

— Encore un truc comestible avec des piquants ?

Col sourit et me conduit sur le côté ouest du toit, face aux montagnes.

— La meilleure vue de la ville.

Ce n'est pas le cas. Nous surplombons un dédale de ruelles à travers un vieux quartier de Victoria. Pas de tours féeriques ni de couleurs vives par ici.

Par contre, c'est le quartier idéal pour disparaître sans laisser de traces.

Col jette un coup d'œil à un casier en plastique à nos pieds, sur lequel figure le symbole « Danger incendie ». Des gilets de sustentation.

Des pensées confuses se télescopent dans ma tête. Il est en train de m'aider à tisser mes plans d'évasion. C'est un véritable allié.

Ou peut-être même plus que ça. Après tout, il est en train de trahir sa famille pour moi.

— Je ne sais pas quoi dire.

Col hausse les épaules.

— Personne ne devrait être prisonnier à cause de sa naissance.

Le plus étrange, c'est que je ne me suis jamais sentie prisonnière à Victoria. Avant de venir ici, je vivais ma vie enfermée derrière des portes verrouillées et des murs impénétrables. J'ai toujours été prisonnière.

C'est comme si Col l'avait compris et voulait me sauver.

Il se penche au-dessus du parapet.

— Cette longue ruelle mène jusqu'à la sortie de la ville, avec quelques détours.

— Merci.

— C'est le moins que je puisse faire. (Col paraît sur le point d'en dire plus, mais il se ravise et se détourne.) Je ferais mieux d'aller m'habiller pour le déjeuner. Nous mangerons sur la terrasse sud. Avec tous les ragots à propos d'hier soir, tu peux être sûre qu'il y aura des hovercams dans tous les coins.

Donc la tenue que je porterai se retrouvera sur les réseaux, et Rafi guettera les images avec impatience. Sauf que je ne sais pas quelle veste choisir. Pas encore.

Et je ne sais pas non plus pourquoi elle a prononcé le mot *Sensei.*

Nous retournons jusqu'à ma chambre dans un silence gêné. Il y a trop de choses en suspens entre nous.

Parvenue devant ma porte, j'hésite.

— C'est agréable d'avoir un ami ici, je lance.

Col reste silencieux. Il me regarde. Nous sommes de retour à l'intérieur, où la maison peut nous entendre, alors peut-être qu'il ne peut pas dire à voix haute ce qu'il pense. Mais je ne peux m'empêcher de l'interroger.

— Quoi ? dis-je à voix basse.

— Rien, répond-il doucement. C'est juste que… *parfois, je me perds dans tes yeux.*

Zut. Ça fait trop de français d'un coup pour moi. Je n'ai aucune idée de ce que ça veut dire.

S'agit-il d'une indication vers une voie d'évasion ? D'une plaisanterie au sujet du déjeuner qui nous attend ?

Je lui retourne l'une des expressions amusées de Rafi.

— C'est… trop mignon.

— Désolé, marmonne Col.

Il recule d'un pas et son expression s'assombrit.

Il s'excuse. J'ai raté quelque chose.

Mais je ne peux quand même pas lui avouer à quel point mon français est mauvais. J'ai déjà lâché suffisamment de secrets aux Palafox.

Col s'en va. Je le regarde s'éloigner sans un mot.

Une fois la porte refermée derrière moi, je ressors le cyrano de ma poche en espérant qu'il a tout enregistré. Je me rends dans la salle de bains et j'ouvre tous les robinets en grand.

— Repasse-moi les soixante dernières secondes, dis-je à voix basse.

J'entends à peine ce qu'il m'a dit. Et je n'y comprends toujours rien.

— Traduction ? je demande.

Le cyrano s'exécute, avec la voix de mon père. *Parfois, je me perds dans tes yeux.*

Je reste plantée là, au milieu de la vapeur qui s'élève, sans me soucier de ce que le service de sécurité des Palafox peut bien penser. L'important, c'est ce que je vais faire maintenant.

Avec cet air amusé que j'ai pris après sa déclaration, il a dû penser que j'étais redevenue la Rafi que tout le monde connaît. Hautaine, dédaigneuse, trop insensible pour un compliment aussi simple et aussi touchant.

Je dois faire quelque chose pour corriger ça.

— Message pour Col Palafox, dis-je en m'adressant à ma chambre.

— Teneur du message ? demande la chambre.

J'ai le cœur qui bat à tout rompre.

— « Moi aussi. » C'est tout, tu peux envoyer.

Puis j'ouvre mon placard et contemple la veste rouge.

C'est celle-là que je devrais porter au déjeuner ; mon cœur qui bat si fort en est la preuve. Seulement, ai-je vraiment envie que Rafi sache ce que j'ai dans la tête ?

Et si elle se moquait de moi ? Je ne le supporterais pas. Sans compter que Dona regardera les images, elle aussi. Peut-être même mon père. Ils n'apprécieraient pas de voir ma mission compromise pour une amourette d'adolescente.

Mais Rafi est ma grande sœur, et elle m'a réclamé un signe. Et elle a employé le mot *Sensei* pour que je sache que c'était important.

Il faut que je partage ça avec elle.

J'attrape la veste rouge.

FUITE

Cette nuit-là, je suis arrachée au sommeil par un son strident.

J'ai d'abord la sensation de rêver que mon lit me passe au scanner sous plusieurs rayons lumineux. Sauf que, au lieu de cicatrices et d'os ressoudés, l'examen révèle une arme enfouie en moi. Un couteau à impulsions dissimulé dans ma poitrine.

C'est là que le rêve tourne au cauchemar : une alarme retentit, si forte que je ne peux rien faire pour y échapper, même pas plaquer mes mains sur mes oreilles. Ce son insupportable résonne jusque dans mes os et fait battre mon cœur à un rythme frénétique.

Je finis par me réveiller en sursaut. Je jette des regards affolés autour de moi. Le son ne cesse pas, comme si je continuais de rêver.

Puis je réalise qu'il provient de mon cyrano, qui vibre sur ma table de chevet.

Sans doute un faux contact.

— Silence ! lui dis-je.

L'appareil se tait.

Je le saisis et me le fourre dans l'oreille d'une main hésitante. Si l'alarme se déclenche à nouveau, je risque de rester sourde. Mais le cyrano a retrouvé son volume sonore habituel.

Message d'urgence.

Je l'actionne du bout du doigt, et la voix de ma sœur résonne à mon oreille.

Je suis désolée, Frey. Il a refusé que je te prévienne plus tôt. Parce que tu as choisi de porter cette stupide veste rouge. Comment as-tu pu être aussi bête ?

Après ce que je t'avais dit, tu n'avais pas compris que tu étais censée porter la blanche ?

Qu'il s'agissait d'un test ? Que c'était lui qui m'avait obligée à te dire ça ?

Maintenant, il s'imagine que tu vas faire passer Col avant lui. Que tu refuseras d'obéir aux ordres. Que tu les préviendras !

Je m'assieds dans mon lit. Les prévenir de quoi ?

Il a avancé le timing. Nous chassons les Palafox des ruines ce soir.

L'attaque commence dans deux minutes.

Je cligne des yeux dans l'obscurité, tâchant de comprendre ce qu'elle me dit. J'ai l'impression d'être encore dans mon rêve. Sous le scalpel des rayons lumineux, avec mon cœur qui bat à la vitesse d'un couteau à impulsions.

Je respire à fond plusieurs fois pour me calmer. J'ai mon kit d'évasion sous la main. Je sais ce qu'il me reste à faire. Je me suis préparée pour ça toute ma vie.

Mais tous mes réflexes acquis à l'entraînement s'évaporent quand je prends conscience que…

Mon père n'a pas jugé bon de m'accorder plus de deux minutes d'avance.

Je m'accroche à la voix de ma sœur.

Tout ce que tu as à faire, c'est d'atteindre les ruines, Frey. Nous allons faire main basse dessus comme tout le monde s'y attend.

Approche par le sud, à pied. Les soldats n'oseront pas tirer. Ils te prendront pour moi.

Tu vas y arriver. J'ai confiance en toi.

Oui. M'échapper, par la force s'il le faut. Je suis Frey, celle qui se sert de ses poings.

C'est la seule chose que je sais faire.

Je saute hors de mon lit, enfile en hâte mon survêtement, mes chaussures de sport et mon blouson. Fourre dans mes poches mes fruits secs, mon briquet et mes sacs en plastique. Prise d'une inspiration subite, j'arrache la doublure en tulle de ma robe de bal.

D'un coup de pied, j'achève de détacher le luminaire que j'avais préalablement repéré. Il se coule parfaitement dans ma main ; ses bords métalliques scintillent dans l'obscurité.

Le service de sécurité a dû être alerté par le signal de mon cyrano et mon comportement bizarre. Il va certainement envoyer quelqu'un pour voir ce que je fabrique.

Si mon père m'avait laissé plus de temps, j'aurais pu me préparer tranquillement, discrètement. Mais il n'a plus confiance en moi.

Parce que j'ai porté la veste rouge, comme une idiote. Comme une écervelée qui attache plus d'importance à sa vie sentimentale qu'à sa mission.

Concentre-toi.

On sonne.

— Excusez-moi, Rafia, fait une voix masculine derrière la porte. C'est le gardien Renold. J'aimerais vous dire un mot, s'il vous…

J'ouvre la porte et je lui assène mon poing dans la figure, en serrant mon arme improvisée pour donner plus de poids à mon coup. Il bascule à la renverse et s'étale de tout son long.

Une vive douleur irradie dans ma main. Il y a si longtemps que je n'ai plus cogné sur quoi que ce soit.

Je donne encore un coup de pied dans le ventre du gardien pour m'assurer qu'il ne va pas se relever tout de suite. Ses collègues ne vont pas tarder, mais leur local se situe tout en bas du bâtiment. C'est plutôt des drones dont je dois m'inquiéter.

Heureusement, j'ai un plan pour ça aussi.

Je cours en direction de la salle de billard, dont l'une des fenêtres donne sur la cour. Suffisamment proche d'un arbre pour l'atteindre d'un bond. Enfin, je crois.

En chemin, je déchire la doublure de ma robe de bal. J'enflamme les lambeaux avec mon briquet et je les lance sur les rideaux, le mobilier. Les couloirs ne tardent pas à se remplir de fumée.

À mi-chemin de la salle de billard, un drone arrive face à moi. Mais il me contourne sans ralentir et se met à cracher de la mousse anti-incendie. Des alarmes proviennent de toutes les directions, tous les capteurs réclament son attention.

Il suffirait de modifier les priorités des drones pour qu'ils se focalisent sur moi plutôt que sur les flammes, mais maintenant que mon père a déclenché son attaque, le service de sécurité des Palafox a sûrement d'autres préoccupations que la fuite d'une gosse de riches.

Tout ce dont j'ai besoin, c'est qu'ils continuent de me sous-estimer pendant quelques minutes.

Dans la salle de billard, je renverse deux jeux de boules devant la porte. Et j'attrape une queue sur un râtelier mural.

Je fracasse la vitre d'un seul coup ; mille éclats dégringolent en scintillant dans la nuit. Comme c'est du verre à l'ancienne et non du polymère de sécurité, je passe plusieurs fois ma queue de billard sur le montant de la fenêtre pour éliminer les fragments qui y restent accrochés.

En passant la tête à l'extérieur, je me rends compte que la branche à laquelle je pensais se trouve plus loin que dans mon souvenir.

Mes entrailles se nouent. Il fait si noir qu'on ne distingue même pas le sol en contrebas. Quelques étoiles brillent au-dessus de la jungle.

Un fracas de boules s'élève dans mon dos. Une gardienne a dérapé dessus. Je bondis, tenant ma queue de billard comme un *bô*. Elle tente de parer le coup avec une espèce de matraque électrique que je lui fais sauter des mains. Elle bloque un premier swing à la tempe ; je lui enfonce le bout de la queue de billard dans le ventre.

Elle s'écroule.

Mais d'autres vont arriver. Je n'ai plus le choix, il faut que je saute.

Je m'élance par la fenêtre en regrettant mes bracelets anticrash.

La nuit fraîche m'enveloppe. Je tends les mains vers la branche, mes paumes se posent sur l'écorce et, pendant un instant, je crois que je vais réussir à m'accrocher ; et puis, emportée par mon élan, je glisse.

Je tombe en silence, une seconde à peine – une deuxième branche plus basse me cueille au ventre comme un placage et chasse tout l'air de mes poumons.

La branche ploie sous mon poids, dans un froissement de feuilles et un grand bruissement d'ailes. Ma réception brutale fait s'envoler une nuée d'oiseaux à travers les frondaisons.

Je parviens malgré tout à me cramponner.

La fenêtre de la salle de billard est juste au-dessus de moi, béante. Je baigne dans la lumière qui s'en échappe.

Reprenant mon souffle à petites goulées douloureuses, je commence à grimper. Vers le sommet de l'arbre, vers les étoiles que j'entrevois entre les lianes.

On m'a formée pour vivre des moments pareils, et pourtant l'excitation du combat peine à s'enclencher après le coup en traître que je viens de recevoir.

Le coup de mon père qui n'a pas hésité à me sacrifier.

Rafi avait raison. Depuis qu'on lui a enlevé Seaman, mon père n'attend qu'une occasion de clamer à la face du monde : *Prenez mon enfant ! Je m'en fiche !*

Il m'échange contre un stock de métal. Je n'ai servi qu'à faire diversion, à plonger les Palafox dans un sentiment trompeur de sécurité.

Voilà pourquoi on m'a formée : pour me sacrifier.

J'entends des voix provenir de la fenêtre au-dessous de moi et je me fige.

Un homme en uniforme de gardien se penche au-dehors. Il jette un rapide coup d'œil vers les branches dans lesquelles je me cache, puis scrute longuement le jardin en contrebas. Les lumières s'allument le long des allées.

Deux drones s'approchent derrière lui, et il leur fait signe de sortir par la fenêtre. Ils se laissent descendre dans le jardin.

Pourquoi ne m'ont-ils pas vue ? Ma chaleur corporelle doit flamboyer comme un feu de brousse dans la fraîcheur de cette jungle.

Quand je bascule en mode vision nocturne, je comprends : les frondaisons grouillent de créatures. Des oiseaux, des écureuils qui détalent le long des branches, et tout cela forme une masse vivante autour de moi.

Mais il suffirait que le gardien regarde un peu plus attentivement pour distinguer ma silhouette.

Je recommence à grimper, faisant bien attention à ne pas trop faire bouger les feuilles. J'arrive au niveau du toit ; le bord est presque à portée de main, mais la branche plie sous mon poids quand je m'avance dessus.

Puis j'entends un bruit qui me glace le sang au milieu des alarmes et des cris. Un glissement écailleux.

Et je me souviens de ce que m'a dit le Dr Orteg en rigolant quand il m'a opérée des yeux.

Les serpents sont des créatures à sang froid, dont la température s'aligne sur celle de leur environnement. Ils sont indétectables par la vision thermique.

Et ils détestent qu'on leur marche dessus.

SERPENT

Le bruit est léger, comme un frottement de langue sèche contre l'écorce, mêlé à un froissement de feuilles.

De quelle direction vient-il ?

Les branches sont tout entremêlées à cette hauteur, et d'autres bruits me perturbent. Le jardin en contrebas grouille de gardiens et de drones.

Ils ne tarderont plus à me repérer.

Je tends la main vers la branche suivante en priant pour refermer les doigts sur de l'écorce, et non sur des écailles.

Comme elle me semble assez épaisse pour supporter mon poids, je me balance dessous. Suspendue dans le vide, je tends l'oreille. Le bruit s'est rapproché.

Mais je ne peux pas me focaliser sur le serpent. Pas avec une dizaine de gardes armés et une multitude de drones à mes trousses.

Je me hisse à la force des bras et enroule mes jambes autour de la branche.

Le toit est là. Alors que je m'en rapproche au plus près, les feuilles frémissent, mais je n'y prête pas attention. J'ai trop hâte de poser le pied sur une surface solide.

Puis j'entends de nouveau ce glissement inquiétant. Je me fige. Je coupe ma vision nocturne qui ne me sert à rien.

Et je le vois, juste devant moi. Avec ses écailles qui scintillent au clair de lune, ses anneaux qui coulissent.

Et ses yeux noirs, comme deux taches de pétrole.

Il me fixe avec une patience inlassable. Paralysée, je reste suspendue comme ça pendant une durée indéfinissable, osant à peine respirer, vaguement consciente que mes muscles commencent à me brûler.

Tôt ou tard, je vais finir par tomber.

C'est un drone qui vient à mon secours. Je vois ses diodes rouges et vertes tournoyer à la limite de mon champ de vision. À moins d'un mètre de distance, il me braque avec sa matraque étourdissante.

— Ne bougez pas, m'ordonne-t-il. Nous ne voulons pas vous faire de mal, mais nous le ferons si vous nous y obligez.

Me faire du mal ? S'il m'étourdit avec sa matraque, je m'écroulerai sans connaissance jusqu'au sol. C'est peut-être ça qui fait hésiter son pilote.

Je n'ai même pas d'arme. Alors mes réflexes prennent le pas sur ma peur et j'en improvise une.

J'attrape le serpent par la queue et le jette sur le drone. Il le frappe avec un *smack* avant de s'enrouler autour de lui. Le drone s'incline ; ses rotors luttent contre cet excédent de poids.

Mais la créature refuse de lâcher prise, et ils dégringolent ensemble à travers le feuillage.

Je regrimpe précipitamment sur la branche. Le bruit n'a plus d'importance. Je dois vite enfiler l'un de ces gilets de sustentation et sauter dans la nuit.

La branche est juste assez proche pour me permettre de toucher le toit du bout des doigts. Je me jette au-dessus du vide ; mes pieds dérapent sur la pierre rugueuse.

Une dernière traction et je me hisse sur le parapet. Son contact solide est comme une libération, mais je n'ai pas le temps de m'y attarder. Je me laisse basculer de l'autre côté et tombe…

Au milieu des aiguilles. Enfin, des épines.

J'ai atterri en plein dans le jardin de cactus.

Mille piqûres minuscules m'arrachent une exclamation étranglée. Je m'extirpe des cactus pour rouler sur l'allée gravillonnée.

Ma veste est épinglée sur moi par une centaine d'épines. Je la retire.

— Pas un pas de plus, me lance une voix familière.

Un autre drone, à deux mètres de moi.

— Rien ne t'oblige à faire ça, dit-il avec la voix d'Aribella.

Les troupes de mon père sont en train d'envahir les ruines, et elle perd son temps à s'occuper de moi ?

Pourquoi suis-je tellement importante ?

Parce qu'elle n'a pas encore compris que mon père m'a sacrifiée.

— Tu ne peux pas t'échapper, Rafia.

Elle a sans doute raison. Je n'ai aucune arme à portée de main. J'ai bien ma veste à mes pieds, que je pourrais peut-être jeter sur le drone, mais je suis à bout de forces. Tous mes muscles sont endoloris.

— Tu n'as rien à craindre de nous, insiste Aribella.

J'aimerais tellement la croire, pouvoir penser qu'il y a quelqu'un de mon côté.

— D'accord, dis-je tout bas, je laisse tomber.

Et je lève les mains.

— Bravo, Rafia. Je savais que tu étais une fille intell…

Un projectile frappe le drone, illuminant la nuit avec un bouquet d'étincelles et de flammes.

Je recule d'un pas, les bras en protection devant les yeux, et manque de trébucher une nouvelle fois dans les cactus. Éblouie par l'explosion, je distingue vaguement une silhouette à l'autre bout du toit, qui se détache sur la ligne des montagnes.

Elle tient un arc de chasse.

— Dépêche-toi ! me lance Col. Je n'ai plus que deux flèches explosives.

Il scintille au clair de lune, parce qu'il est couvert de poussière de ferroglas.

Il a mon couteau à impulsions glissé dans sa ceinture.

ÉVASION

Je traverse le toit au pas de course et me jette dans ses bras.

Col m'enlace brièvement, puis il se détache en fronçant les sourcils.

— Aïe ! Pourquoi piques-tu comme ça ?

— Désolée. Je me suis roulée dans les cactus. Comment es-tu monté jusqu'ici ?

— Par l'escalier, répond-il.

Bien sûr. Le toit est une issue de secours en cas d'incendie. Quand la maison a détecté la fumée, elle a déverrouillé automatiquement toutes les portes.

J'aurais pu prendre l'escalier, moi aussi.

— Je n'arrivais pas à dormir, explique Col. Alors je suis descendu dans l'ancien bâtiment et j'ai appelé le couteau, comme tu me l'avais montré.

Il toussote en soulevant un nuage de paillettes. Je devrais probablement lui dire que respirer de la poussière de ferroglas n'est pas indiqué.

Je tends la main, doigts écartés à l'exception du majeur et de l'annulaire, collés l'un à l'autre. Le couteau s'arrache à sa ceinture et bondit au creux de ma paume. Je le sens frémir dans ma main ; c'est comme si une partie de moi venait de repousser.

— Quand l'alarme s'est déclenchée, j'ai cru que j'allais me faire pincer, raconte Col. Mais ce n'était pas moi. Ton père s'en est pris à nos troupes dans les ruines.

— Je te jure que je n'étais pas au courant.

— Je sais que tu n'es pas comme lui, Rafi. Mais on ferait quand même mieux de te cacher quelque part jusqu'à ce qu'on sache ce que Jefa a l'intention de…

Il s'interrompt et me repousse sur le côté pour encocher une flèche.

Je fais volte-face. Trois autres drones viennent de surgir au-dessus du parapet.

— Économise tes flèches, Col, dis-je.

Et je lance mon couteau d'un geste sec.

Il décrit une longue courbe au-dessus du toit. Frappe le drone le plus à droite, qu'il transforme en mille fragments de métal et de plastique, avant de continuer sa course à travers les deux autres.

Un instant plus tard, il est de retour dans ma main, ronronnant de plaisir, chaud comme le pain qui sort du four.

— Waouh, fait Col en me fixant avec stupéfaction.

Il vient seulement de saisir la puissance de l'arme qu'il m'a donnée. Je m'agenouille devant le casier des gilets de sustentation et soulève le couvercle.

— Ils vont nous envoyer d'autres drones. Enfile un de ces trucs.

— Heu… Rafi ?

Je dresse la tête. Col claque des doigts et s'élève dans les airs.

Il se tient sur un hoverboard.

Avec un petit sourire satisfait.

— J'en ai profité pour récupérer le reste de mes affaires, explique-t-il. J'ai pensé que tu aurais peut-être besoin que je te conduise quelque part.

Je me relève et détaille sa planche. C'est un modèle tout-terrain, équipé de rotors et de panneaux solaires. Pas le plus rapide, mais parfait pour évoluer en pleine nature.

Il y a un tas de choses que j'aurais envie de lui dire, mais tout ce qui me vient, c'est :

— Merci.

Col replie son arc ; ses polymères nanotechs s'emboîtent pour former une masse compacte de la taille d'un boomerang.

— Allez, grimpe.

Je monte derrière lui, puis la planche prend de la hauteur et nous entraîne par-dessus le parapet. La ville déploie son dédale de rues en dessous de nous, et je me sens prise d'un léger vertige.

— Pas de bracelets anticrash ? je demande.

Il hausse les épaules.

— J'étais pressé.

— Attends… pourquoi viens-tu avec moi ?

— Je vais te conduire hors de la ville, dit Col. (Il se penche en avant pour nous faire prendre de la vitesse.) Si on nous poursuit, ils n'oseront pas tirer.

Bien sûr – il est l'enfant chéri de Victoria.

Et comme ça, nous ne sommes pas obligés de nous dire au revoir tout de suite.

— Tu n'auras qu'à prétendre que je t'ai forcé la main, j'affirme en refermant mes bras autour de sa taille. Ça t'évitera d'avoir des ennuis.

— Ou alors, je pourrais dire la vérité à Jefa : qu'elle ne devrait pas prendre des enfants en otage.

— Ah oui, la vérité, je susurre. C'est une méthode.

Nous fléchissons les genoux ensemble et la planche s'enfonce dans une ruelle derrière la maison Palafox. Le mugissement des sirènes s'éloigne derrière nous.

ESCALADE

Nous filons à travers la ville, dix mètres au-dessus des rues désertes.

En jetant un coup d'œil par-dessus mon épaule, je n'aperçois aucun signe de poursuite. Peut-être savent-ils que Col est avec moi, or il n'y a aucun moyen d'atteindre la planche sans nous tuer tous les deux.

Ou peut-être ont-ils d'autres chats à fouetter pour l'instant.

Je l'éprouve enfin, cette ivresse du combat. Avec mes bras noués autour de Col, et nos deux corps qui s'inclinent à l'unisson dans les virages, je retrouve tous mes réflexes et toute ma détermination.

Mais ensuite, alors que nous grimpons brièvement au-dessus des toits, j'aperçois des traînées de flammes dans le ciel loin devant nous. Ce sont les engins suborbitaux de mon père qui plongent sur les ruines. Des éclairs de foudre montent du sol à leur rencontre.

Nos familles sont en guerre.

Beaucoup de soldats vont mourir cette nuit.

— Je suis désolée, dis-je tout bas dans le cou de Col.

— Tu as fait ce que tu pouvais en venant ici. C'est la faute de Jefa si elle lui a fait confiance.

Col s'imagine que je suis venue de mon plein gré. Que ma présence avait la moindre chance de convaincre mon père de réfréner ses appétits. Il ne sait pas que je n'étais qu'un pion, un simple moyen d'amener les Palafox à baisser leur garde.

Tout cet entraînement aux techniques d'évasion et au maniement des armes n'a jamais été conçu comme un dernier recours. Il a toujours été prévu que je me retrouverais livrée à moi-même en territoire ennemi.

Toute ma vie, j'ai cru que ma sœur et moi étions comme une arme à double tranchant. En réalité, il n'y a qu'elle qui compte. Je n'étais qu'une balle qu'on tire et qu'on oublie.

Me serais-je trompée en même temps que je trompais tout le monde ?

Nous continuons jusqu'à survoler la zone industrielle à la lisière de la ville. Ici, les bâtiments sont massifs et sans fenêtres, et les rues sillonnées de camions autonomes.

Les usines doivent être en train de mettre les bouchées doubles dans la production de drones et d'équipements de combat. Aribella espère encore reprendre les ruines.

Elle ne connaît pas mon père.

— On y est presque, annonce Col.

L'hoverboard ralentit. Au-delà des lumières des usines s'étend l'immensité sombre du désert.

J'ai déjà campé en pleine nature, mais la perspective de m'y aventurer sans personne me rend nerveuse.

Chez nous, Rafi dormait toujours à côté de moi. Même en tant qu'otage, j'avais une maison pleine de gens autour de moi. À l'idée de m'enfoncer toute seule dans cette noirceur, j'ai la boule au ventre.

Jusqu'à présent, j'ignorais complètement cette peur de la solitude. Cela dit, je ne savais pas non plus que j'avais peur des serpents avant de me retrouver nez à nez avec l'un d'eux.

Un frisson me traverse.

— Tu n'as qu'à prendre mon blouson, suggère Col. Il est chauffant.

— Merci.

La planche s'immobilise, et il se retourne face à moi.

Je baisse les yeux sur ma tenue. Je suis dans un triste état. Ma chemise de nuit est hérissée d'épines de cactus.

Col retire son blouson.

— Tu n'arriveras pas jusqu'à Shreve avec une seule charge. Mais cette planche est équipée de panneaux solaires.

— Aucun problème. Ils me récupéreront aux ruines.

Il regarde les traînées de flammes à l'ouest en fronçant les sourcils.

— N'en sois pas aussi certaine. Tu risques de tomber en pleine bataille.

Je pousse un soupir. Les gens s'imaginent toujours que le combat sera loyal, mais ils se trompent.

— Ça ira. Et puis, j'ai mon couteau. (La planche oscille un peu sous nos pieds.) Merci de m'avoir aidée, Col.

Il m'enveloppe dans son blouson. C'est vrai que ça réchauffe, mais moins que le fait de me retrouver dans ses bras.

— Comment ton père peut-il faire ça ? me demande Col. Courir le risque de te perdre comme ça ?

Je pourrais lui répondre ce que j'ai enfin compris, que ce risque faisait partie de son plan depuis le début. Mon père s'est servi de moi pour appâter les rebelles. Il m'a prévenue de me tenir prête à m'enfuir. Je n'ai toujours été qu'un pion dans son jeu, quelqu'un qu'on peut sacrifier sans arrière-pensée.

Mais je ne veux pas quitter Col sur cet aveu.

Alors je mens :

— J'imagine que quelque chose a mal tourné. Un accident, peut-être. Un tir fratricide…

Il hoche la tête.

— Ça ne durera pas. Les guerres entre villes ne durent jamais. Je t'enverrai un message dès que je le pourrai.

Je me détourne. Col ne m'enverra aucun message car ma sœur reprendra son rôle et son nom dès que je serai de retour à la maison. Frey n'a aucune existence dans l'interface globale.

— Rappelle-toi une chose, dit-il. Ce conflit n'a rien à voir avec nous deux.

Au contraire, je porte une lourde responsabilité dans ce conflit. Moi, l'imposteur, qui ai fait croire aux Palafox qu'ils pouvaient se fier à mon père.

— Tu vas me manquer, je murmure.

— Tu vas me manquer aussi, Rafi.

Il m'attrape par les épaules et se penche sur moi.

La chaleur de ses lèvres sur les miennes me donne des picotements partout, comme quand je sens un orage arriver. Le sang afflue dans ma tête et j'ai l'impression que c'est mon nom qu'il a prononcé, et non celui de ma sœur. Comme si ce baiser était la première chose qui m'appartenait pour de vrai. Et je sais exactement comment l'embrasser en retour. À croire que je me suis entraînée toute ma vie pour cet instant.

Et puis la voix de mon père me chuchote à l'oreille…

Message d'urgence.

Je sursaute et me détache de Col.

Il me dévisage sans comprendre.

— Quoi ?

Je tapote mon cyrano, et la voix affolée de ma sœur me parvient :

Sors de cette maison, Frey ! Tout de suite !

Sors par la fenêtre ! Tue tous ceux qui voudraient t'en empêcher !

D'ici trente secondes, il sera trop tard !

Je plonge mon regard dans les yeux sombres de Col, espérant me tromper.

Tout en sachant que j'ai raison.

Aribella ne mentait pas quand elle disait avoir une surprise pour mon père dans sa manche. Elle a repoussé ses troupes hors des ruines. Ce combat se révèle plus difficile qu'il ne s'y attendait.

Et dans ces cas-là, il réagit toujours de la même manière.

— Je suis désolée, dis-je dans un souffle.

— Oh. (Col se détourne, le dos de sa main contre ses lèvres.) Je croyais que tu avais envie que je t'embrasse.

Il ne comprend pas. Il n'entend pas la voix de Rafi dans mon oreille.

Ça va être l'escalade.

Je te jure que je n'étais pas au courant.

Tire-toi de là, Frey. Sauve-toi !

J'ouvre la bouche pour tenter une explication, mais le message de Rafi est arrivé trop tard. Au nord, un point lumineux déchire le ciel, plus rapide que tout ce que j'ai vu jusqu'ici.

Il laisse une trace derrière lui, une traînée de plasma ; l'air lui-même se consume dans son sillage.

Et il plonge droit sur le cœur de Victoria.

Mon père fabrique sa propre réalité. Quelquefois par la force. Quelquefois de manière atroce.

Nous percevons d'abord le flash, puis un grand « boum » qui secoue l'air et nous fait vaciller sur la planche.

Au centre de la ville, une fumée noire commence à s'élever.

Col reste planté là, les yeux écarquillés.

Je n'éprouve plus que de la détermination. Une volonté farouche, impérative, de le protéger.

— On ne peut pas rester là, dis-je. Il va s'attaquer aux usines ensuite.

— Mais c'est ma..., commence Col, avant de s'interrompre en frissonnant.

Je le détourne gentiment de la colonne de fumée qui s'élève au-dessus de chez lui et me penche vers l'avant pour faire repartir l'hoverboard dans la nuit.

PARTIE II
ALLIANCE

Si vous devez blesser un homme, faites-le si gravement que vous n'aurez pas à craindre sa vengeance.

Nicolas Machiavel

ENCLUMES

D'autres missiles frappent pendant que nous fuyons.

Ils zèbrent le ciel et s'abattent sur la ville derrière nous. Des explosions embrasent l'horizon, suivies d'un grondement de tonnerre qui fait trembler notre hoverboard.

Ils laissent des traînées lumineuses dans leur sillage, au point que le ciel donne l'impression d'être lacéré. Je sens une odeur d'ozone et de plastique fondu. Les yeux me piquent.

Je respire à fond pour évacuer le choc, pour mieux réfléchir à la stratégie de mon père.

Les frappes touchent la périphérie de Victoria ; elles se concentrent sur la zone industrielle. Au moins, elles ne continuent pas à détruire le centre-ville – ce centre plein de vie et de couleurs, avec ses immeubles flottants à l'architecture délicate.

— Que se passe-t-il ? demande Col, incrédule.

Tout cela n'a aucun sens pour lui. Tout ça n'est pas normal.

Une fois que nous sommes suffisamment loin de Victoria, je nous arrête au-dessus des arbres sombres et me retourne face à lui sur la planche.

— Aribella avait raison, les troupes de ta famille étaient plus fortes que mon père ne s'y attendait. Alors il a frappé à l'endroit où vous étiez le plus vulnérables. C'est ce que j'ai essayé de te dire hier. Il ne sait pas s'arrêter.

Col s'arrache au spectacle de désolation derrière nous pour me regarder.

— C'est de *ça* que tu parlais ? D'une attaque contre la ville ? Contre ma *famille* ? Tu ne m'avais pas prévenu que…

Il fait un geste du bras en direction de Victoria. Une dizaine de colonnes de fumée s'élèvent au-dessus de la périphérie, mais aucune aussi imposante que celle qui monte du centre.

De la maison Palafox, désormais réduite en cendres.

Je voudrais ne pas le voir. Mais même quand je ferme les yeux, la trace des missiles reste gravée dans ma vision.

— C'est toujours la même chose, Col. Chez nous, les réseaux d'infos pensaient pouvoir rapporter ce qui se passait jusqu'à ce que mon père les fasse fermer. Le conseil des élus pensait diriger la ville, jusqu'à ce qu'il s'aperçoive que non. Ses alliés pensaient pouvoir réfréner ses ardeurs au cas où il irait trop loin. Mais il n'arrête pas de surprendre son monde.

— Tout ça, c'était à Shreve, dit Col en se retournant vers sa ville. Mais là… personne n'a plus jamais fait ça depuis trois siècles !

Il a raison. Personne n'a plus bombardé une population depuis l'époque des Rouillés. Les premières familles ne s'attaquent jamais directement.

— L'impensable, c'est sa spécialité, Col.

— Et ma mère…, ajoute-t-il en baissant la voix.

— L'attaque a commencé dans les ruines. (J'ai l'impression de chercher à me convaincre moi-même.) Elle s'était peut-être rendue sur place.

— Peut-être. Mais *Abuela* n'aurait pas quitté la maison.

Grand-mère, me murmure à l'oreille la voix de mon père.

— On n'en sait rien pour l'instant, Col.

Il me fait une nouvelle fois face, implorant.

— Tu étais là, toi ! Pourquoi aurait-il couru le risque de te tuer ?

— Pour montrer qu'il en est capable.

Col me dévisage avec ébahissement. Il ne peut pas comprendre. Il m'a fallu seize ans pour saisir le fonctionnement de mon père.

J'essaie de lui expliquer malgré tout.

— Il a voulu montrer au monde entier qu'on ne peut pas gagner contre lui, quels que soient les atouts qu'on a en main. Prouver qu'il était prêt à me sacrifier était aussi important pour lui que s'emparer des ruines.

En disant cela, je sens mes poumons se contracter. La fumée se propage jusqu'à nous.

— Les autres villes vont avoir encore plus peur de lui. Maintenant qu'elles savent qu'il est prêt à employer tous les moyens. Sans considération pour qui que ce soit.

Un déclic se fait chez Col.

— Mon petit frère. Il faut qu'on le prévienne !

Je regarde la ville en flammes. Le vent pousse les colonnes de fumée vers l'intérieur des terres, vers les montagnes, en modifiant leur forme. On dirait des enclumes noires tombées du ciel.

— Il est déjà au courant, Col. Tu peux être certain que ça tourne en boucle sur les réseaux.

— Teo a besoin de savoir qu'il est en danger. Et que je suis toujours en vie !

Col tremble ; je lui saisis les bras.

— Il est en internat, non ? Combien d'autres premières familles y envoient leurs gamins ?

— Je ne sais pas. Une centaine ?

Je le serre plus fort.

— Mon père ne peut pas s'attaquer à un endroit pareil. Il a intérêt à ce que les autres villes restent divisées. S'en prendre à leurs enfants, ce serait le plus sûr moyen de les unir.

Col se redresse.

— Donc, il a quand même une limite.

— Il ne peut pas se mettre le monde entier à dos d'un seul coup.

J'ai la voix enrouée à cause de la fumée. Il y a un silence. Col me dévisage.

— Comment peux-tu penser comme ça ? Comment peux-tu arriver à le comprendre ?

Je n'ai pas de réponse à lui donner. Mais mon cerveau continue de travailler à toute vitesse.

Aux yeux du monde, mon père n'a pas hésité à risquer la vie de sa « fille unique ». Mais quand bien même je ne réussirais pas à rentrer à la maison, il lui resterait toujours Rafi. Il n'aurait qu'à la dévoiler un jour ou l'autre. Inventer je ne sais quelle histoire d'évasion à la dernière minute. Une chance de plus de démontrer qu'il gagne toujours.

Que tout cela n'était qu'un sinistre tour de passe-passe. Une ville en flammes, la mort des Palafox, et sa fille qui réapparaît saine et sauve.

Avant tout, il doit prendre le temps de vérifier si je m'en suis sortie. Parce que, avec deux filles identiques, son histoire s'embrouillerait quelque peu.

C'est là que je prends conscience que je le tiens, d'une certaine manière.

Il ne sait pas que je suis en vie. Je dois pouvoir en tirer avantage. Mais seulement si je reste cachée au lieu de rentrer chez moi.

La fumée s'épaissit. Des cendres commencent à tomber autour de nous.

— On ne devrait pas s'attarder ici, dis-je.

Col plonge son regard dans la nuit.

— Où veux-tu aller ?

Je secoue la tête. Pas dans les ruines, c'est certain. Il n'y aura pas de sauvetage par les troupes de mon père. Pas de retour triomphal à la maison pour sa fille héroïque.

J'ai rompu la laisse que j'avais au cou.

CONFIANCE

— Tu m'as dit une chose, commence Col. Juste avant que le missile ne s'abatte sur ma maison.

Mon regard est fixé sur notre feu de camp. C'est le mieux que nous ayons pu faire : un amas de feuilles mortes et de branches humides que nous avons eu un mal fou à faire brûler. La nuit est froide, et nous sommes encore trempés, même s'il a cessé de pleuvoir. Aucun de nous n'avait plus prononcé un mot depuis une heure.

— Je ne m'en souviens plus.

Je me rappelle simplement qu'il était en train de m'embrasser. Quelque chose était sur le point de naître entre nous, sauf que la sauvagerie de mon père a tout balayé.

Le regard de Col brille durement à la lueur des flammes. Ses larmes ont laissé des traînées claires sur son visage barbouillé de cendres et de fumée.

— Tu as dit : « Ils me récupéreront aux ruines. » Tu avais un plan d'évasion prévu d'avance avec ton père.

Je prends une respiration frémissante, puis je hoche la tête.

— Et tout ça, continue-t-il en indiquant ce qui reste de mon kit d'évasion – le briquet, les sacs en plastique que nous avons accrochés aux branches pour collecter l'eau de pluie. Tu te prépares toujours un nécessaire de survie, comme ça ?

— Quand je suis otage ? Oui.

Son expression ne s'adoucit pas. Maintenant qu'il a encaissé le choc, il a eu le temps de se demander dans quelle mesure mon père m'avait mise dans la confidence.

Je sens quelque chose se nouer dans ma poitrine.

Col est le seul allié qui me reste. Si je perds sa confiance, aucun de nous deux ne s'en sortira.

— Tu es arrivée tellement vite sur le toit, dit-il. Bien réveillée, prête à t'enfuir. Tu savais que l'attaque allait avoir lieu, pas vrai ?

Je ne vois pas d'autre solution que la vérité.

— Aribella avait raison à propos de mon cyrano. (Je le sors de ma poche. Le métal scintille à la lueur du feu.) Il analyse les réseaux publics de Shreve à la recherche de messages secrets, cachés dans les pixels. J'ai reçu un avertissement à la dernière minute.

— Détruis-le.

Je fixe le cyrano.

Nous sommes hors de portée de l'interface de la ville, ici, et de toute manière je doute d'avoir encore besoin de conseils sur le protocole. Mais cet appareil constitue mon dernier lien avec Rafi. Sans lui, je ne pourrai plus recevoir de messages de sa part. Fini les mises en garde. Fini les conseils de ma grande sœur.

Cela dit, chaque seconde d'hésitation supplémentaire entame un peu plus la confiance de Col.

Je lâche le cyrano dans les flammes.

Pour la première fois de ma vie, Rafi et moi sommes vraiment séparées.

Et pourtant, alors qu'une odeur âcre de circuits fondus monte jusqu'à mes narines, j'éprouve une forme de soulagement. Je n'aurai plus la voix de mon père dans mon oreille.

J'ai échangé ma sœur contre ma liberté.

Col continue à me regarder comme une ennemie.

— Pourquoi ne pas nous avoir prévenus ?

— Parce qu'ils ne m'ont laissé que deux minutes d'avance.

Il secoue la tête.

— Deux minutes ? Pourquoi si peu ?

— Parce que…

Parce que j'ai porté la veste rouge. Parce que je croyais qu'il s'agissait d'un jeu entre ma sœur et moi, alors que mon père fomentait son attaque.

Mais ça paraît trop incroyable, que je ne sois qu'une fille de substitution, un leurre. Qu'on peut sacrifier sans remords puisque je me suis amourachée de Col.

Aussi incroyable que le fait que Col m'embrassait il y a deux heures, et qu'il s'imagine maintenant que je l'ai trahi.

J'ai une grosse boule dans la gorge.

— Mon père n'a pas voulu courir le risque de me prévenir plus tôt. Si vous m'aviez surprise en train de m'enfuir, vous auriez pu deviner la suite.

Le regard de Col se perd dans le feu.

— Ou peut-être que tout s'est déroulé exactement comme tu le souhaitais.

— Comment ça ?

— Depuis le premier jour de ton arrivée chez nous, Rafia, tu n'as pas été toi-même. J'ai cru qu'on pourrait devenir amis. Tu as su gagner ma confiance. Et une fois l'attaque déclenchée, tu nous as conduits tous les deux en sécurité juste à temps. (Col jette un regard circulaire sur la nuit qui nous entoure.) Et maintenant nous voilà seuls dans la nature, à plus de cent kilomètres des troupes de ma ville.

— Col, c'est toi qui as eu l'idée de m'aider à m'évader ! C'est toi qui m'as montré ces gilets de sustentation sur le toit !

Il se recule avec raideur, les traits figés.

Ma logique ne l'atteint pas. Il n'a plus confiance en moi.

— Ton père, commence-t-il avant de cracher dans le feu, il veut en terminer rapidement, pas vrai ? Ce sera plus facile si tu me livres à lui. Comme otage, pour obliger ma ville à se rendre. Comme pantin à placer à la tête de Victoria.

— Jamais. (Je lui prends la main.) Je n'ai appris qu'il y aurait une attaque que *deux minutes* avant toi. Mes préparatifs, c'était uniquement au cas où les choses tourneraient mal. Et je n'aurais jamais cru qu'il…

Tuerait ta mère. Ta grand-mère.

Qu'il détruirait ta maison.

Et mettrait ta ville à feu et à sang.

Col retire sa main d'un geste brusque, qui me fend le cœur.

Il ne me reste plus qu'une seule manière de le convaincre.

Je pointe deux doigts, et le couteau à impulsions s'envole à côté de moi. Il reste suspendu en l'air, vibrant, impatient, pointé sur le visage de Col.

Prêt à tuer.

— Col… si je voulais vraiment te livrer à mon père, crois-tu que j'aurais besoin de te piéger ?

Il regarde le couteau bien en face comme pour montrer qu'il n'a pas peur. Pour me mettre au défi de m'en servir.

Mais ensuite, il dit :

— Économise la batterie. J'ai oublié le chargeur.

Je serre le poing, et le couteau retombe par terre.

Ma chemise de nuit est froide et mouillée. Il reste encore quelques épines de cactus prises dedans – tout ce qui reste du jardin de la maison Palafox. Cette jungle pleine de vie. Avec tous ces papillons.

Nous restons assis en silence, jusqu'à ce que je trouve le courage de lui demander :

— Est-on toujours alliés, tous les deux ? Ou crois-tu vraiment que j'ai tué ta famille ?

Il ne répond pas immédiatement, prend le temps de réfléchir. Les feuilles dégoulinent de pluie. Le bois humide siffle dans le feu.

Comme je ne peux pas rester assise là sans rien faire, je me rapproche de lui dans l'obscurité. Mais je ne sais pas comment faire, comment toucher quelqu'un de cette manière. Je ne sais rien.

Quand ma main tremblante se pose sur son épaule, il tressaille. Puis se met à sangloter.

— Il y a forcément *quelque chose* que j'aurais pu faire pour empêcher ça. En tout cas j'ai aggravé la situation en me fiant à toi.

— Ce n'est pas ta faute, Col.

Le mantra de ma sœur.

— J'aurais dû obliger ma mère à écouter…

— Elle n'y est pour rien non plus. C'est lui. Comme toujours.

Col commence à grelotter, alors je l'attire plus près du feu. Mon survêtement a séché, mais ses vêtements à lui sont encore humides.

Je lève les yeux : pas d'étoiles, pas de lune, pas d'engins aériens. Rien que la noirceur suffocante d'une ville brûlée et dispersée dans les airs.

Il y a trop de fumée pour que notre petit feu soit repéré. J'attrape une dernière poignée de feuilles mortes que je jette dans les flammes. Elles s'embrasent en sifflant comme un chat en colère.

— Tout le monde doit nous croire morts, dit Col. On devrait en profiter pour disparaître.

Je croise son regard. C'est une bonne idée, mais je vois tout de même un problème.

Rafi est toujours à la maison, saine et sauve. Dès que mon père sera persuadé de ma mort, il la dévoilera aux yeux du monde entier. Et Col saura que j'étais un imposteur depuis le début, envoyé dans sa famille pour lui faire baisser la garde.

Il saura que je n'ai pas cessé de lui mentir.

Sauf que je ne peux pas lui avouer la vérité à mon sujet cette nuit. Il est déjà bien assez chamboulé comme ça.

— Bonne idée, dis-je.

— S'il me croit mort, ton père ne me fera pas rechercher. Nous pourrons nous déplacer plus facilement.

— Pour aller où ? Y a-t-il quelqu'un qui pourrait te protéger ?

— Je ne veux pas d'une protection. Je veux me venger.

Je sens monter une pointe de lassitude. Col n'a toujours pas compris qu'avec mon père on ne peut pas gagner.

— Écoute, Col… Je ne sais pas combien de troupes il reste à Victoria, mais ça ne suffira pas pour le battre. Tu ne réussiras qu'à faire tuer encore plus de personnes !

— Je sais, murmure-t-il.

— Les autres premières familles ne t'aideront pas. Elles seront désolées pour toi et mettront Shreve sous embargo temporaire. L'une d'elles acceptera peut-être de t'héberger, tant que tu ne fais pas de vagues. Mais aucune ville ne prendra le risque d'entrer en guerre contre lui !

— C'est pour ça que j'irai trouver des gens qui n'ont pas de ville. Qui l'ont toujours détesté. Et qui possèdent leur propre armée.

Je secoue la tête.

— Mais de qui tu parles ?

Col s'écarte du feu et m'adresse un sourire glacial.

— Je vais rejoindre les rebelles.

OVERKILL

Le lendemain matin, je regarde Col dormir.

Il est roulé en boule à même le sol. Le feu a fini par s'éteindre et une odeur de fumée imprègne mes vêtements, mes mains et jusqu'à l'intérieur de ma tête.

Pourtant le ciel est bleu, enfin dégagé de la fumée de l'attaque.

C'est drôle, mais même après tout ce qui s'est passé, je repense encore à notre baiser. Mon premier vrai baiser. Et ce regard qu'il avait…

Il ne me regardera plus jamais de cette façon. Il n'aura plus jamais confiance en moi. Pas quand il aura découvert la place centrale que je tenais dans les plans de mon père contre sa famille.

Col ne connaît même pas mon vrai nom. Et chaque fois que je suis tentée de lui dire, je pense à Sensei Noriko, et cela suffit à me faire taire.

Il faudra quand même que nous ayons une conversation sans tarder, avant que Rafi ne réapparaisse sur les réseaux.

***

— Allons tuer un lapin, propose Col en se réveillant.

— Bonne idée.

Trouver les rebelles risque de nous prendre un moment, et je meurs de faim.

Nous buvons un peu d'eau de pluie, ramassons nos quelques affaires et partons à pied vers l'orée de la forêt. Nous laissons l'hoverboard au soleil, panneaux solaires déployés.

Col m'entraîne à la lisière entre les arbres et la plaine, son arc de chasse à la main. Tapis dans l'ombre, nous scrutons les hautes herbes éclaboussées de soleil.

— On trouve deux sortes de lapins par ici, m'explique-t-il en reprenant sa voix de guide touristique. Ceux qui ont des petites oreilles sont des lapins des volcans. Il n'y a rien à manger dessus, ils sont trop maigres.

— Des lapins des *volcans* ? Sérieusement ?

Col hausse les épaules.

— C'est le nom qu'on leur donne. On va chasser les lapins à queue blanche ; ceux qui ont de longues oreilles.

— D'accord. Mais je te laisse faire. Mon couteau n'est pas une arme appropriée pour les lapins.

— Trop lent ?

Je ricane.

— Il peut franchir le mur du son. Mais ce serait de la destruction massive. À moins que tu ne saches cuisiner de la poussière de lapin ?

Il jette un regard en biais au couteau.

— À quelles situations est-il approprié, exactement ?

— Quand des gens cherchent à me tuer. Si je dois m'enfuir d'une pièce, il peut découper un trou dans le mur. Ou bien si j'ai besoin de me mettre à couvert, il peut réduire le mobilier en nuage de poussière.

— Pas étonnant que Jefa l'ait enfermé à double tour. (Col se tourne vers moi.) Comment se fait-il que tu en saches tellement sur les armes anciennes ?

Je ne vois pas d'autre réponse que la vérité.

— Je connais un tas de choses sur *toutes* les armes, Col. J'apprends à tuer depuis mes sept ans.

Il me lance un regard en biais.

— Tu as bien dit *sept* ?

— Sept ans, oui.

Et je vois dans ses yeux qu'il ne me regarde plus de la même façon.

Col a compris tout de suite que je n'étais pas la Rafi capricieuse et superficielle qu'on voit sur les réseaux sociaux. Je lui ai plu parce que j'étais inattendue, que j'avais donné le change au monde entier. Désormais, il me voit comme une tueuse aguerrie et je commence à lui faire peur.

— Une fois que j'aurai rejoint les rebelles, où iras-tu ? demande-t-il en passant du coq à l'âne.

Je le dévisage sans comprendre.

— Comment ça ?

— Les rebelles ne voudront pas de toi, Rafi. À cause de qui tu es.

— De qui *je* suis ? Ta famille est en guerre contre eux depuis des années !

— Ils n'ont jamais essayé de me tuer.

Je respire profondément. Hier soir, avant de m'endormir, j'ai beaucoup réfléchi à ça : Col se propose de rejoindre ceux qui ont attaqué mon convoi il y a quinze jours à peine.

— Ils attendaient peut-être une occasion. Es-tu certain de vouloir te joindre à eux, Col ?

Il hausse les épaules.

— Ce ne sera pas facile de les convaincre de me faire confiance. Mais il doit encore y avoir des troupes victoriennes quelque part, qui restent fidèles à ma famille.

Et disposées à se battre. Les rebelles et moi pourrions nous aider mutuellement.

Sans Col, je n'ai plus nulle part où aller… sauf chez moi.

— On avait dit qu'on serait alliés, je lui rappelle.

Il se détourne, visiblement gêné.

— À ce moment-là, je pensais que nos parents voulaient encourager un rapprochement entre nous. Mais la situation a changé. Les rebelles voudront bien croire que je déteste ton père, Rafi, à cause de ce qu'il a fait à ma famille. Mais pourquoi accepteraient-ils de se fier à toi ?

— Parce que je…

Ne suis pas Rafi. Mais mes lèvres se refusent à le formuler à voix haute.

J'ignore ce qui se passerait si je dévoilais ce secret. Ai-je seulement une existence propre en dehors de ce mensonge ?

— Parce que tu es une tueuse aguerrie ? (Col secoue la tête.) Raison de plus pour vouloir te tenir à distance.

— Non, parce que je ne suis pas… (Le seul fait de former les mots dans ma tête me pousserait presque à tout avouer.) En réalité, je…

Col lève la main pour m'interrompre. Il scrute la forêt, dans laquelle j'entends un léger froissement de feuilles.

— Un jaguar, chuchote-t-il.

Je referme la bouche, soulagée. Ce genre de prédateur me paraît moins dangereux que la vérité.

— Les Rouillés avaient pratiquement éradiqué les grands félins, poursuit-il à voix basse. Aujourd'hui, ils pullulent.

— Donc on peut les manger ?

Col m'adresse un regard peiné.

— Tu es sérieuse ?

— Quoi ? J'ai faim !

— On ne mange pas les félins, Rafi. Personne ne t'a jamais appris ça ?

Je hausse les épaules. Mon père mange ce qui lui plaît. Sans se préoccuper de savoir si c'est au menu. Ou sur la liste des espèces protégées.

— Suivons-le, suggère Col. Il nous conduira peut-être à un gibier plus comestible.

Nous longeons la forêt. Col se déplace sans faire le moindre bruit, alors que je n'arrête pas d'écraser des brindilles. On m'a entraînée à combattre dans des salles de bal, des couloirs étroits ou des cages d'escalier, mais pas dans la nature.

Col s'arrête, et son arc se déplie dans sa main. Ses polymères nanotech se déploient comme des ailes ; la corde se tend en vibrant. Il fixe les hautes herbes, l'œil rivé sur quelque chose que je ne vois pas.

Quand je passe en vision thermique, une tache blanche apparaît entre les rochers chauffés par le soleil. Les oreilles du lapin dépassent comme des antennes.

Dans la forêt plus fraîche, à notre droite, la silhouette sinueuse du jaguar repose sur une branche basse. Il est en train de nous observer. Sans doute se demande-t-il si nous sommes une menace.

À quel point faut-il craindre ces grands félins ? Je sais qu'en théorie ils peuvent tuer un homme, cependant je ne connais pas d'animal plus dangereux qu'un assassin armé d'un pistolet-mitrailleur.

Mais je me rappelle le serpent, invisible et quasiment silencieux, et je frissonne.

À côté de moi, Col encoche une flèche. Puis il se dresse et reste immobile pendant de longues secondes.

Quand il tire, tous ses gestes s'enchaînent avec fluidité : d'abord bander l'arc, viser, puis lâcher la corde. La flèche s'enfonce dans les herbes, et un instant plus tard le lapin à queue blanche explose en mouvement, agitant ses pattes arrière. Mais à l'instar de l'insecte épinglé sur une planche, ses spasmes frénétiques ne le mènent nulle part.

Tandis que Col s'élance, je me retourne vers le jaguar, le couteau à la main. Le fauve est déjà en train de s'éloigner entre les arbres, gracieux et nonchalant.

Je coupe ma vision thermique et vais rejoindre Col, que je trouve en train de briser la nuque du lapin. Il tient la dépouille inerte par les oreilles avec un grand sourire satisfait.

— Je n'ai rien pour l'écorcher, regrette-t-il. Est-ce que je pourrais me servir de ton couteau ?

— Il ne coupe pas très bien quand il est éteint. Mais, oui, bien sûr.

Col lève les yeux vers le ciel.

— Tu crois qu'on peut courir le risque d'allumer un feu ?

Je ferme les yeux et tends l'oreille. La nuit dernière, nous nous sommes endormis alors que les détonations se succédaient dans le lointain – explosions, coups de feu, déflagrations lors de l'entrée dans l'atmosphère des engins suborbitaux. Mais aujourd'hui, tout est silencieux. Soit les Victoriens ont été vaincus, soit ils se cachent.

Mon père doit croire que nous sommes morts, ou bien que je me dirige vers les ruines à pied, dans l'espoir d'être récupérée. Il n'a aucune raison de me faire rechercher aussi bas le long de la côte.

Et je commence à avoir des gargouillis dans l'estomac.

— Il faudra bien, dis-je. À moins que tu n'aies envie de le manger cru.

CONFESSION

— C'est délicieux, Col.

Son lapin est un vrai régal. Il est plus coriace à mâcher que de la viande élevée en cuve, mais la saveur est plus intense. Rien que l'odeur de la chair grillée sur du feu de bois me mettait l'eau à la bouche.

Je regrette simplement l'absence de sel. Et le fait que je me sois brûlé la langue à la première bouchée.

— *La faim est la meilleure sauce*, dit-il.

Encore du français. C'est peut-être une bonne occasion. Peut-être que si je commence à lui avouer la vérité à mon sujet par petits bouts, ce sera moins difficile.

— Je n'ai pas compris un mot de ce que tu viens de dire, Col.

Il s'interrompt au milieu d'une bouchée et lève les yeux vers moi. Ses doigts sont tout graisseux, et il s'est mis du sang sur sa chemise en écorchant le lapin.

— La faim est la meilleure sauce ? Tu ne connais pas ce dicton ?

— Non, ce n'est pas ça. Je ne parle pas français. Je faisais semblant.

Il rit.

— Arrête, Rafi. J'ai suivi tes apparitions en public à Montré. Tu le parles couramment.

— Pas vraiment, j'avoue. Tu sais, on ne peut pas à la fois étudier le français et apprendre à tuer des gens.

Col termine sa bouchée d'un air songeur.

— Je ne sais pas pourquoi tu me dis ça, mais je t'ai vue. Aucun cyrano n'est bon à ce point. *Tu parles français.*

C'est peut-être une mauvaise idée de lui avouer la vérité pour regagner sa confiance. Mais c'est tout ce que j'ai trouvé. Mes mensonges, c'est la seule chose qui fait vraiment partie de moi.

Allez, dis-lui.

Est-ce la voix de Rafi que j'entends ? Ou la mienne ?

Et si le fait qu'il sache la vérité le condamnait, comme Sensei Noriko ?

Dis-lui tout.

— Il y a deux *moi*, dis-je dans un souffle.

Le monde vacille brièvement sur son axe, mais continue de tourner.

Col se contente de hocher la tête.

— Je sais. Il y a celle qu'on voit sur les réseaux et la vraie toi.

Ma gorge se serre.

— Oui. Mais je parlais au sens littéral.

Il m'adresse un regard compatissant.

— Je comprends ce que tu veux dire.

— Non, Col, je ne crois pas. (Je sens la colère monter en moi. C'est déjà suffisamment pénible comme ça sans qu'il joue les têtes vides.) Il y a *deux* moi. J'ai une sœur jumelle.

Il ne saisit toujours pas. J'insiste :

— Une sœur bien réelle. Distincte de moi.

Col se détourne, toujours avec son expression pensive. Il arrache un dernier morceau de viande à la patte du lapin, l'avale, puis laisse tomber l'os dans le feu.

Finalement, il lève les deux mains en signe d'apaisement.

— D'accord.

— C'est tout ? « D'accord » ?

— J'ai compris.

Je le fusille du regard.

— Compris *quoi* ?

— Ce que ça doit représenter d'être toi. Ta mère est morte avant même ta conception. Tu as été instruite par des précepteurs. Tu as grandi dans une bulle de drones et de gardes du corps. Et pour couronner le tout, un père comme *lui*…

Ma colère redouble. Je ne comprends rien à ce qu'il raconte.

— Et ça n'était que le début, continue-t-il. Ma mère m'a parlé des scans, Rafi. Je sais ce que tes entraîneurs t'ont fait subir. En t'apprenant à te servir de cette *abomination*.

Il indique le couteau à impulsions posé à côté de moi.

Je lâche entre mes dents serrées :

— Quel rapport y a-t-il avec ma sœur ?

Col prend un air gêné.

— Eh bien, grandir comme ça dans un climat de menace permanente… sans pouvoir sortir librement dans ta propre ville… avec cette poussière qui t'espionne en permanence… sans aucune intimité, mais toujours seule… Il y a de quoi perdre contact avec la réalité.

— Nom de… ! dis-je. Tu crois que Rafi est une amie imaginaire ?

— Non, ça c'est ton expression. Tout ce que je dis, moi, c'est… (Il me dévisage en fronçant les sourcils.) Attends. Elle s'appelle Rafi aussi ?

— Oui. Enfin, non. C'est moi qui m'appelle autrement !

Je lève les yeux au ciel et pousse un hurlement, ce qui n'arrange probablement pas mes affaires. Mais je ne peux plus reculer maintenant.

— Je m'appelle Frey ! On est deux personnes différentes, avec deux noms différents ! C'est elle que tu as vue sur les réseaux. Qui parle français et qui sait choisir de superbes tenues. C'est elle la fille intelligente et pleine d'esprit qui sait toujours quelle fourchette utiliser !

Je jette ma patte de lapin dans le feu, où elle achève de se consumer en grésillant.

— Moi, je suis la sauvage ! Celle qui ne sait rien faire à part tuer avec des armes anciennes. La fille assez stupide pour craquer pour une fichue tête vide imbue d'elle-même comme toi !

Ma diatribe enflammée s'achève enfin. J'ai mal à la gorge d'avoir crié comme ça. Et un bruit strident résonne dans ma tête.

— Rafi…, murmure Col. Ça va.

— Je ne suis pas Rafi. Et, non, ça ne va pas.

Il me prend la main avec douceur, et mon envie de lui crier dessus s'estompe un peu.

Mais j'entends toujours ce bruit strident.

Ce n'est pas dans ma tête. C'est bien réel.

Une ombre passe au-dessus de nous, et j'identifie enfin ce son.

— Un hovercar ! je crie. À couvert sous les arbres, vite !

TIR FRATRICIDE

Je ne vois pas l'hovercar au-dessus de nous, par contre je distingue très bien la fumée de notre feu. Courbée par le vent qui souffle de la côte, elle s'élève vers l'ouest comme un immense écriteau proclamant : *On est là.*

La faim m'a rendue stupide.

Je pique un sprint vers la forêt en appelant mon couteau à impulsions dans ma main.

Col est retourné à l'endroit où il avait laissé l'hoverboard se recharger. Mais les panneaux solaires sont grands ouverts – il va perdre au moins trente secondes à les replier.

Alors que j'atteins la lisière du bois, l'hovercar surgit en rugissant. Ses rotors de sustentation brassent les feuilles mortes, la poussière et les braises de notre feu dans un grand tourbillon. Pendant un moment, je n'y vois plus rien et j'ai même du mal à respirer.

Puis le tourbillon s'apaise et je lève les yeux. L'hovercar s'incline en virage serré ; il m'a repérée. Sa carlingue affiche le camouflage de combat de Shreve, gris et noir.

C'est un appareil de reconnaissance en forme de soucoupe, beaucoup plus petit que les machines qui m'ont amenée à Victoria. Avec un équipage de trois personnes seulement, mais armé de deux canons cinétiques. Et doté d'un blindage capable d'arrêter net mon couteau à impulsions.

L'un des canons est braqué sur moi. L'autre pivote en direction de Col.

Je lâche mon couteau et lève les deux mains bien haut.

— Attendez ! je hurle pour couvrir le rugissement des rotors. C'est moi !

Ils ne peuvent pas tirer. Col et moi sommes habillés en civils. Les troupes de mon père doivent continuer à chercher Rafi.

Je fixe le canon aligné sur mes yeux. Je connais son fonctionnement et le type de projectiles qu'il tire – des obus de quinze centimètres en tungstène qui filent à Mach 4.

Les arbres qui sont derrière moi seront réduits en sciure. Et moi en vapeur d'eau teintée d'ADN.

L'appareil reste en vol stationnaire devant moi, m'enveloppant dans un tourbillon de poussière, tandis que j'ai l'impression de me trouver à mille kilomètres. Comme si j'observais la scène dans un rêve.

Puis une voix grésille à travers les haut-parleurs.

— Mademoiselle Rafia. Couchez-vous, s'il vous plaît.

Ils veulent pouvoir ouvrir le feu sur la forêt. Ils pensent que Col s'est enfui parce qu'il me gardait prisonnière.

— Non ! je crie en me plaçant devant le canon braqué sur lui. Ne tirez pas !

L'appareil oscille un peu, incertain. L'équipage ne peut pas m'entendre, évidemment, à cause du vacarme du moteur.

Une trappe s'ouvre par-dessous et deux soldats se laissent tomber dans l'herbe. Ils roulent sur eux-mêmes pour absorber le choc et se relèvent, l'arme pointée.

Mais ce n'est pas moi qu'ils visent.

Je m'interpose encore une fois, tâchant de couvrir le rugissement des rotors.

— Arrêtez ! C'est un ami !

L'un d'eux, une femme, me regarde en fronçant les sourcils et baisse son fusil. Mais son collègue continue de scruter la forêt. L'écran de son fusil scintille au-dessus du canon.

Je me précipite sous l'hovercar à travers le nuage de poussière, et l'homme hésite, juste assez longtemps…

Mon poing le cueille à la mâchoire. Je lui arrache le fusil des mains, pivote et assène un grand coup de crosse dans le visage de la soldate. Elle s'écroule comme une masse. Son collègue titube, groggy ; je lui décoche un coup de pied dans le genou, sens quelque chose craquer, et l'homme s'effondre en hurlant.

Je l'assomme d'un coup de crosse en pleine tête. Les soldats sont maintenant parfaitement immobiles.

L'hovercar est juste au-dessus de nous. Ses canons restent braqués sur la forêt.

Je fais un geste et le couteau à impulsions s'élève du sol. Il file à travers la trappe en décrivant une trajectoire en spirale. Le pilote ne sera peut-être pas touché.

L'appareil commence à osciller au-dessus de moi comme une toupie en bout de course. Sur le point de me tomber dessus.

Ce n'était peut-être pas le meilleur plan.

Je me laisse tomber à plat ventre entre les deux soldats, les mains sur la tête pour me protéger et les yeux fermés. Le tourbillon de poussière m'enveloppe, puis s'éloigne. Je me redresse.

L'hovercar dérive en direction des arbres. Des branches entières disparaissent dans ses rotors et ressortent en éclats de bois et fragments de feuilles. Le véhicule s'écrase enfin contre un gros tronc noueux. L'un de ses rotors déchiquette un arbuste et son moteur se bloque avec un crissement métallique.

Les trois autres rotors continuent à tourner et font basculer l'appareil avant de lui planter le nez dans le sol. Un geyser de feuilles et de poussière jaillit autour de lui.

Et puis, après un dernier tremblement, l'hovercar se tait.

Je me relève en clignant des paupières. Mes oreilles bourdonnent.

La soldate qui gît à côté de moi pousse un gémissement. J'attrape les liens en plastique qu'elle porte à la ceinture pour lui attacher les poignets. J'immobilise également son collègue. Puis je récupère leurs médipacks et l'un de leurs fusils.

Je me dirige vers l'hovercar abattu quand un cri s'élève derrière moi.

— Rafi !

Je me retourne et vois arriver Col, sur son hoverboard. Il contemple avec ébahissement la scène de carnage qui m'entoure.

— Tu ne pouvais pas te contenter de t'enfuir ? me demande-t-il.

— Il fallait bien que je les empêche de te tirer dessus. Pas de quoi. (Je jette un coup d'œil en direction des soldats neutralisés et baisse la voix.) Et je m'appelle Frey.

— D'accord, si tu veux, dit-il d'un ton conciliant. On ferait quand même mieux de filer.

Je pointe l'appareil du doigt.

— Je veux d'abord vérifier comment va le pilote.

Sans compter que mon couteau à impulsions se trouve quelque part là-dedans.

TRANSMISSION

L'hovercar gît au milieu des arbres, à l'envers, coincé contre un tronc déraciné. Ses rotors, immobiles, refroidissent en cliquetant.

La trappe se trouve sur le dessus désormais. Je grimpe sur l'hoverboard de Col pour qu'il me hisse là-haut. Quelques feuilles continuent de dégringoler sur le sol autour de nous. Une douzaine d'arbres au moins ont été abîmés.

Le camouflage de l'appareil a subi des avaries, lui aussi. Il passe d'un motif à l'autre, vert moucheté de brun pour la forêt, bleu ciel, sans oublier les couleurs de parade, de façon aléatoire.

Je saute sur la carlingue blindée, m'approche de la trappe à quatre pattes et passe la tête à l'intérieur.

— Ohé ?

Pas de réponse.

— C'est moi, la première fille Rafia. Ne tirez pas !

— Donc, c'est bien ton nom ! observe Col.

— Je t'expliquerai plus tard.

Je lui passe le fusil et me glisse dans l'habitacle.

L'éclairage intérieur est coupé. Tout ce que j'arrive à distinguer, c'est un amas de câbles, des équipements militaires et la neige carbonique du système anti-incendie.

Par endroits, le couteau à impulsions a tout arraché jusqu'au blindage.

La cabine est plongée dans l'obscurité. Mes yeux s'y habituent progressivement.

— Il y a quelqu'un ?

Toujours rien. Mais j'entends un « ploc, ploc, ploc ».

Je n'avais encore jamais pénétré dans un appareil de reconnaissance aussi petit. En rampant à l'intérieur, je me cogne le genou sur un objet rectangulaire.

Un écran portable. Modifié pour un usage militaire, avec une antenne satellite pour fonctionner en pleine jungle.

Je l'allume et tombe sur une chaîne d'infos de chez moi. Elle passe des images de guerre que je n'ai aucune envie de voir, mais au moins la lumière de l'écran m'éclaire un peu.

Je trouve le pilote à l'avant, toujours sanglé dans son siège. Suspendu la tête en bas, il a l'air inconscient.

Puis je comprends d'où vient ce bruit de gouttes qui tombent : un filet de sang s'écoule de son front. Peut-être s'agit-il d'une simple entaille… ou peut-être souffre-t-il d'une commotion. L'odeur métallique monte à mes narines.

Je tends le bras jusqu'aux commandes et allume le plafonnier.

Le pilote ne réagit pas.

Si je le détache, il va tomber et se cogner la tête contre le plafond. Mais je ne peux pas le laisser comme ça.

Chaque chose en son temps. Mon couteau à impulsions se trouve quelque part dans ce fouillis. J'écarte les doigts, en espérant qu'il peut me voir.

J'entends un raclement, comme si un rongeur furetait dans les câbles, et l'arme encore chaude me saute dans la main.

Sa lame s'est un peu ébréchée en ricochant à l'intérieur de la carlingue, mais mon arme est toujours en état de voler. Ce qui m'ennuie plus, c'est que son voyant de charge a viré au jaune.

Je ressors de l'appareil et passe l'écran portable à Col.

— Le pilote est blessé, je ne sais pas si c'est grave. Il te reste de la batterie dans ton hoverboard ?

— Pas beaucoup. De quoi couvrir une centaine de kilomètres, à peu près.

— Ça suffira. Je vais enclencher la balise de détresse de l'appareil. Tiens-toi prêt à filer.

— Pourquoi ? demande Col.

— Parce que, dès que la balise commencera à émettre, les secours se mettront en chemin !

Il respire profondément.

— Je veux dire, pourquoi appeler du secours ? Ce pilote fait partie d'une armée qui vient de massacrer ma famille.

Je le dévisage avec ébahissement, et pendant un instant je comprends ce qu'il voit quand il me regarde : une personne entraînée à tuer depuis l'âge de sept ans. Je dois avoir la même noirceur dans le regard.

Mais ces soldats qui portent l'uniforme de Shreve nous ont protégées toute notre vie, ma sœur et moi.

— Col… As-tu déjà entendu les mots : « Il ne faisait qu'obéir aux ordres » ?

— Oui. C'est une vieille phrase que les Rouillés utilisaient pour excuser les crimes de guerre.

— Alors quoi, tu veux le laisser se vider de son sang ? (Je pointe du doigt les deux autres soldats.) Et eux, tu veux les abattre aussi ? Ils m'ont reconnue. Ça risque de compromettre ton plan de faire le mort, tu ne crois pas ?

— Tu as raison.

Col baisse les yeux sur le fusil qu'il tient entre ses mains. Il est toujours en mode de tir, l'écran de visée allumé.

Il l'épaule et braque le canon vers les soldats attachés à une vingtaine de mètres.

— Col…, je lâche dans un souffle.

Je pourrais peut-être le désarmer. Mais mes réflexes refusent de fonctionner. C'est comme si tous ces petits calculs stratégiques que j'effectue d'habitude machinalement refusaient de tomber juste.

Col n'est pas un problème que je peux résoudre avec mes poings.

Alors je dis :

— C'est exactement ce que ferait mon père.

Il hésite, puis lâche un juron et baisse son arme.

— Allume ta balise. Je suis prêt.

— Tu me remercieras.

Il m'arrive de revoir l'assassin dans mon sommeil. De revoir ses jambes qui tenaient debout toutes seules.

Je me glisse à nouveau dans l'hovercar, tâchant d'ignorer l'odeur de sang qui flotte dans l'air.

Maintenant que l'éclairage de la cabine est allumé, je remarque un médipack coincé sous le siège. Après avoir administré une giclée de spray désinfectant sur le front du pilote, je me sens un peu mieux.

La balise s'actionne au moyen d'un interrupteur sur le tableau de bord. Quand j'appuie dessus, un voyant rouge se met à clignoter.

Je me hisse hors de l'appareil et je crie :

— Allons-y !

— Une minute.

Col fixe l'écran portable qu'il tient à la main. J'entends la chaîne d'infos en sourdine. Les échos d'une musique triomphale, une annonce enthousiaste.

— Réveille-toi, Col ! dis-je en sautant derrière lui sur l'hoverboard. Il ne faut pas traîner ici.

— Mais ils viennent de dire…

Il lève les yeux et me dévisage comme s'il ne me reconnaissait pas.

Puis son regard redescend sur l'écran.

— Nom de nom, souffle-t-il. Il y a deux toi.

DÉMASQUÉE

Nous n'avons pas le temps de parler, pas avec la balise qui émet à plein volume.

Nous filons à toute vitesse, cachés sous la cime des arbres, zigzagant entre les troncs et les branches basses. Vers l'intérieur des terres, en direction des montagnes et des rebelles.

Je me demande ce qui se passera quand nous les aurons trouvés. Col avait raison, tout à l'heure. Les rebelles n'accepteront jamais d'accueillir parmi eux la première fille Rafia. Jamais de la vie.

Frey, par contre… Elle a peut-être quelque chose à offrir.

Je ne sais plus.

Col est tout aussi perdu que moi. Quand on s'arrête pour se reposer, il ne dit pas grand-chose, il évite même de croiser mon regard. Et je me souviens d'une chose que Rafi me disait toujours quand nous étions petites… *Ce n'est pas normal.*

Elle voulait dire que mon père avait tort de me cacher. Que j'aurais mérité d'avoir une existence, moi aussi. Mais ses paroles m'ont également appris quel monstre j'étais.

C'est comme ça que doit me voir Col maintenant, comme une sorte d'aberration. Une gamine perdue dans la forêt et élevée par les loups. Une fille bizarre et tragique. Probablement dangereuse.

Bien sûr, le monde entier est dangereux désormais.

Quand des hovercars scintillent dans le lointain et nous obligent à nous cacher, ils portent toujours les couleurs de Shreve et non celles de Victoria. Mon père a gagné. Les seuls signes de résistance sont les filets de fumée qui s'élèvent à l'horizon.

Nous avons terminé les provisions que j'avais mises de côté pour mon éventuelle évasion. La forêt grouille de lapins, mais nous ne pouvons pas courir le risque d'allumer un autre feu. Nous sommes donc affamés, fatigués, et Col n'arrête pas de regarder par-dessus son épaule. Il cherche quelque chose, mais refuse de me dire quoi.

Il n'a plus confiance en moi.

J'avais cru qu'en apprenant mon secret il comprendrait que je pourrais faire une bonne alliée. Au lieu de quoi, il ne sait même plus qui je suis.

***

La batterie de l'hoverboard est quasiment épuisée quand il trouve enfin l'endroit idéal pour se poser, une longue clairière en plein soleil.

Nous déplions les panneaux solaires et nous asseyons sous un arbre. Nous allons devoir rester là un petit moment. Sans rien d'autre à faire que de parler de ce qui nous attend.

Mais Col préfère attraper l'écran portable.

— Ne te fatigue pas à vérifier, dis-je. Tu avais bien vu, tout à l'heure. Il y a une autre moi à Shreve. La vraie Rafi.

Il allume l'écran malgré tout et le regarde longuement.

— Il y a une chose que je ne comprends pas, finit-il par lâcher. Pourquoi n'avons-nous pas toute l'armée de ton père sur le dos ? Ces soldats ont vu ton visage.

Je hausse les épaules.

— Peut-être qu'on ne les a pas crus ? L'armée ne sait pas qu'il y a deux moi.

— Deux toi, marmonne Col, avant de lever les yeux de l'écran. Comment ont-ils réussi à te cacher pendant tout ce temps ?

Je ne réponds pas immédiatement. Avouer mes secrets me fait le même effet que si on m'arrachait une dent. Mais j'ai besoin que Col comprenne qui je suis.

— Il y a des couloirs spéciaux dans la maison de mon père, uniquement pour moi. Des limousines avec des compartiments secrets, des suites privées dans les clubs et les hôtels. Il doit y avoir moins d'une dizaine de personnes qui nous ont vues ensemble, Rafi et moi.

— Mais pourquoi ?

— Pour qu'elle soit en sécurité. Elle n'apparaît en public que dans les endroits parfaitement sûrs. Chaque fois qu'elle doit sortir au milieu de la foule – pour un discours officiel, une cérémonie ou simplement pour danser en boîte –, c'est moi qui prends sa place.

— Tout ce mal qu'il s'est donné… (Col baisse les yeux sur l'écran.) Il doit vraiment beaucoup l'aimer, pas vrai ?

— Il n'y a pas que ça. Il a perdu notre frère lors d'un kidnapping, et il a horreur de perdre.

Pendant un moment, Col paraît écœuré.

— Et dire qu'on pensait n'avoir rien à craindre avec toi dans la maison.

— Vous vous trompiez.

Col ne répond rien.

— Tu peux considérer que tout est ma faute.

J'ai besoin de le formuler à voix haute, pour que ces reproches cessent de tourner en boucle dans ma tête.

— La destruction de ta maison, la perte de ta famille… Tout ça, c'est arrivé à cause de moi.

Je m'attendais peut-être à des protestations de sa part. Mais Col ne dit pas un mot.

Alors je continue, pour meubler le silence.

— Je ne savais pas comment vous prévenir. Je n'avais encore jamais parlé de ça à personne. Chez nous, il n'y avait personne à qui je pouvais avouer la vérité, sans que…

Je laisse la fin de ma phrase inachevée. Ce n'est pas le moment de lui parler de Sensei Noriko, de lui raconter qu'on peut mourir d'avoir été mis dans la confidence.

— Je n'aurais jamais cru qu'il me sacrifierait.

— Ta sœur a l'air tellement contente.

Son regard est rivé à l'écran. Je sens mon estomac se nouer.

— Rafi joue bien son rôle. Elle l'a toujours fait.

— N'empêche qu'elle doit penser que tu es morte. Et elle *sourit.*

Il me met l'écran sous les yeux pour me montrer.

Je me détourne. Je n'ai pas envie de voir Rafi jouer les héroïnes triomphantes. Ni de penser à ce qu'elle doit ressentir en ce moment.

Je préfère imaginer sa colère quand notre père lui a dit que j'étais morte. J'espère qu'elle l'a frappé, même si elle est parfaitement incapable de donner un coup de poing.

Col augmente le volume, et le brouhaha de la foule et les échos d'une musique martiale me parviennent. Il plisse les paupières et son regard passe de l'écran à moi, comme s'il comparait nos deux visages.

Je me lève et m'éloigne un peu.

J'ai l'impression que le sol se dérobe sous mes pas. J'ai échappé à mon père, mais j'ai perdu tout le reste – mon foyer, ma sœur, ma ville. Mon seul allié ne sait pas quoi penser de moi.

Que suis-je censée faire, maintenant ? Lever ma propre armée ?

C'était tellement plus facile d'être un secret. Je n'avais qu'à me soucier d'une moitié de vie.

Un froissement de feuilles m'alerte, et je manque de plonger pour me mettre à couvert. Mais ce n'est que le vent dans les branches.

Col a bien choisi cette clairière. Elle permet d'exposer les panneaux de la planche au soleil, et il faudrait vraiment qu'un appareil passe pile au-dessus pour nous repérer.

D'ailleurs, la forme étroite et allongée de cette clairière a quelque chose de curieux. Elle paraît trop rectiligne pour être naturelle.

Je m'accroupis pour examiner le sol de plus près et, en grattant un peu, je m'aperçois qu'il y a une couche de béton en dessous. Voilà pourquoi aucun arbre ne pousse ici. C'est une ancienne construction des Rouillés.

Je me rappelle mon instructeur militaire m'expliquant que la plupart des engins volants d'autrefois ne pouvaient pas faire de surplace ; ils avaient besoin de « pistes » pour décoller et atterrir. Cette clairière fait au moins un kilomètre de long, un gaspillage de terrain typique des Rouillés.

Mais si des appareils se posaient ici, cela veut dire qu'il doit y avoir des ruines à proximité.

Je retourne auprès de Col.

— Sais-tu s'il y a des…

— J'ai besoin d'envoyer un message à mon frère. (Il brandit l'écran portable.) Qu'il sache que je suis toujours en vie. Je peux utiliser ça ?

Je prends une grande inspiration et me rappelle que Col a d'autres soucis en tête que moi. J'aimerais bien pouvoir contacter ma sœur moi aussi, lui dire que je vais bien.

— Désolée, Col. Mais c'est un équipement militaire de Shreve. Si tu t'en sers pour envoyer un message, ils nous localiseront tout de suite.

Il lâche un juron, la main crispée sur l'écran.

— Il est bloqué sur les réseaux de propagande de chez toi. C'est dingue ! Ils disent que ma mère menaçait de s'en prendre à toi. Comme si la destruction de ma ville était une espèce de mission de sauvetage.

— Ne cherche pas de logique là-dedans, Col. C'est comme ça, c'est tout.

Il soupire.

— Je sais. Nous avons passé des mois à étudier ta ville. Les réseaux d'infos font ce qu'on leur dit.

— Il n'y a pas que ça. À Shreve, les gens ont peur de mon père, mais ils adorent Rafi. Pendant une nuit entière, ils ont tous cru qu'elle était morte et qu'il ne leur restait plus que *lui*. Ils sont tellement heureux de la savoir en vie qu'ils seraient prêts à gober n'importe quoi.

— C'est ce que notre équipe de psychologues a dit, admet Col en levant les yeux de l'écran. Tout le monde chez vous sait bien que c'est un meurtrier. Mais avec Rafi à côté de lui, il devient aussi un père. C'est elle qui le rend humain.

Je suis obligée de me détourner. Je ressens cette vérité au plus profond de moi, mais je n'avais encore jamais entendu personne la formuler à voix haute.

— Du coup, qu'arrivera-t-il si tout le monde apprend qu'il existe une seconde Rafi ? continue Col. Une fille qu'il a sacrifiée sans hésiter ? Qui collectionne une dizaine de fractures à cause de son entraînement de tueuse ?

Je me rappelle la pitié dans l'expression d'Aribella quand elle m'a parlé des scans.

Pas normal.

Mais le visage de Col s'éclaire.

— Il ne serait plus un père digne de ce nom. Là, on tient un moyen de lui faire du mal. On pourrait montrer à tout le monde qu'il… (Il s'interrompt.) Ça va ?

Je secoue la tête. J'ai du mal à respirer.

Quand Rafi se rend à une soirée, des milliers de personnes regardent les images et commentent ce qu'elle porte, à qui elle parle. Combien de paires d'yeux se poseraient sur moi si j'avouais la vérité à propos de nous deux ?

Des millions.

Je me dissoudrais complètement. Je serais enfin effacée.

— C'est juste que je n'avais encore jamais dit ce secret à personne, Col. Et là, tu parles de l'avouer au monde entier.

— Oh. Je n'avais pas réfléchi à…

Il laisse la fin de sa phrase en suspens. Il se lève et me prend par les épaules.

Le monde retrouve un peu de stabilité.

— C'est ton secret, c'est à toi de décider, dit-il. Pas à moi.

Je me repasse les mots dans ma tête – une fois, deux fois – jusqu'à ce que je finisse par les comprendre.

C'est une promesse de ne pas m'abandonner.

Je prends une grande respiration.

— Pourquoi es-tu aussi gentil avec moi, Col ? Après tous mes mensonges ? Après ce que mon père t'a fait ?

— C'est compliqué, répond-il.

Je le regarde attentivement. Faut-il comprendre qu'il y a toujours quelque chose entre nous ? Après tout ce qui s'est passé ?

— Si tu rends la vérité publique, cela fera beaucoup de mal à ton père.

— Je *veux* lui faire du mal.

En disant cela, je sens la vieille ivresse familière me gagner, l'excitation du combat qui m'attend. Comme une décharge dans mes veines, sauf qu'il ne s'agit pas d'un combat comme les autres.

Pour la première fois de ma vie, je dispose d'une autre arme que de mes poings.

Ma vérité est un pouvoir.

— Quand tu te sentiras prête, je t'aiderai, promet Col. Je n'étais pas sûr à propos de Rafi. Mais toi et moi sommes toujours alliés, Frey.

Je croise son regard. C'est la première fois qu'il m'appelle par mon vrai nom. La première fois que je donne mon vrai nom à quelqu'un.

Ce qui m'amène à lui demander…

— Alliés ? Rien de plus ?

Il détourne les yeux.

— Ça aussi, c'est compliqué.

La colère s'empare de moi subitement.

— Bien sûr que c'est compliqué, Col ! Tu es le fils d'une première famille cultivée, alors que je suis un monstre qui s'est caché dans des passages secrets toute sa vie. Une machine à tuer ! La fille de…

— Ce n'est pas ça, Frey. Il y a quelque chose qu'il faut que je te dise, à propos de ce baiser.

Je recule d'un pas.

— Quoi donc ?

Il hésite un moment, avant de secouer la tête.

— D'abord, laisse-moi te montrer pourquoi on est ici.

BUNKER

Il m'entraîne vers l'une des extrémités de la clairière.

— C'est un ancien aéroport des Rouillés, m'explique-t-il.

Je me souviens qu'il a longuement cherché l'endroit idéal pour recharger sa planche.

— Tu veux dire que tu as choisi cet endroit exprès ?

Il fait oui de la tête, en indiquant la piste.

— Parce qu'il n'y a pas besoin de matériel de navigation pour le trouver. On le repère facilement depuis les airs.

— Et pourquoi l'avoir choisi ?

Sans répondre, Col me conduit sous le couvert des arbres au bout de la clairière.

Il fait plus frais ici. Quand j'allume brièvement ma vision thermique, je vois détaler toutes sortes de petits animaux. Rien d'assez gros pour représenter une menace, mais quand je repasse en mode vision normale, je garde la main sur mon couteau.

— Attention où tu mets les pieds, me prévient-il.

Un pan incliné s'ouvre devant nous.

Nous descendons dans ce qui ressemble à un cratère. Sauf que les bords sont parfaitement rectilignes, et que les cratères ne sont pas carrés.

— Encore des ruines ?

— Les fondations d'une tour qui faisait partie de l'aéroport. (Col trébuche sur un caillou puis retrouve son équilibre.) Tout le métal a été récupéré depuis plus d'un siècle.

— Mais il reste encore quelque chose de valeur là-dessous, pas vrai ?

Il m'adresse un sourire par-dessus son épaule, puis continue d'avancer.

Les parois du cratère sont vieilles, friables ; difficiles à escalader. Ça me donne le temps de réfléchir.

Quel rapport peut-il y avoir avec notre baiser ?

Que voulait-il dire par *C'est compliqué* ?

Au fond du cratère, nous parvenons sur un sol rectangulaire aussi vaste que la salle de bal des Palafox.

Les arbustes qui poussent ici dans l'ombre sont fins, élancés, comme s'ils se tendaient vers la lumière.

Col cherche quelque chose du regard.

— Je ne suis venu qu'une fois, il y a deux ans, me prévient-il. Alors ça risque de prendre un peu de…

Il s'arrête, frappe le sol du pied.

Ça sonne creux.

Il nous faut cinq minutes pour dégager la trappe des branches et des feuilles mortes qui la masquent. Elle est faite d'une sorte de plastique recouvert d'un motif camouflage.

— Plus le moindre métal, dit Col en posant sa main sur la serrure. (Le plastique s'anime, s'éclaire de l'intérieur.) Nous avons fait en sorte que cet endroit n'offre aucun intérêt pour les pillards.

La trappe s'ouvre dans un soupir, dévoilant un carré de noirceur. Une odeur rance monte à mes narines : dessicatif et nanos antimoisissures.

— Lumière, demande Col à voix haute.

Il sourit en voyant la lumière s'allumer.

— Fais attention, me recommande-t-il. L'échelle est un peu branlante.

***

Le bunker, ainsi que Col l'appelle, fait environ la taille de la piscine privée de mon père.

Il a un plafond bas, moulé dans le même plastique que la porte. Une douzaine de colonnes portent le poids de la forêt au-dessus de nous. En vrai bois, toujours pas en métal.

Cet endroit est vraiment bien caché.

Il y a des étagères partout, chargées de coffrets en plastique. Chacun comporte une serrure à empreinte palmaire comme la trappe extérieure.

— Laisse-moi deviner : seuls les Palafox peuvent ouvrir ces coffrets.

— Plus quelques personnes en qui nous avons confiance, dit Col.

Il inspecte les coffrets, qui portent des étiquettes rédigées avec des codes.

— Alors c'est donc ça dont parlait ta mère ? dis-je. Quand elle disait que vous aviez quelques surprises en réserve pour mon père.

— Entre autres, oui.

Je fronce les sourcils.

— Mais tu tiens ça de Yandre, qui avait entendu ta mère en parler à la soirée. Et tu connais cet endroit depuis deux ans.

Col hausse les épaules.

— Oui, *Frey*. Je t'ai peut-être menti une ou deux fois.

Je lève les mains en signe d'apaisement.

— D'accord, match nul.

Il prend un coffret sur une étagère. Il déverrouille la serrure avec son empreinte et soulève le couvercle, dévoilant les différents éléments d'une arme dans leur mousse de rangement.

— Parle-moi un peu de ce truc.

Je m'accroupis devant le coffret et soulève le canon. Il est en céramique de construction spatiale. Léger comme du carton, solide comme du blindage.

— C'est un fusil à plasma spheromak. Vingt mégabars, batterie à hydrogène à usage unique. Aimants à manganèse organique, si bien qu'il n'apparaît pas au détecteur de métal.

— Tout ça c'est écrit sur l'étiquette, Frey. Mais qu'est-ce que ça veut dire ?

— Il tire des munitions à plasma. Capables de dégommer un hovercar. (Je jette un regard circulaire sur la pièce ; il y a tellement d'étagères…) Ou un immeuble, si tu en as suffisamment.

— Crois-moi, on a ce qu'il faut. (Col lève la tête.) Tu penses que ça pourrait intéresser les rebelles ?

— Ils seraient aux anges. Leur problème a toujours été le manque d'hovercars et d'armes lourdes. (Je hausse les épaules.) Les inconvénients de la vie sauvage…

Col se redresse avec un petit sourire satisfait.

— Vous aviez toutes ces armes à disposition, dis-je. Alors pourquoi ne pas vous occuper des rebelles tout seuls ? Pourquoi avoir ramené mon père dans l'affaire ?

— Parce que, lorsqu'on s'attaque aux rebelles, ils s'évanouissent dans la nature, répond Col en me prenant le canon des mains. Pour s'en débarrasser une bonne fois pour toutes, il faut être prêt à employer des moyens détestables. Comme recourir à ces armes contre des êtres humains.

— Chose que mon père était tout disposé à faire.

Col hoche la tête.

— Ma famille attache beaucoup d'importance aux apparences. Mais il faut bien que quelqu'un fasse le sale travail.

Il ne m'a pas montré ça pour me prouver que les rebelles l'accueilleront à bras ouverts. Cette pièce a un rapport avec nous deux.

Je m'assieds en tailleur sur le sol en béton.

— Pourquoi sommes-nous ici, Col ?

— Parce que je veux que tu comprennes ma famille. (Il fait un geste en direction des coffrets.) *Voilà* qui nous sommes.

Chacun de ces fusils est capable de faire sauter un pilier magnétique. Avec une douzaine, on peut facilement abattre un gratte-ciel. Col est peut-être horrifié par mon couteau à impulsions, mais sa famille cache une puissance de feu suffisante pour raser une ville entière.

— Les Palafox, dis-je. En apparence vous ressemblez à Rafi. Mais au fond, vous êtes… comme moi.

Col me dit d'une voix douce :

— Il faut que tu comprennes, Frey. Victoria est une petite ville. Pour nous protéger, nous sommes parfois obligés de faire des choses qui nous répugnent. Je n'ai jamais voulu te tromper.

Je le dévisage durement.

— Et tu le fais depuis quand, exactement ?

— Depuis l'instant où je t'ai rencontrée. (Il prend sa respiration avant de poursuivre.) J'ai toujours su que tu étais chez nous en tant qu'otage, Frey. Ma mère et moi avions un plan pour toi, et jouer les innocents en faisait partie.

— Quoi ?

J'ai les mains qui tremblent.

— Et notre baiser aussi.

RIPOSTE

J'entends encore les mots que Col vient de prononcer. Je les ai enregistrés, je peux me les repasser en boucle dans ma tête.

Mais ils n'ont aucun sens.

Il me scrute avec attention, guettant ma réaction.

— Tu *savais* que j'étais une otage ?

Il acquiesce de la tête.

— C'était mon idée.

Mon regard s'égare par-dessus son épaule. Les étagères chargées d'armes semblent s'étendre à l'infini.

Je n'arrive plus à respirer.

— Ton père est un monstre, explique Col. Tôt ou tard, il aurait représenté une menace pour nous. Mais nous nous demandions si toi, son héritière, tu ne serais pas différente.

— Je ne suis pas son héritière, parviens-je à dire. C'est ma sœur.

— Bien sûr. Mais nous pensions obtenir la vraie Rafi. Alors nous avons décidé d'apprendre tout ce que nous pouvions sur toi.

Il se redresse en continuant son discours, et je m'aperçois d'une chose affreuse : il a repris sa voix de guide touristique.

— À l'ouverture des négociations avec ton père, nous avons envoyé des caméras censées faire un reportage sur ta ville. En réalité, il s'agissait de polygraphes camouflés. Chaque fois que l'une de vous apparaissait en public, les caméras mesuraient votre pouls, votre pression sanguine, votre activité électrique.

Je le dévisage stupidement, avec la sensation d'avoir été mise à nu.

— En même temps, poursuit-il, nous avons procédé à l'analyse psychologique de tous les enregistrements de toi sur lesquels nous avons pu mettre la main, en remontant à l'époque où tu n'étais encore qu'une gamine. Nous avons étudié tes réflexes oculaires, ta gestuelle, tes intonations vocales.

Je secoue la tête.

— Et qu'avez-vous appris ?

— Que tu as commencé à craquer à l'âge de sept ans.

— À sept ans ? dis-je en baissant d'un ton. Quand j'ai débuté l'entraînement ?

— Exactement.

— Que veux-tu dire par *craquer* ?

— Certaines fois, tu avais l'air pleine d'assurance et de confiance en toi. D'autres fois, tu semblais profondément perturbée. Notre équipe de psychologues a cru qu'il y avait une fêlure dans ta personnalité. Il ne leur est jamais venu à l'idée qu'en réalité vous étiez deux personnes différentes.

— L'une saine d'esprit et l'autre folle.

Je serre les poings pour empêcher mes mains de trembler.

— Ça ne sert à rien de parler comme ça, Frey.

— Ah bon ? dis-je, incapable de le regarder. Quel mot emploierais-tu ?

— On t'a soumise à un traitement brutal. Toutes ces fractures que tu as subies… Être obligée de vivre cachée toutes ces années… sans ami, et avec *lui* comme père…

— Tu veux dire qu'il n'y a pas que mes os qui ont craqué.

Col me prend la main dans un geste apaisant.

— Frey. C'est toi qui es saine d'esprit.

Je le dévisage sans comprendre.

— Quoi ?

— Quand notre équipe a diagnostiqué cette fêlure psychologique, elle s'est focalisée sur une chose qu'on appelle l'anxiété du langage. Les gens qui parlent une seconde langue, même couramment, commettent toujours des petites erreurs de grammaire lorsqu'ils sont anxieux ou qu'ils sont en train de craquer nerveusement. Quand Rafia s'exprime en français, elle se trahit.

Je suis sur le point de protester que c'est impossible. Rafi est toujours si sûre d'elle-même. Impétueuse, autoritaire. Et puis, je me rappelle sa voix quand elle m'a dit : *Ce n'est pas normal.*

Et si ce n'était pas de moi qu'elle parlait ?

— Voilà ce que je pense, résume Col. Elle a été obligée d'assister à tout ça : ce traitement brutal, cette mise au secret. Et elle n'a pas pu te protéger, alors qu'elle était ta grande sœur.

— C'est à moi de la protéger.

— Exactement. Toi, tu as une mission. Quand cet assassin a cherché à l'éliminer, tu as été capable de la sauver. (Il détourne le regard.) Alors qu'elle n'a rien pu faire pour toi.

Je me remémore cette journée. Les mots que Rafi m'a dits ensuite…

Je me suis contentée de hurler sans rien faire.

Tout le temps. Dans ma tête.

Je me tourne vers Col, gagnée par la colère.

— Donc vous saviez que Rafi n'allait pas bien ? Et vous n'avez quand même pas hésité à la prendre en otage ?

— Pour l'éloigner de lui ! Pour qu'elle sache ce que c'était de vivre au sein d'une vraie famille, dans une ville normale ! (Col écarte les mains.) Ton père ne vivra pas éternellement, et elle est son héritière. Nous avons pensé qu'en nouant une alliance avec elle nous pourrions peut-être amener Shreve à changer, sans avoir besoin de nous faire la guerre.

Une alliance. Mon cœur s'emballe un peu.

— Ta grand-mère, dis-je. Le premier jour, quand elle t'a suggéré de me faire visiter…

Il baisse les yeux.

— *Abuela* n'a jamais été très subtile.

— Et cette histoire de te confisquer ton arc ?

— Un prétexte pour te conduire au monastère, où tu te sentirais plus en sécurité pour me parler. Où je pourrais gagner ton amitié.

J'ai comme une grosse boule en travers de la gorge. Je n'arrive plus à respirer.

C'est le premier garçon que j'ai embrassé.

Et il faisait semblant.

Col me prend les mains à présent.

— Seulement, je t'ai trouvée vraiment très différente de ce à quoi je m'attendais, Frey. Je ne savais pas pourquoi, c'est tout.

Je me dégage et me lève un peu trop vite. Prise de vertige, je tends le bras pour m'appuyer sur quelque chose et pose la main sur l'une des caisses en plastique remplies de mort.

Il continue à parler.

— Quand je t'ai embrassée, j'étais sincère.

Ce qu'il peut dire n'a plus aucune importance.

Sa mère, sa grand-mère conspiraient avec lui depuis le début. Elles riaient dans mon dos alors que je le prenais pour mon ami.

Je suis un monstre, issue d'une famille de monstres. Je n'ai qu'une raison d'être en ce bas monde.

— Je dois rentrer chez moi. Ma sœur souffre, et c'est à moi de la protéger.

J'ai encore la tête qui tourne. Je m'éloigne entre les étagères encombrées d'armes. Col m'appelle. Je m'en moque ; je n'ai plus confiance en lui, moi non plus.

J'atteins l'échelle. Elle tremble un peu sous mon poids tandis que je me hisse vers les senteurs de la forêt et de la vie.

Je dois retourner à Shreve au plus vite. Ma sœur n'a que moi, et elle me croit morte.

— Frey ! me lance Col d'en bas.

C'était une erreur de lui dire mon nom. Une folie d'abandonner ma sœur et ma ville pour lui.

Je débouche à l'extérieur et prends une grande goulée d'air frais. Un entrelacs de branches masque le ciel au-dessus de moi.

— Ne bougez pas, me crie une voix dans les arbres. Nous ne voulons pas vous faire de mal. Ne nous y obligez pas.

CAPTURE

Ils sont quatre.

Accroupis sur le bord du cratère, armés de fusils, ils m'encerclent. Ils se fondent dans les buissons grâce à leurs combinaisons de camouflage, mais leur chaleur corporelle les trahit.

Gagnée par la colère et par un sentiment de trahison, je lance mon couteau sur une trajectoire courbe qui va les réduire en poussière. Il se met à pulser pendant une fraction de seconde…

Puis crachote et retombe dans les feuilles, inerte.

La batterie est morte.

Et moi aussi.

Pourtant, les soldats ne tirent pas. Ils doivent s'imaginer que j'ai jeté mon couteau pour me rendre.

— Mains en l'air, me lance l'un d'eux.

J'obtempère, tout en cherchant une arme improvisée sur le sol de la forêt. Je ne vois que des branches mortes, des feuilles, des cailloux. Rien qui puisse me permettre de tenir tête aux quatre fusils pointés sur moi d'en haut.

— Nous savons que vous détenez Col Palafox, crie leur chef. Libérez-le. Tout de suite.

Je lève les yeux vers elle, c'est une femme. Comment savent-ils que Col se trouve ici ?

Puis j'entends Col grimper à l'échelle derrière moi.

— Ne te montre pas ! je murmure entre mes dents.

— Zura ? appelle-t-il.

— Col ! s'écrie-t-elle. *¡ Estás vivo !*

La femme se laisse glisser au fond du cratère. Quand sa combinaison passe du camouflage aux couleurs de combat standard, je réalise deux choses.

Un : c'est une Special, dotée de capacités surhumaines par la chirurgie. Personne d'autre n'aurait pu dévaler une telle pente avec une telle facilité. Les Specials constituaient un optimum chirurgical du régime des Pretties. Avec des muscles augmentés, des réflexes boostés et des os renforcés par un alliage. Ils avaient une mentalité glaciale, implacable, et une beauté démoniaque.

Au début du raz-de-cervelle, l'opération de transformation en Special était devenue illégale. Mais on dirait que tout est permis désormais.

Deux : elle ne porte pas les couleurs de Shreve, mais le bleu ciel de l'armée victorienne.

Derrière moi, Col se hisse hors de la trappe.

En s'approchant, la Special repousse sa cagoule en arrière. Elle a des cheveux bruns et des traits d'une beauté sinistre. Col s'avance à sa rencontre et ils tombent dans les bras l'un de l'autre en riant. Ils se parlent en espagnol, trop vite pour que j'arrive à les comprendre.

Je regarde les trois autres soldats. Eux aussi se laissent glisser au fond du cratère, avec la grâce inhumaine des Specials. L'un d'eux garde son fusil braqué sur moi. Ils ont l'air fatigués, comme s'ils ne s'étaient pas reposés une minute depuis le déclenchement de l'attaque.

J'imagine qu'ils ne vont pas me tirer dessus si je baisse les mains.

Une part de moi s'en moque, d'ailleurs. Trop de préoccupations se bousculent dans ma tête : la santé mentale de ma sœur, Col qui savait que j'étais une otage, son faux baiser...

J'ai la sensation que toutes mes vieilles fractures, toutes mes anciennes douleurs se réveillent d'un coup. Je perçois la cicatrice au-dessus de mon œil et la crasse sur mon visage. Plus rien ne me paraît solide ou même réel, pas même le sol de la forêt sous mes pieds.

Je voudrais mon couteau, mais je n'ai pas vu exactement où il est tombé.

Je m'avance d'un pas incertain, me laisse tomber à genoux et commence à fouiller dans les feuilles mortes. À la recherche de la seule chose à laquelle je peux encore me fier.

Il est là, je sens sa dureté métallique sous ma main.

Quand je me redresse en le tenant, l'un des soldats me met en joue.

— Non ! s'écrie Col.

L'homme hésite et, quelques secondes plus tard, Col vient s'interposer entre lui et moi.

— *¡ Esta es mi amiga !*

Je me creuse la cervelle pour traduire.

Mon amie.

D'autres propos en espagnol fusent de part et d'autre.

Je reste assise là, le couteau à la main. Que feraient les soldats si je partais tranquillement ? Si je prenais la planche de Col pour retourner chez moi sauver ma sœur ?

Les laisserait-il me tirer dessus ?

— Frey, dit Col en s'accroupissant près de moi. Tout va bien. Ce sont des Victoriens.

— Je vois ça.

Il est radieux.

— Mais ils reçoivent des ordres du livre de code !

Je secoue la tête. Il pourrait aussi bien me parler en français.

Col me prend par les épaules. Il se penche tout près et m'explique lentement :

— Ils pensent que ma mère est toujours en vie.

***

Il s'avère que Zura est l'instructrice qui a enseigné à Col le tir à l'arc.

Elle et les autres appartiennent à la Garde victorienne. Ce sont des commandos d'élite qui étaient en patrouille avec les troupes de mon père au moment de sa trahison.

— La seconde d'avant, nous étions en train de traquer les rebelles ensemble, raconte Zura dans un anglais fortement accentué. Et la seconde d'après, ils se sont mis à nous tirer dessus. Nous avons réussi à nous enfuir, mais pas à rejoindre des unités amies. Et puis…

Elle s'interrompt pour me lancer un regard méfiant. Je suis peut-être sale et décoiffée, mais j'ai toujours le visage de ma sœur.

Col leur a donné l'ordre de ne pas demander pourquoi je ressemble tellement à *la princesse Rafia.* Ils doivent me prendre pour une soldate d'élite grimée grâce à de la chirurgie dans le cadre d'une mission secrète.

— Vous pouvez parler devant Frey, dit-il. Je lui fais confiance.

— Frey, répète Zura d'un ton dubitatif. À vos ordres, monsieur. Il y a quelques heures, nous avons reçu un message du livre.

Col se tourne vers moi.

— Le livre de code est la clé de l'armée victorienne. Il diffuse sur les réseaux planétaires des messages cachés que seules nos troupes peuvent lire. Il n'en existe qu'un seul exemplaire, que ma mère garde toujours sur elle. Elle a donc dû réussir à s'enfuir hier soir.

— Col, dis-je tout bas. C'est merveilleux.

La colère qui m'habitait s'est évaporée, mais rien ne l'a remplacée. C'est comme si j'avais une batterie dans la tête, qui s'était vidée après toute cette peur, cette colère et ce sentiment de trahison. Je n'éprouve absolument plus rien.

— Les ordres nous ont donné un code à transmettre, continue Zura. Il s'est calé sur la balise de votre hoverboard. Nous n'en sommes pas revenus, quand nous avons capté votre signal !

— Jefa a fait placer une balise sur mon hoverboard ? (Col secoue la tête en riant.) Elle m'avait promis qu'elle ne ferait jamais ça.

— Heureusement qu'elle est passée outre, dit Zura. Et elle devait être la seule à le savoir. Ce qui veut dire qu'elle est forcément en vie.

Col prend une grande inspiration. Pendant un instant, il paraît presque anxieux, comme s'il n'osait pas se laisser aller à espérer.

Je lui prends la main.

— Il ne faut jamais sous-estimer ta mère, Col. J'en sais quelque chose.

Il y a une pointe d'amertume dans ma voix, n'empêche que je suis tout de même soulagée d'un poids. J'ai peut-être une mort de moins sur la conscience.

— Savez-vous où se trouve le livre ? demande Col à Zura.

Elle secoue la tête.

— Tout ce que nous avons, c'est une localisation en pleine montagne. Votre mère doit être là-bas.

Col se tourne vers moi, les yeux brillants.

— Frey, elle est vivante.

Il attend de moi que je me réjouisse, que je lui montre que notre alliance tient toujours. Comme s'il ne venait pas de m'avouer qu'il a joué avec mes émotions depuis l'instant où j'ai posé le pied chez lui.

Je jouais la comédie, moi aussi. Mais je n'ai jamais menti à Col sur mes sentiments.

Et puis, des rouages s'enclenchent dans mon cerveau et je me tourne vers Zura.

— Que reste-t-il de l'armée victorienne, exactement ?

— Il faudrait le livre de code pour le savoir. Mais nous étions préparés à une guérilla, au cas où Shreve nous tomberait dessus. Il doit y avoir des dizaines d'unités encore opérationnelles.

— Alors pourquoi ne sont-elles pas encore là ? dis-je.

Ils me dévisagent sans comprendre.

J'indique la trappe béante.

— Il y a suffisamment de puissance de feu dans ce bunker pour raser une ville entière. Pourquoi Aribella n'a-t-elle envoyé personne récupérer ces armes ?

Col reste sous le choc. Comme si je venais de lui dire que si, sa mère est morte.

— À mon avis, répond Zura, les troupes ne sont pas encore arrivées, voilà tout. Cela fait juste quelques heures que nous avons reçu nos ordres. Mais Frey a raison – nous devrions emporter autant d'armes que nous le pourrons.

— Bien sûr. (Col se redresse, balayant mes doutes.) Profitons-en avant qu'il fasse nuit. Chargeons l'appareil et filons.

Les Specials se mettent en action. Deux d'entre eux descendent dans le bunker. Zura retourne vers l'hovercar du commando, posé plus loin dans la clairière.

Voyant que j'hésite à les suivre, Col s'arrête.

— Tu viens, Frey ?

Je prends une grande inspiration.

Il y a dix minutes encore, je ne pensais qu'à retourner chez moi pour sauver ma sœur. Et oublier les Palafox, leur sophistication et leur hypocrisie.

Mais je n'ai pas de plan, rien à manger ni à boire, et aucune chance de l'emporter seule face à l'armée entière de Shreve.

Alors qu'ici j'ai des alliés. J'ai Col.

Du moins, c'est ce que je croyais.

— Je ne veux plus de mensonges entre nous, j'explique. Plus de profils psychologiques, de polygraphes ou de scans. Ne me traite pas comme quelqu'un qu'on peut piéger, manipuler ou contrôler. D'accord ?

— Promis. Et laisse-moi te demander une chose, moi aussi. (Il prend le temps de choisir ses mots.) À partir de maintenant, Frey, montre-moi qui tu es vraiment.

— Entendu, dis-je.

Le problème, c'est que je suis un imposteur.

INFOS

L'hovercar du commando est un engin d'attaque léger. Il est agile et embarque une impressionnante puissance de feu, mais sa coque est grêlée d'impacts. J'ignore combien de temps il va pouvoir continuer à voler sans réparations ou sans recharger ses batteries.

Les Palafox ont plutôt intérêt à disposer d'une usine secrète quelque part, avec des panneaux solaires de la taille d'un terrain de football.

Nous sommes serrés comme des sardines à l'intérieur. Nous tenons à six dans un habitacle conçu pour quatre, sans oublier l'hoverboard et huit fusils à plasma – impossible d'en emporter davantage. Deux des Specials se sont accroupis à l'arrière pour nous laisser leurs sièges, à Col et à moi.

Nous mangeons tous les deux des SpagBol, de la nourriture de survie autochauffante que mon père n'aurait jamais autorisée dans son pavillon de chasse. Mais la faim est décidément la meilleure des sauces, et je trouve ça délicieux. Encore meilleur que l'eau fraîche des bidons de l'hovercar.

Les montagnes ne sont qu'à une heure de vol, mais j'ai l'impression que le trajet dure des siècles. Nous devons régulièrement descendre sous la ligne des arbres chaque fois que le radar nous alerte.

Ce trajet était déjà fastidieux sur la planche de Col. Entassés comme nous le sommes dans cet hovercar minuscule, il devient insupportable. En plus, l'un des rotors est endommagé, si bien que l'appareil vole légèrement en biais.

Il n'empêche que Col est beaucoup moins abattu que lorsque sa maison venait de partir en fumée.

Sa mère est peut-être encore en vie. Il peut compter sur un bunker rempli d'armes et sur une armée formée à la guérilla. Les Palafox ont sûrement encore une chance dans ce conflit.

Peut-être peuvent-ils organiser une riposte. Peut-être qu'ensemble nous réussirons à sauver Rafi.

Je me demande ce qu'elle est en train de faire en ce moment. Est-elle sur un balcon, en train de sourire et de saluer la foule ? De hurler sur mon père ? De pleurer dans notre chambre, persuadée que je suis morte ?

Est-elle vraiment sur le point de craquer ?

Cela me paraît délirant de poser un diagnostic sur quelqu'un uniquement à partir de données recueillies par des hovercams. Les spécialistes de la guerre psychologique ne sont pas des médecins, après tout. Rafi avait l'air tellement enjouée quand elle m'a appelée pour m'aider à choisir ma robe.

Bien sûr, elle souriait aussi sur ce balcon il y a une demi-heure, alors qu'elle me croyait morte.

Je ne suis peut-être pas le seul imposteur dans la famille.

***

Nous filons plein ouest dans notre hovercar surchauffé par le soleil de l'après-midi.

Les Specials ont donné à Col une tenue de combat victorienne. Le camouflage forestier lui donne l'air plus âgé, plus dur. Moi, j'ai toujours mon pantalon de survêtement et ma chemise de nuit tachée de sang.

Il regarde les infos sur un écran. Il n'est question que de la guerre, évidemment.

— On dirait une prise de contrôle en douceur, me résume-t-il. Il n'y a pas de troupes étrangères dans Victoria. Par contre, les réseaux et l'interface de la ville ont été placés sous l'autorité de Shreve.

— Ils ne vont pas tarder à répandre leur poussière de surveillance, dis-je. Comme ça, ils n'auront pas besoin de soldats.

— Au moins les autres villes ont rompu les relations commerciales. Elles se sont engagées à boycotter le métal que ton père récupérera dans les ruines.

— Peu importe, réponds-je. Il s'en servira lui-même. Il veut faire de Shreve la plus grande ville du monde.

Col lâche un juron en espagnol et les soldats se tournent vers lui, puis vers moi. Ils ont tous les mêmes traits altérés par la chirurgie – une beauté glaciale qui me donne froid dans le dos.

Ils continuent à se méfier de moi. Bien sûr, je ressemble en tout point à la fille de leur ennemi. Il a fallu que Col leur aboie dessus en espagnol pour qu'ils me laissent recharger mon couteau à impulsions.

— Personne ne parle de faire la guerre pour nous libérer, regrette Col. Malgré tous ces traités…

Il s'interrompt. Les soldats se redressent sur leurs sièges.

Trois visages juvéniles viennent de s'afficher à l'écran. Le texte déroulant donne leurs noms.

Celui du milieu est Teo Palafox.

Il ressemble beaucoup à son frère aîné, mais avec le teint plus mat et les yeux gris. Il a l'air de s'ennuyer, comme un gamin qu'on oblige à rester tranquille pour la photo de classe.

D'un signe de la main, Col augmente le volume.

... le courant de la nuit dernière. L'école de Genève a ouvert une enquête, en coopération avec le consortium des gardiens. Les autorités craignent que ces disparitions inexpliquées soient en lien avec l'attaque contre la ville de...

Col coupe le son d'un geste et se renverse en arrière contre son appuie-tête. Personne ne dit un mot. Les soldats restent figés comme des statues, à l'exception de Zura qui tient le manche de l'appareil.

— Ils l'ont enlevé, murmure Col. Avec deux de ses amis. Je connais ces gosses.

Je voudrais lui poser la main sur l'épaule. Mais je ne sais plus qui je suis en ce moment.

Une compagne d'armes ? La fille qu'il a embrassée ?

Ou bien un imposteur, l'espionne que mon père a placée au cœur de sa maison ?

J'attends que le visage de Teo ait disparu de l'écran, puis je touche le bras de Col.

— Je suis désolée.

— Tu avais dit qu'il ne risquait rien. (Sa voix se brise.) Que les autres villes ne laisseraient pas faire, pas dans un internat.

Je voudrais lui dire que ça ne tient pas debout. Qu'un garçon de quatorze ans ne représente pas une menace suffisante pour que mon père prenne le risque de se mettre le monde entier à dos.

N'empêche que Teo Palafox a disparu.

— Je me suis trompée, j'admets.

Mon père fabrique sa réalité. Et parfois, celle-ci tourne au cauchemar.

APPROCHE

— Nous allons arriver au point de rendez-vous.

La voix de Zura me réveille en sursaut, et je mets une seconde à me rappeler où je suis.

Le soleil de fin d'après-midi rentre en biais par les hublots. Une odeur de SpagBol et de café instantané flotte dans la cabine. Mes épaules cisaillées par le harnais me font mal.

Col a l'air épuisé. J'ai l'impression qu'il n'a pas dormi.

— Posez-nous à dix kilomètres. Je veux terminer à pied.

Zura fronce les sourcils, mais ne cherche pas à discuter.

— Tu crois qu'il s'agit d'un piège ? dis-je.

— Ton père a toujours eu une longueur d'avance sur nous depuis le début, répond Col. Tant qu'on ne saura pas avec certitude qui détient le livre de code, je préfère rester sur mes gardes.

— Tu as raison.

Il se détourne, le visage fermé.

Col a pleuré quand il a cru qu'Aribella était morte. Mais il n'a pas versé une larme sur la disparition de son frère. Peut-être refuse-t-il de se laisser aller en présence de ses soldats.

Zura pose l'hovercar dans une gorge étroite au fond de laquelle coule un torrent. Pendant de longues secondes, elle fait osciller l'appareil d'avant en arrière pour découper quelques arbustes avec ses rotors.

J'avais déjà mal au cœur, mais ce mouvement de balancier me donne vraiment envie de vomir. En plus, je n'en vois pas la nécessité, nous avions largement la place de nous poser.

Après une minute de ce manège, nous nous immobilisons enfin. Aussitôt que ma portière s'ouvre, je saute sur la terre ferme.

Des petits cailloux crissent sous mes semelles. Une végétation tenace s'accroche aux parois de la gorge, et le soleil donne aux montagnes environnantes des teintes rose et orange.

J'inspire de grandes goulées d'air frais.

Pendant que Col et Zura s'entretiennent à voix basse, les autres soldats recouvrent l'hovercar sous des branchages. Voilà donc la raison de ce massacre des buissons. Je leur donne un coup de main, heureuse de cette occasion de me dégourdir les muscles.

Les commandos se déplacent avec tellement de grâce et de fluidité que je ne peux m'empêcher de les observer avec une pointe de jalousie.

Certains jours, après mon entraînement, je mourais d'envie de subir une opération pour me rendre plus rapide, plus forte. Mais je vois maintenant pourquoi mon père a toujours refusé. Ces commandos ont quelque chose d'inhumain, une allure qui fait penser à des insectes.

— Donc au bout de cette gorge, puis au nord ? résume Col.

Une carte s'affiche dans l'air entre Zura et lui, indiquant les cols de montagne en rouge.

— C'est ça, dit Zura en pointant le doigt sur une crête. Il faudra quelqu'un pour nous couvrir. Un ou deux tireurs en position là-haut.

— Avec un fusil à plasma, précise Col.

Elle se tourne vers lui. Son désaccord s'affiche clairement sur ses traits à la beauté cruelle.

— Au cas où un hovercar nous survolerait, explique Col.

Toujours pas de réaction.

C'est là que je comprends : les soldats sont entraînés à obéir sans discuter à l'héritier Palafox.

— Col, dis-je. Ces fusils à plasma peuvent faire s'écrouler une falaise. Tu as vraiment envie de te retrouver dans leur ligne de mire ?

Il réfléchit un moment puis hoche la tête.

— D'accord, des fusils ordinaires. Mais tu resteras juste à côté de moi, Frey. Et tu emporteras un fusil à plasma au cas où.

— Monsieur, je doute qu'elle soit suffisamment..., commence Zura.

Col tranche :

— On peut se fier à son jugement.

Il n'y a rien à ajouter.

***

Nous nous mettons en chemin alors que la nuit commence à tomber.

On m'a remis une tenue de camouflage à moi aussi. Elle est trop petite, trop serrée et me tient trop chaud malgré l'atmosphère qui se refroidit rapidement. Dix secondes après l'avoir enfilée, je suis déjà trempée à l'intérieur.

Je me demande si les Specials transpirent.

Je baisse les yeux et vois ma tenue se couvrir de taches brunes aux couleurs du désert.

Zura détache deux de ses soldats en couverture. Ils escaladent la falaise et disparaissent dans l'obscurité. Un troisième reste sur place pour surveiller l'hovercar.

Nous marchons sans faire de bruit. Nos combinaisons foncent progressivement à mesure que le ciel s'assombrit. Col a pris sa planche et son arc, Zura a emmené son fusil, et moi j'ai un fusil à plasma et mon couteau.

— Drôle de puissance de feu, fais-je observer. On ne sait pas si nous partons à la chasse aux dinosaures ou aux lapins.

Col a un petit sourire.

— Il me reste quelques flèches explosives au cas où on croiserait un T-Rex.

— Nous avons des fusils supplémentaires, monsieur, lui rappelle Zura avec un soupir. Quand je vous ai enseigné le tir à l'arc, ce n'était pas pour faire la guerre.

Col hausse les épaules.

— Nous aurons peut-être besoin de tuer quelqu'un en silence.

Cette remarque met un terme à la conversation en nous rappelant que nous ne sommes pas en expédition de chasse.

Quelques instants plus tard, Zura s'arrête.

— Pour que vous ne soyez pas surpris… Il y a un petit animal un peu plus loin. Sans doute un lapin.

Les Specials doivent être équipés d'une vision nocturne. Meilleure que la mienne, semble-t-il, parce que je ne vois rien de particulier devant nous.

— Allez vérifier, ordonne Col. On vous attend ici.

— Mais c'est juste un…

— Vérifiez.

Zura salue et s'éloigne dans l'obscurité.

— J'espère que c'est un lapin des volcans, dis-je. Je n'ai toujours pas eu l'occasion d'en voir un.

Col sourit de nouveau et pose sa planche par terre.

— Ils ne sont pas aussi intéressants que leur nom pourrait le faire croire.

J'aimerais bien qu'il continue à sourire, mais le moment me paraît mal choisi pour plaisanter. C'est la première fois que nous sommes seuls tous les deux depuis que nous avons appris la disparition de son frère.

— Col, je suis certaine que Teo va…

— Ce n'est pas pour ça que j'ai éloigné Zura. (Il se tourne face à moi.) Il faut te préparer. C'est probablement ma mère qui a le livre de code. En tout cas, je l'espère.

— Bien sûr. Je l'espère aussi.

— Je veux juste que tu saches que je te soutiendrai, quoi qu'elle dise ou quoi qu'elle fasse.

Je le dévisage longuement ; les rouages de mon cerveau peinent à s'enclencher. Mais je finis par comprendre.

Les rebelles m'accueilleront sans trop de difficulté, avec mon entraînement au combat et les secrets de famille que je détiens. Mais quand Aribella saura la vérité sur moi, quand elle saura comment j'ai trompé sa famille, elle risque de ne pas être du même avis.

Et au final, c'est elle qui commande à ces soldats. Pas Col.

Puis je réalise une chose étonnante. Son petit frère est introuvable, et Col s'inquiète… pour moi.

— Ça ira, dis-je.

— N'en sois pas aussi sûre. (Son regard se perd dans l'obscurité.) Tu n'as jamais vu ma mère en colère.

— Crois-moi, je n'en ai aucune envie.

— Tâche simplement de rester calme et de laisser passer l'orage, me recommande-t-il. Je lui ferai voir qui tu es vraiment.

— Col…

Pendant un instant, je suis incapable d'ajouter quoi que ce soit.

Ses mots me touchent terriblement. *Qui tu es vraiment.*

— Ça va ? s'inquiète-t-il.

— C'est juste que… personne ne voit jamais qui je suis vraiment. C'est interdit. Toute ma vie, j'ai fait en sorte que ça ne se voie pas.

— Plus maintenant, ajoute-t-il en posant sa main sur mon épaule. Dorénavant, tu es Frey. Tu n'as plus besoin de mentir.

Mes larmes brouillent le désert qui nous entoure. Cela n'a aucun sens. Col a perdu son frère, sa ville est en flammes, sa maison a été réduite en cendres… Et c'est moi qui pleure.

Il est trop occupé à se demander comment me défendre contre la colère d'Aribella.

Jusqu'à aujourd'hui, une seule personne avait pris ma défense. Je n'ai jamais eu qu'une seule alliée, qu'une seule amie. Deux, c'est plus que je n'en mérite.

— Tu étais sérieux, tout à l'heure, dans le bunker ? je demande. Quand tu as dit que notre baiser était sincère ?

Il m'attire contre lui. Nos deux corps sont collés l'un à l'autre ; j'ai l'impression que ma tenue de camouflage n'est pas plus épaisse qu'une fine pellicule d'eau.

— Je ne fais pas semblant en ce moment, dit-il.

— N'empêche que sans moi, tu aurais…

— Été réduit en bouillie au fond d'un cratère fumant. Ou capturé par cet appareil de reconnaissance.

Je plaque ma tête contre son torse.

— Et même si j'en avais réchappé, Frey, je serais tout seul à l'heure qu'il est.

J'entends les battements de son cœur.

— Tu n'es pas tout seul, Col. Je suis là.

— Je sais. (Il s'écarte légèrement.) Et j'ai bien l'intention d'expliquer à Jefa ce que tu représentes pour moi.

Il reprend son souffle pour ajouter quelque chose, mais un bruit de pas précipités l'interrompt. C'est Zura qui revient.

Au pas de charge.

— Courez ! nous crie-t-elle. Ce n'était pas un lapin !

MINES SAUTEUSES

Grâce à ma vision nocturne, je vois quelque chose qui la poursuit.

Une foule de choses.

Elles sont aussi grosses que des lapins, mais leurs bonds les propulsent plus loin que n'importe quelle créature connue. Et je ne pense pas que les lapins se déplacent par centaines…

Ni qu'ils s'attaquent à l'homme.

Col bondit sur son hoverboard.

— Viens !

Je saute derrière lui et nous décollons. Genoux fléchis, nous filons au ras du sol en faisant gicler des cailloux dans le sillage de nos rotors.

Avec deux personnes à bord, la planche ne peut pas fonctionner à pleine vitesse. Zura court presque aussi vite que nous ; ses jambes modifiées lui procurent une foulée d'une longueur inhumaine.

D'un coup d'œil par-dessus mon épaule, je constate que les choses se rapprochent.

Elles ressemblent plus à des crapauds unijambistes qu'à des lapins, avec leur tête recouverte d'un motif camouflage conçu pour se confondre avec les rochers. Leur patte unique est un piston de métal scintillant qui les catapulte très haut dans les airs.

Je n'ai aucune idée de ce qu'elles nous feront si elles nous rattrapent.

Des crépitements nous parviennent d'en haut – les Specials ouvrent le feu depuis la falaise.

L'une des machines est touchée et part sur le côté. Elle s'écrase contre la paroi de la gorge, où elle explose dans un éclair aveuglant.

L'onde de choc nous frappe une seconde plus tard et nous fait tomber de la planche. Nous roulons sur le sol sablonneux.

Quand je me relève, j'ai un goût de sang dans la bouche.

Le flash subsiste encore dans ma vision nocturne, et c'est à peine si j'arrive à distinguer Col, qui a été projeté à quatre pattes.

Zura s'arrête brièvement pour l'aider à se relever. La planche s'est immobilisée toute seule devant nous.

Je saute dessus et jette un coup d'œil à nos poursuivants. Je pourrais peut-être en éliminer deux ou trois avec mon couteau à impulsions, mais pas des dizaines.

Je hurle :

— Qu'est-ce que c'est que ces trucs ?

Zura hisse Col sur la planche devant moi.

— Des mines sauteuses, répond-elle.

Mes instructeurs ne m'ont jamais parlé d'une chose pareille.

Nous décollons. Avec un seul passager, l'hoverboard pourrait peut-être s'élever hors d'atteinte des mines. Mais je ne suis pas volontaire pour terminer à pied.

Le tir de couverture se poursuit. Deux vagues de mines s'élancent à l'assaut de la falaise pour s'occuper des Specials qui nous protègent.

La soldate qui est restée près de l'hovercar a dû entendre l'explosion. J'espère qu'elle sait tirer tout en pilotant – la puissance de feu de l'appareil nous serait bien utile en ce moment.

J'ai bien mon fusil à plasma, mais je ne connais pas l'étendue de sa portée. Ni si le recul ne va pas me faire basculer dans le vide. Ou si l'anneau de plasma est suffisamment brillant pour être détecté par satellite, ce qui risquerait de rameuter toute l'armée de Shreve.

Col a peut-être eu tort de se fier à mon jugement.

J'écrase la gâchette d'activation.

Le fusil se met à gémir, tandis que sa batterie à hydrogène devient brûlante. Je jette un coup d'œil en arrière : nous avons encore une vingtaine de mines aux trousses. Les autres grimpent en direction des commandos.

Plus tôt j'ouvrirai le feu, moins je nous mettrai tous en danger.

— Attention, ça va secouer ! je crie à l'oreille de Col.

— Qu'est-ce que tu vas… ?

Je saute de la planche et me réceptionne dans le sable. Le voyant de charge du fusil vire au vert.

J'épaule, vise le groupe de mines le plus proche…

Et je tire.

Un spheromak de plasma jaillit du canon, pareil à un anneau de fumée qui serait fait de flammes et de foudre.

Il file à travers le désert en illuminant les collines environnantes. On y voit comme en plein jour. Les mines sauteuses qu'il atteint sont volatilisées.

L'anneau de plasma poursuit sa course. Les mines se cognent entre elles dans son sillage, bousculées par la colonne de turbulences.

J'ai visé suffisamment haut pour que l'anneau de plasma ne fasse pas s'écrouler la falaise. Il se perd au loin dans l'atmosphère, tel un ange de feu vengeur.

Une douzaine de mines continuent à venir droit sur moi. Les Specials en abattent encore une, deux…

Je laisse tomber mon arme brûlante. La batterie est à plat. Et je sors mon couteau.

— *Frey !*

Col a fait demi-tour pour revenir me chercher. Mais Zura bondit derrière lui sur l'hoverboard et le maîtrise.

— Attendez ! s'écrie Col.

Mais il est l'héritier de la maison Palafox, et Zura est bien décidée à le sauver. Elle est plus forte que lui. La planche pivote tant bien que mal et s'éloigne.

Elle ne fait que son travail de garde du corps, j'imagine.

Je fais face aux mines sauteuses.

Il n'en reste plus que huit. Mais au sommet de la falaise, une douzaine d'autres viennent d'atteindre l'un des commandos. L'une des mines explose juste au-dessus de lui.

Il bascule dans le vide.

L'autre commando continue à tirer. D'autres mines roulent dans la poussière.

Combien puis-je en éliminer avec mon couteau ?

Deux ? Trois ?

Plus loin dans la nuit, Col est invisible dans sa tenue de camouflage, mais le bras de Zura émet une tache claire de chaleur corporelle. Elle a été touchée, et sa combinaison est déchirée.

Une nouvelle explosion secoue la falaise au-dessus de moi. Le tir de couverture cesse.

Je suis toute seule à présent. Il ne me reste plus qu'à courir.

Puis un bruit s'élève dans l'obscurité – un rugissement de rotors.

L'hovercar surgit devant moi. La chaleur de ses moteurs dessine une constellation aveuglante dans le ciel noir.

Je coupe ma vision nocturne juste à temps – les canons ouvrent le feu, crachant des obus aveuglants dans le désert derrière moi. L'appareil me survole à moins d'un mètre ; le souffle de ses rotors me plaque au sol.

L'instant d'après, toutes les mines qui me poursuivaient ont été taillées en pièces. L'hovercar s'immobilise au fond de la gorge étroite.

— Non ! dis-je en me relevant d'un bond et en agitant les bras. Ne vous arrêtez pas !

Les mines parvenues au sommet de la falaise bondissent.

Elles s'abattent en pluie sur l'hovercar et cabossent son blindage. L'un des moteurs explose, projetant des éclats incandescents dans toutes les directions.

Je plonge à plat ventre et me couvre la tête avec les mains.

L'hovercar s'incline, s'écrase au sol et s'ouvre en deux. L'un des rotors continue à tourner et traîne ce qui reste de l'appareil vers une crevasse. Il bascule dedans et dégringole tout au fond ; l'explosion de ses râteliers de munitions ponctue sa chute.

Je me lève, hébétée, à moitié assourdie.

Il reste exactement deux mines.

Et elles m'ont repérée.

Elles s'élancent à travers la fumée et les débris en flammes, à une vingtaine de mètres de distance.

Je lance mon couteau à impulsions.

Il traverse la première mine, qui explose et le fait dévier de sa trajectoire. Il ne fait que ricocher sur la seconde.

La mine roule sur le sol et s'arrête à mes pieds.

Je la fixe du regard, dans l'attente de la détonation.

GESTES

Une respiration. Deux.

Il ne se passe rien.

Le pied de la mine gratte le sol, tâchant de la relancer. Mais l'engin ne réussit qu'à rouler d'avant en arrière, comme une tortue renversée.

Elle est trop endommagée pour s'apercevoir qu'elle se trouve juste à côté d'une cible.

Je reste immobile, le temps d'une dizaine de respirations.

Puis, très lentement, je remonte le col de ma tenue de camouflage jusqu'à recouvrir entièrement mon visage.

Me voilà quasiment invisible.

Sauf que… qu'arrivera-t-il si la mine décide qu'elle est irréparable ? Ne risque-t-elle pas de s'autodétruire ?

À force de tâtonnements, le pied de la mine finit par prendre appui dans le sable, et l'engin vient rouler contre ma cheville. Je fais semblant d'être un arbre.

Chacun de ses cliquetis métalliques me fait tressaillir.

Puis j'entends quelque chose de pire – des pas qui se rapprochent.

— Frey ?

— Arrêtez, dis-je dans un souffle. Plus un pas.

— Qu'est-ce que… ? (Une pause.) Oh.

Zura s'arrête à quelques mètres derrière moi.

Nous voilà deux cibles. Super.

Je murmure :

— Reculez.

Il n'y a pas d'autre solution que de nous replier le plus discrètement possible en espérant que la mine ne soit plus en état de percevoir nos mouvements.

Je glisse un pied dans la poussière.

— Frey, me dit Zura à voix basse. Attendez.

Je me fige. Je lui adresse un haussement d'épaules interrogatif.

— Ne bougez pas. Vous risquez de déclencher l'explosion.

Sans rigoler. Quel est son plan, dans ce cas, rester ici jusqu'à mourir de faim ?

La mine émet un nouveau cliquetis et vient encore une fois se cogner contre ma cheville. Je n'ose pas formuler ma question à voix haute.

Puis quelque chose fend l'obscurité et frappe le sol à une dizaine de mètres.

Une flèche.

La mine se remet à cliqueter à mes pieds et se traîne vers la flèche sur quelques mètres avant de s'immobiliser de nouveau.

Une autre flèche siffle et se plante dans le sol un peu plus loin.

La mine s'ébranle encore une fois et se déplace péniblement, comme une bête blessée. Mais chaque mètre qu'elle parcourt la rend un peu moins susceptible de me tuer.

Une troisième flèche l'entraîne encore un peu plus loin.

J'avise mon couteau qui reste en suspension dans l'air.

Je retire un gant et fais signe à Col d'économiser ses flèches.

J'envoie mon couteau près de la mine, puis le fait s'envoler à pleine puissance.

La mine l'entend et explose. Le souffle me fait basculer à la renverse dans les bras de Zura.

— Ça va ? me demande-t-elle.

— Super. (Je cligne des paupières pour chasser l'éblouissement et rappelle le couteau brûlant dans ma main.) Par contre, vous devriez vérifier comment vont vos commandos.

— Je l'ai fait, me répond Zura.

Je me tourne vers elle. Elle est blessée, sa jambe saigne, et elle fixe d'un air sinistre le petit écran qu'elle tient au creux de la main.

— Deux ont des signes vitaux nuls. Plus de pouls, électrocardiogramme plat. (Elle baisse les yeux vers la carcasse de l'hovercar en flammes.) Et plus aucun signal de Samon.

Je prends progressivement la mesure de notre situation – il ne reste plus que nous trois.

Col nous rejoint sur sa planche et fixe l'écran sans rien dire. À chaque étape de ce combat, les soldats se sont mis en danger pour lui.

Je commence à comprendre à quel point cette bulle de sécurité qui l'entoure en permanence doit peser sur Rafi. Comme elle doit souffrir de me voir constamment meurtrie, blessée, afin de la protéger.

— Tu avais raison, Col, dis-je. C'était un piège.

— Non, juste la malchance. (Zura referme son poing sur l'écran.) On ne tend pas une embuscade à huit kilomètres du camp. Ils n'avaient aucun moyen de savoir par où nous arriverions.

— Alors qu'est-ce que c'était que ces choses ? je demande.

— La dernière invention des rebelles, répond Zura. Des champs de mines mobiles, qui se déplacent tous les jours de manière aléatoire.

— Les rebelles ? souffle Col. Combien de temps avant qu'ils ne nous tombent dessus, à votre avis ?

— Difficile à dire. Les explosions risquent aussi d'attirer des unités de Shreve. Il ne faut pas traîner ici.

Je les dévisage l'un et l'autre.

— D'accord. Mais où allons-nous ?

Pendant un instant, nous nous regardons tous les trois, couverts de poussière, éclairés par les flammes de l'incendie.

— À l'endroit indiqué par les ordres ? suggère Zura.

Je secoue la tête.

— On ne va quand même pas se cacher à huit kilomètres d'un brasier pareil !

Col se redresse et affiche un air résolu.

— Il n'y a aucun autre endroit où aller.

POINT DE RENDEZ-VOUS

Nous filons dans la nuit, Zura en courant, Col et moi sur l'hoverboard.

Ce n'est plus la peine de chercher à rester discrets. Ceux qui nous attendent au point de rendez-vous, quels qu'ils soient, ont forcément entendu la fusillade. Ou bien ils se sont déjà envolés dans la nature.

J'espère simplement qu'ils ne se mettront pas à tirer en nous voyant arriver à fond de train.

J'essaie aussi de ne pas réfléchir à la destination vers laquelle nous courons – loin de la rébellion que Col voulait rejoindre hier, vers une femme qui voudra vraisemblablement me réduire en charpie.

À une telle allure, les huit kilomètres défilent vite. À peine avons-nous laissé le brasier derrière nous qu'une Zura essoufflée nous fait signe de nous arrêter.

— C'est juste derrière cette crête.

Col descend de la planche.

— Nous allons terminer à pied. Lentement. Les armes baissées.

— Les armes ? je marmonne.

Notre puissance de feu collective se résume à un fusil, quelques grenades, un couteau à impulsions, un arc et quelques flèches.

Tout en escaladant la crête, je jette un coup d'œil derrière nous. Je ne vois aucun véhicule dans le ciel, ni aucune trace de chaleur corporelle. Rien que des colonnes de fumée qui masquent les étoiles.

Peut-être que les gens qui assistent de loin à des tirs de plasma redoublent de prudence avant de venir enquêter sur place.

Nous rampons jusqu'à la crête, entièrement masqués par nos tenues de camouflage – à l'exception des yeux. Vu d'ici, le point de rendez-vous ne paie pas de mine. Ce n'est qu'une étendue plate de rocaille, de la taille idéale pour y poser un hovercar.

— Alors ? demande Col.

Zura secoue la tête.

— Je vais effectuer une reconnaissance.

— Pas le temps, dit Col. Il faut établir le contact avant que quelqu'un ne vienne fouiner sur le lieu du crash.

Il abaisse sa cagoule pour dévoiler son visage. Puis il se dresse à découvert.

— *¡ Hola !* lance-t-il.

Pas de réponse.

— *Soy Col Palafox. ¿ Hay alguien ahí ?*

Seul l'écho lui répond.

Il attend un moment, puis soupire.

— Descendons voir de plus près.

***

Au moins nous sommes au bon endroit.

Il y a des empreintes de pas dans la poussière, ainsi que quelques emballages de nourriture. Une pile de cailloux sur le côté donne à penser qu'on a voulu nettoyer un peu la place.

Mais il n'y a pas d'équipement high-tech, rien qui permette de détecter notre arrivée et de prévenir celui ou celle qui détient le livre de code.

Pas de mines sauteuses non plus, heureusement.

Col fait les cent pas.

— Ils se sont enfuis en entendant la fusillade. Ils ont dû penser qu'une armée se préparait à leur tomber dessus.

— Les fusils à plasma font souvent cet effet-là, observe Zura avec un regard dans ma direction. Ce n'est pas ce que j'aurais choisi pour affronter des mines.

— Ce que j'avais choisi, c'était la fuite, je réplique. Mais quelqu'un s'était envolé avec notre seul hoverboard !

— Ma mission consiste à protéger l'héritier, pas à…

— Ça suffit, coupe Col. Nous sommes là, maintenant. Que disaient vos ordres exactement, Zura ?

— De localiser le signal de votre planche. De vous trouver, puis de vous ramener ici. (Elle hausse les épaules.) Il n'y avait pas de plan de repli au cas où personne ne se montrerait.

— D'accord. Ça veut dire qu'ils vont fixer un autre point de rendez-vous. Combien de temps avant qu'ils ne le transmettent ?

— Peu importe, monsieur. Notre récepteur a brûlé au fond du ravin.

Pendant un instant, Col ressemble à un enfant perdu. Puis il se reprend.

— Il faut trouver une autre unité victorienne. Comment peut-on faire ?

Zura secoue la tête.

— Ce qui reste de nos troupes va faire son possible pour ne pas être repéré. Ils n'écouteront que les ordres émis par le livre de code. C'est comme ça que notre système a été conçu.

— Dans ce cas, retournons au bunker, décide Col. Tôt ou tard, quelqu'un viendra forcément récupérer les armes.

— À pied ? En territoire hostile ? objecte Zura. Nous ne pouvons pas tenir à trois sur cet hoverboard. Et nous avons déjà croisé un champ de mines sauteuses !

Col pousse un soupir. Il s'est écorché partout en tombant de la planche. Son visage est barbouillé de terre et strié de sueur.

— Nous n'avons pas le choix.

— Col, dis-je doucement. Et si on dormait un peu ? Ceux qui nous ont donné rendez-vous ici reviendront peut-être demain.

Pour une fois, Zura est d'accord avec moi.

— Nous sommes trop fatigués pour nous jeter dans une autre fusillade, monsieur.

— D'accord, concède Col, avant de froncer les sourcils. Je suppose qu'il n'y a rien à manger ?

C'est là que je réalise à quel point nous sommes démunis. Nous n'avons pas de nourriture, pas d'eau, pas de bois pour faire du feu.

À croire que la nature cherche toujours à m'affamer.

***

Zura a une bonne nouvelle : nous ne serons pas obligés de dormir dans nos tenues de camouflage. Grâce à l'inventivité de la technologie militaire victorienne, on peut les assembler afin de former une sorte de tente furtive.

Le seul problème, c'est que tout ce que je porte sous la mienne, c'est une chemise de nuit en lambeaux et une culotte. Mon pantalon de survêtement est resté dans le ravin, en flammes, avec nos provisions et notre récepteur.

Et la nuit est froide dans les montagnes.

Tandis que Zura se met au travail, je me pelotonne à moitié nue sur un rocher, les jambes serrées entre les bras pour me tenir chaud. L'obscurité s'étend autour de moi, sans limites.

Le monde entier n'a plus de limites désormais. Fini les entraînements de combat au petit matin. Fini les petits déjeuners avec les Palafox, fini de me faire passer pour Rafi. Je n'aurai plus jamais à faire semblant.

Il n'y a plus que moi, mes alliés – et toutes ces choses dans le noir qui cherchent à nous tuer.

La liberté peut parfois être terrifiante.

Je me demande ce que Rafi est en train de faire en ce moment. Est-elle une brave fille, qui fait des discours pour soutenir l'effort de guerre ? Ou se bat-elle à chaque étape contre notre père ?

Peut-être éprouve-t-elle également ce sentiment de liberté, maintenant qu'elle n'a plus de petite sœur pour prendre sa place chaque fois que les choses deviennent intéressantes. Autrefois, elle m'enviait de pouvoir tournoyer sur la piste de danse, sous les acclamations de la foule. De pouvoir régler mes problèmes avec mes poings.

Peut-être est-elle plus heureuse comme ça, en ayant à jouer les deux rôles.

Est-ce que je lui manque autant qu'elle me manque ?

Un point rouge sautille dans la nuit. C'est Col qui se sert de la visée laser de son arc comme d'une lampe de poche.

Comme s'il devinait les idées noires qui me hantent, il vient s'asseoir près de moi et passe son bras autour de mes épaules. Ici, les choses les plus simples font une grosse différence. La nourriture. La sécurité. La chaleur.

Avec son corps contre le mien, tout ce qui nous sépare – nos familles en guerre, nos mensonges – paraît soudain moins important.

— Tu m'avais promis une armée, dis-je. Et je n'ai même plus de pantalon.

Il me serre plus fort, et je cesse enfin de grelotter.

— Un uniforme, ce ne sera pas le plus difficile à trouver, répond-il. Je me fais davantage de souci pour l'armée. Au départ, nous avions trois mille soldats et deux cents hovercars. Nous aurons de la chance s'il en reste le quart.

Je me tais. Cinquante appareils de combat contre mon père, ce n'est rien.

Col fait la grimace.

— Quand Zura a sauté sur la planche et t'a laissée seule face aux mines, je n'ai rien pu faire pour l'en empêcher.

— Je comprends, Col. C'est son travail de te protéger. Comme moi avec ma sœur.

— Oui, sauf qu'elle s'est engagée de son plein gré.

Exact. Les gens ordinaires peuvent choisir leur travail. Mais on dirait que ça ne fait que leur compliquer la vie. Alors qu'être née pour protéger ma sœur m'a toujours donné l'impression d'avoir un destin.

— Tu n'as pas choisi d'être premier fils, toi non plus, je lui fais remarquer.

— Non. Mais j'aurais pu partir très loin et me faire un nom en tant que chasseur. Jefa aurait adoré ça.

Je m'écarte légèrement pour le regarder en face.

— J'espère qu'elle va bien, Col. Même si elle me déteste.

Il secoue la tête.

— On ne peut pas détester les gens au côté desquels on se bat.

Je ferme les yeux, et je vois cette guerre contre mon père s'étendre devant nous. Il faudra fuir, se battre, peut-être pendant des années. Dormir à la belle étoile, endurer la faim et l'incertitude.

Mais nous aurons aussi des moments comme ceux-là – le corps de Col collé contre le mien.

Je l'embrasse.

Il m'embrasse.

Toutes ces explosions tout à l'heure avaient quelque peu engourdi mes sens, mais à présent je ressens tout dix fois plus fort. La roche dure sous mes fesses. Le poids de ses mains sur mes épaules. Un soupçon de pluie dans l'air du désert.

Col a les lèvres sèches, gercées par la soif et le froid. Le souffle court, haletant, nous collons nos deux bouches l'une à l'autre. Ses poings se referment sur ma chemise ; notre douceur s'aiguise dans l'obscurité.

Et puis, entre deux baisers – la douceur de sa langue, comme s'il prononçait mon nom –, une idée soudaine me frappe et je murmure :

— Ma sœur…

Col se recule, sans comprendre.

— Désolée, dis-je. Mais le simple fait de la savoir seule, avec lui ; pendant que je suis là avec toi, en sécurité…

Col me serre dans ses bras.

— Moi aussi, je me fais du souci pour Rafi.

— Il faut trouver un moyen de lui faire parvenir un message. Qu'elle sache que je suis toujours en vie. Et que je vais venir la chercher.

— Nous allons t'emmener dans une ville. Tu pourras publier toute l'histoire sur les réseaux.

Je frissonne à cette idée.

— Ça ne ferait qu'alerter mon père. Je ne suis pas encore prête à ce que tout le monde sache.

— Alors nous trouverons autre chose. (Il m'embrasse à nouveau.) Je te promets que nous sauverons ta sœur.

— Et ton frère, j'ajoute.

Nous allons combattre côte à côte, peut-être longtemps. Cette guerre me semble déjà interminable, et nous n'en sommes qu'au commencement.

Nous continuons à nous embrasser. Nos lèvres font des petits bruits discrets, comme des chuchotements dans la nuit.

PIERRE

Une fois sa tâche accomplie, Zura nous appelle à venir nous coucher.

Elle a fusionné les fibres intelligentes de nos combinaisons de manière à confectionner une tente juste assez grande pour trois. Au camouflage d'un noir de poix, pour se fondre dans l'obscurité.

Je note qu'il est un peu gênant de devoir partager une tente avec Col et l'une de ses soldates. Mais je suis trop fatiguée pour m'en soucier. Sans compter que j'ai besoin de faire pipi.

— Je reviens dans une minute, dis-je.

Zura soupire.

— Vous auriez dû faire dans votre combinaison.

Je la dévisage d'un air éberlué.

— Quoi ?

— Ici, en pleine nature, l'eau est primordiale. La combinaison recueille notre sueur et notre urine, puis les filtre pour les rendre potables. Le goût n'est pas fameux, mais les purificateurs fonctionnent presque à la perfection.

— Presque ? Non merci.

Je me détourne et m'éloigne dans la nuit.

— Attention aux serpents, me lance Zura.

Exact. C'est vrai qu'on trouve des serpents dans le désert.

Heureusement, avec le froid qu'il fait, ils sont probablement en train de dormir, d'hiberner ou que sais-je. Mais comme les créatures à sang froid sont invisibles pour ma vision thermique, je n'ai aucun moyen d'en être sûre.

Dormir à la belle étoile a parfois des mauvais côtés.

***

Je ne m'absente pas très longtemps, mais à mon retour Col et Zura sont déjà endormis. Ils m'ont laissé la place du milieu.

Super !

Au moins il fait bon à l'intérieur de la tente. Les combinaisons sont opaques aux infrarouges et l'isolation est quasi parfaite. Zura nous a prévenus qu'à trois personnes nous dégagerions une chaleur corporelle qui deviendrait vite étouffante. Mais ça ne me fait pas peur.

Quand je m'allonge, je sens une pierre sous mon dos. De la taille d'une pomme, elle est coincée sous le sol de la tente, à moitié enfoncée dans le sable. Impossible de la déplacer à travers l'épaisseur de l'étoffe.

Je reste donc allongée là et fais de mon mieux pour m'endormir, mais la pierre est trop grosse pour l'ignorer.

Zura ne l'a-t-elle pas vue ? Ou l'a-t-elle laissée là exprès ?

Je me demande si le reste de l'armée victorienne aura la même attitude à mon égard. S'ils ne verront en moi que Rafia, la première fille de leur ennemi, même une fois que je leur aurai expliqué qui je suis.

Peut-être que les alliances sont toujours foireuses. J'aurais peut-être dû rester seule. Je peux encore retourner à Shreve par mes propres moyens, me faufiler dans la maison de mon père et en faire sortir ma sœur…

Ou peut-être que c'est simplement cette fichue *pierre* dans mon dos qui me rend folle.

Je m'assieds et ouvre la fermeture Éclair de la tente. L'air du désert s'infiltre à l'intérieur, comme des doigts glacés sur ma peau.

Col s'agite dans son sommeil et laisse échapper un grognement plaintif.

Dehors, le froid est brutal après la chaleur qui règne sous la tente. Le sable me colle aux genoux et aux paumes comme des cristaux de glace.

Je glisse une main sous la tente.

En allongeant le bras au maximum, j'arrive tout juste à atteindre la pierre. Elle est bien enfoncée, et il me faut une bonne minute d'efforts avant de parvenir à la déloger.

Il y a quelque chose dans le trou…

Un papier plié.

Je le sors et l'examine à la lueur des étoiles.

Le papier est couvert d'inscriptions codées, qui ne sont pas sans rappeler les étiquettes sur les caisses d'armes dans le bunker des Palafox. Sauf que celles-ci sont manuscrites, manifestement griffonnées à la hâte.

Je repasse la tête à l'intérieur de la tente et murmure :

— Col.

Pas de réaction. Je pose ma main glacée sur sa cheville nue.

Il se réveille aussitôt, me dévisageant avec un mélange de confusion et d'agacement.

Je lui agite le papier sous le nez.

— Quelqu'un nous a laissé un mot.

Il cligne des paupières plusieurs fois, puis finit par s'asseoir.

Un souffle d'air glacial s'engouffre dans la tente, et Zura se réveille en sursaut, cherchant son fusil à tâtons.

— Relax, dis-je.

Col rampe hors de la tente. Quand je lui tends le papier, il ouvre des yeux ronds.

— C'est le code de bataille victorien, annonce-t-il.

— Tu peux le lire ?

— Ça dit : « Reste là. On va revenir bientôt. » (Col plisse les paupières.) Ça dit aussi : « Laisse-moi un signe pour que je sois certain que c'est bien toi. Et fais attention – cet endroit est infesté de scorpions. »

Je me redresse un peu.

— Des scorpions ? Génial.

— Encore plus que tu ne crois, avoue Col en levant les yeux du bout de papier. C'est l'écriture de mon petit frère.

PLUIE

Le lendemain matin, il pleut.

Par ce temps froid et maussade, nous restons pelotonnés tous les trois sous la tente. Il n'y a rien d'autre à faire qu'attendre.

Après la découverte du message la nuit dernière, nous avons reconstitué une spirale avec des pierres sur le terrain d'atterrissage. C'est le symbole d'un héros de fiction que Col et Teo jouaient à incarner quand ils étaient petits, le « signe » réclamé par Teo.

Au moins, nous savons qu'il va bien.

Pour tuer le temps, Zura nous raconte ses batailles au temps où elle affrontait les rebelles plutôt que les troupes de mon père. Lorsqu'elle tombe à court d'anecdotes, Col nous parle de son petit frère, qui s'est fait renvoyer de son premier internat pour n'avoir pas respecté le couvre-feu, et du deuxième parce qu'il avait payé d'autres élèves pour faire ses devoirs à sa place.

Quand vient mon tour de prendre la parole, Zura m'adresse un regard interrogatif. Elle se demande toujours quelle histoire se cache derrière mon visage.

— Tu peux tout dire à Zura, m'assure Col. Mais c'est à toi de décider.

J'hésite. Je ferais mieux de m'habituer à raconter mon histoire, si je dois la rendre publique un jour. Et je serai bien obligée de la confier à Aribella pour qu'elle puisse apprécier pleinement ce que je pourrais apporter dans ce conflit.

Mais j'apprécie ce lien privilégié qu'il y a entre Col et moi, du fait de mon secret. Une fois que tout le monde sera au courant, ce ne sera plus la même chose.

J'ai envie de garder ça pour moi encore un peu.

— Plus tard, dis-je. D'accord ?

Col me prend la main.

— Bien sûr.

— J'ai hâte, grommelle Zura.

***

La température se réchauffe lentement, mais il continue à pleuvoir.

— Nous devrions démonter la tente, suggère Zura vers midi. Les combinaisons recueilleront plus d'eau si elles sont étalées.

— Ce sera toujours mieux que de boire notre propre sueur, dis-je.

Col est d'accord.

Nous sortons donc sous l'averse, et bientôt nous sommes trempés et boueux. Mais une fois que j'ai cessé de grelotter, je savoure la sensation de l'eau fraîche et propre sur ma peau.

Col et moi buvons un peu d'eau recueillie au creux de nos paumes, puis nous nous frottons de la tête aux pieds afin d'éliminer la crasse de ces deux jours de voyage. Cette toilette sommaire effectuée côte à côte sous la pluie paraît presque naturelle, comme si nous étions en train de faire du camping.

— Dommage que nous n'ayons pas de savon, regrette Col.

Zura, qui s'affaire à démonter la tente, sort de l'une des poches de son pantalon un petit pain bleu qu'elle lance à Col. Il le frotte entre ses mains, et le pain se met à mousser.

Quand il me le passe, le savon sent exactement comme le produit avec lequel on nettoie les cuisines dans la maison de mon père. Cela me rappelle nos parties de cache-cache avec ma sœur, une fois le personnel rentré chez lui. Cela me rappelle aussi ce que c'est que d'avoir une cuisine pleine de nourriture.

— Vous n'auriez pas quelque chose à grignoter dans une de vos poches ? je demande à Zura.

— Seulement ça. (Elle sort un petit flacon.) On en saupoudre la viande crue pour tuer les parasites. C'est encore plus efficace que la cuisson à la flamme.

— Drôlement appétissant, dis-je en me tournant vers Col. Votre technologie militaire fait froid dans le dos.

— La vôtre a réduit ma maison en cendres.

— Oh, je ne voulais pas…

Mais Col m'interrompt en souriant.

— Mon petit frère est sain et sauf, Frey. Je peux retrouver le sens de l'humour.

— D'accord. Préviens-moi juste que c'est de l'humour, la prochaine fois.

Je lui rends le savon.

Le sourire de Col s'efface.

— Je me demande si *Abuela*…

Il n'en dit pas plus, mais je le vois repenser à tout ce qu'il a perdu. Même si Teo va bien, il a quand même vu brûler sa maison. Et sa ville est entre des mains ennemies.

Mieux vaut changer de sujet.

— Comment Teo est-il rentré d'Europe, à ton avis ? Son visage est sur tous les réseaux. Je doute qu'il ait pu s'acheter un billet pour un vol suborbital.

— Ma mère a dû envoyer quelqu'un le récupérer.

— Pourquoi auraient-ils emmené deux de ses amis avec lui ?

— À des fins de propagande ? suppose-t-il. Tu as vu ce qui se dit sur les réseaux. Les villes resserrent leur embargo.

— Oui, ce serait bien dans le style d'Aribella.

Col hausse les épaules.

— Je suis certain qu'elle a prévenu leurs parents.

Pas moi. Une fois de plus, je me rappelle de rentrer dans ses bonnes grâces aussi vite que possible.

— Je parie que c'est elle qui a eu l'idée de ce message, ajoute Col. Elle savait que je reconnaîtrais l'écriture de Teo.

— Un message dans le message, je murmure.

Cela me paraît quand même risqué de s'en être remis à ce point au hasard. Si Zura avait installé la tente un tout petit peu plus loin, nous n'aurions peut-être jamais retrouvé ce billet.

Mon estomac commence à gargouiller.

— Je crois que je pourrais manger cette poudre antiparasite à pleines poignées. Tu crois que les lapins sortent par temps de pluie ?

Col hausse les épaules.

— Aucune idée.

— Attends, dis-je. Il y a donc quelque chose que tu ignores à propos de la survie ?

— Je ne chasse jamais sous la pluie. Ça mouille les plumes.

Pendant un instant, je m'imagine Col sous les traits d'un grand rapace. Puis je saisis.

— Oh. Les plumes de tes flèches.

Il rit, comme si je venais de faire une bonne blague. Malgré tout ce qui s'est passé, il continue à me trouver drôle.

— Je croyais que les déserts étaient des endroits secs ? je demande.

— Les pluies y sont peu fréquentes. Mais quand elles se produisent, elles peuvent devenir torrentielles.

— Torrentielles. Un vrai mot de guide touristique.

Il se rapproche de moi.

— Nous autres, guides touristiques, connaissons tous les bons mots.

Un vent frisquet souffle sur notre campement. Je sens des filets d'eau ruisseler autour de mes pieds nus, tandis que la pluie nous cingle.

Nous allons nous embrasser de nouveau.

— Monsieur ? intervient Zura. Quelqu'un vient !

Je lève les yeux vers le ciel, plissant les paupières contre la pluie. Ce bruit… ce n'est pas le vent.

C'est un ronflement de rotors.

— Vite, Col ! Il faut qu'on…

Mais je ne sais même pas ce qu'il faudrait qu'on fasse.

Il n'y a aucun endroit où nous mettre à couvert. Col et moi sommes à moitié nus, avec nos tenues de camouflage qui ont été fusionnées pour faire une bâche.

L'hovercar surgit dans le ciel et fond sur nous. Ses six rotors chassent la pluie devant lui comme une bourrasque.

Zura se jette sur son fusil, Col sur son arc. Mais ce n'est pas avec ça qu'ils vont réussir à abattre un hovercar blindé.

J'appelle mon couteau d'un geste, mais il ne doit pas être en mesure de me voir au milieu de cette tempête.

Et je ne me souviens plus où je l'ai laissé. Trop de baisers, pas suffisamment de paranoïa.

Nous sommes coincés.

Mais alors que l'hovercar se pose, je réalise qu'il ne s'agit pas d'un appareil militaire. C'est une limousine noire à la carrosserie rutilante.

Le genre de véhicule dans lequel se déplace mon père.

Je tombe à genoux dans la boue.

— Non…

Les portes papillons se soulèvent, se déployant comme des ailes pour protéger les passagers de la pluie.

Ils descendent fièrement, comme les conquérants d'un nouveau monde.

Teo Palafox et ses deux amis.

TEO PALAFOX

— Vous pourriez éviter de salir les sièges ? C'est un véhicule de location.

Je dévisage Srin. Elle a l'air d'avoir douze ans, mais elle est dans la même classe que Teo dans son internat prestigieux. Alors c'est soit une adolescente, soit une espèce de surdouée.

Je m'assieds avec un bruit mouillé. Srin me lance un regard sévère sous ses cheveux coupés court. Tout chez elle est net et précis, depuis son uniforme d'écolière jusqu'à ses sourcils parfaitement dessinés. Toutefois, comme un avertissement discret, son auriculaire gauche a été modifié pour lui donner l'apparence d'un minuscule serpent.

Le siège en cuir s'enfonce légèrement sous mon poids pour s'adapter à mon corps. Après deux nuits à dormir à même le sol, j'ai l'impression de me poser sur un lit de plumes.

— Vous avez loué une limousine pour vous rendre dans une zone de guerre ? demande Col, incrédule.

— On n'est pas complètement idiots, rétorque Srin. On a pris une assurance.

Les trois amis – Teo, Srin et Heron – sont assis sur la banquette arrière. Ils portent tous le même uniforme scolaire, chandail bleu marine et pantalon assorti, chemise lilas. Heron affiche un air mal réveillé, tout chiffonné, comme s'il avait dormi dans ses vêtements.

L'éclairage feutré de la limousine jette des reflets roses sur les flûtes à champagne rangées dans leur présentoir. J'ai un seau à glace près de mon coude.

Col s'enfonce dans son propre siège luxueux.

— Mais pourquoi être venus en limousine ? Pourquoi n'y a-t-il aucun soldat avec vous ?

Tout à l'heure, quand Teo s'est avancé maladroitement pour serrer son grand frère dans ses bras sous la pluie, il ressemblait à un petit garçon. Il est plus maigre que Col, avec un visage plus doux et plus ouvert.

Mais maintenant, il croise les bras et redevient sérieux.

— Je voulais d'abord tester le système. M'assurer que le livre de code n'était pas compromis avant de rencontrer qui que ce soit face à face.

Col le dévisage sans rien dire.

— Je savais que tu étais quelque part dans la nature, explique Teo. Donc on a décidé de te retrouver d'abord. Parce que tu allais pouvoir prouver que c'était bien toi, grâce au signe.

— On n'avait pas envie de tomber dans un piège, ajoute Srin.

— Attends, dit Col. C'est *toi* qui as le livre de code ? Où est Jefa ?

Le regard de Teo se perd dans le vague.

— Mamà ? murmure-t-il. Elle est morte.

— Mais… c'est toujours elle qui garde le livre !

Teo secoue la tête.

— Elle me l'a donné aux dernières vacances d'hiver. Pour que je l'emporte à l'internat.

Col s'effondre sur son siège.

Je lui prends la main. Les idées se bousculent dans ma tête. Voilà donc pourquoi personne n'est venu récupérer les armes familiales dans le bunker. Pourquoi notre seul accueil ici s'est résumé à un petit mot sous une pierre. Pourquoi nous sommes assis dans cet hovercar ridicule.

Parce que l'armée victorienne est commandée par un gamin de quatorze ans.

Aribella Palafox est morte.

— Je suis désolé, Col, ajoute Teo, qui a repris son air de petit garçon. Je pensais qu'elle t'avait dit, à propos du livre – que tu saurais tout de suite que c'était moi.

La main de Col est flasque entre mes doigts ; il a le regard vitreux.

— Ça veut dire qu'elle s'attendait au pire, dit-il lentement. Elle avait forcément un plan. Elle a peut-être réussi à s'en sortir.

— Col…, poursuit Teo. J'étais en ligne avec elle quand le missile est tombé.

On n'entend plus d'autre bruit que le crépitement de la pluie. Je voudrais dire quelque chose, mais je n'ai plus assez d'air dans mes poumons. La limousine donne l'impression de rétrécir, de se resserrer sur nous.

Teo laisse passer un moment avant de reprendre :

— Quand elle m'a remis le livre de code, j'ai pensé qu'elle faisait du Jefa. Qu'elle voulait me donner une leçon de responsabilité. Je l'ai rangé sous mon lit.

Il fixe la vitre striée de pluie.

— Et puis, tout d'un coup, ç'a été la folie. C'était tôt le matin, il faisait encore nuit. Et un bruit strident nous a réveillés.

— On a cru qu'il s'agissait d'une alarme anti-incendie, raconte Heron.

— J'avais complètement oublié le livre, dit Teo. Mais il était là, sous mon lit, en train de beugler en clignotant.

Alors j'ai appelé Jefa et elle m'a répondu tout de suite. Pourtant, il était minuit chez vous. Elle m'a dit que les ruines étaient attaquées, mais que la situation était sous contrôle. Sauf que tu étais en train de faire l'idiot.

Je sens la main de Col se crisper dans la mienne.

— Quoi ?

— Elle m'a dit que tu étais censé garder un œil sur Rafia, mais que tu avais déraillé. Que, d'après la balise de ta planche, tu étais à la sortie de la ville. En train de l'aider à s'échapper.

Teo me jette un regard en coin.

Je soutiens son regard. Une personne de plus auprès de qui je vais devoir me justifier. Une personne de plus qui va me considérer comme responsable de tout.

— Tu es certain qu'elle est restée en ligne jusqu'au bout ? insiste Col.

La voix de Teo s'adoucit.

— J'ai entendu une alarme derrière elle, et elle n'a plus rien dit. Elle n'a pas voulu répondre quand je lui ai demandé ce qui se passait. Elle a juste ajouté « Je t'aime », et on a été coupés.

Il se tasse sur son siège.

Heron pose la main sur l'épaule de son ami.

— On a cru qu'elle avait raccroché, ou que la connexion avait sauté. Mais ensuite, on a allumé les réseaux et ils repassaient tous les mêmes images en boucle.

Je ferme les yeux un moment et revois le missile frapper. Cette colonne de fumée noire qui s'est élevée, dispersant des cendres dans le vent…

— C'est là qu'on a décidé de disparaître, explique Srin. C'était la seule manière de pouvoir répliquer.

Tout le monde se tourne vers elle.

— Attends, dit Col. Tu veux dire que ce n'est pas Jefa qui a envoyé quelqu'un vous chercher ?

— Non. C'était mon idée. (Le sourire de Srin paraît presque inquiétant dans l'éclairage tamisé.) Pour nuire au maximum à la réputation de l'ennemi. On a tout renversé dans nos chambres pour donner l'impression qu'on avait résisté à nos agresseurs. On a même laissé un peu de sang.

Elle lève la main. J'aperçois de minuscules cicatrices au bout de ses doigts.

Col la dévisage d'un air éberlué.

— Vos familles savent que vous êtes en sécurité ?

— Seulement ma sœur, Byanca, répond Srin. C'est elle qui a loué cette limousine dont ton amie sans pantalon est en train de saloper le cuir. C'est elle aussi qui nous a retenu des places à bord d'un avion-cargo. On a mis toute la nuit pour traverser l'océan, mais personne ne s'attend à ce que des gosses de riches voyagent dans la soute d'un transport de fret.

— Mais vos parents…

— On a affaire à un monstre, le coupe Srin. Il faut savoir faire des sacrifices.

Teo se penche en avant.

— Elle a raison, Col. Cette affaire va lui faire beaucoup de mal. Tu as vu les réactions sur les réseaux.

— Mais tout le monde croit que vous avez été kidnappés, proteste Col en se tournant vers Heron et Srin. Peut-être même tués !

— C'est le but ! s'écrie Teo. Pourquoi devrait-on s'occuper de ce qu'ils peuvent croire ? Les autres premières familles ont assisté au bombardement de notre maison, à l'assassinat de notre mère et à la prise de notre ville, sans lever le petit doigt ! Alors qu'elles s'inquiètent un peu !

Un silence pesant s'installe dans la voiture, où l'on n'entend plus que le crépitement assourdi de la pluie et l'écho de la colère de Teo.

Puis Heron lève la main.

— Moi, je suis venu uniquement pour m'assurer que Teo ne ferait pas de bêtises. Et personne ne m'avait prévenu qu'on irait dans une zone de guerre.

— Ça ne disait pas « zone de guerre » sur la carte, bougonne Teo.

Col lâche un juron.

— À propos de guerre, monsieur, intervient Zura en passant la tête par la portière ouverte de la limousine. Maintenant que nous avons un moyen de transport, il serait peut-être temps de quitter le territoire des rebelles.

Pendant un instant, Col paraît complètement perdu. Son univers a été mis sens dessus dessous deux fois au cours des derniers jours. Ou peut-être trois – j'ai perdu le compte. En tout cas, il sait maintenant que nous nous sommes bercés d'illusions.

Sa mère est morte.

Je prends une grande inspiration.

— C'est vrai qu'il faudrait peut-être conduire les gamins en lieu sûr, Col.

— Les *gamins* ? s'indigne Srin.

— Exact. Ramassez nos affaires, ordonne Col à Zura, avant de se tourner vers son petit frère. On va appeler un appareil victorien pour nous escorter. Passe-moi le livre de code.

Teo lui retourne un regard de défi, le visage empourpré par la colère.

Puis il me regarde droit dans les yeux.

— Pas tant que tu ne m'auras pas dit ce qu'elle fait là.

CONFIANCE

Tout le monde me regarde.

Même Zura hésite à la portière, comme si elle avait trop attendu cette histoire pour accepter de s'éloigner maintenant.

— Tu es elle, pas vrai ? demande Teo. Rafia.

— Juste couverte de boue et sans pantalon, ajoute Srin.

Heron se penche en avant.

— Ce qui explique pourquoi l'autre Rafia – celle qu'on voit sur les réseaux – n'a pas encore donné d'interview. C'est un imposteur !

J'ai toujours l'impression que c'est trop tôt. Que c'est trop énorme, trop dangereux.

Mais je n'ai plus le choix. Il faut leur dire la vérité.

— En fait, c'est l'inverse. C'est moi l'imposteur.

Ils me dévisagent tous les trois en silence.

Je laisse le temps à tout le monde de digérer cette information. Moi comprise.

Voir ces gens que je ne connais pas me dévisager avec stupéfaction, me regarder telle que je suis vraiment, c'est une drôle de sensation. Comme si le sol basculait sous nos pieds. Comme s'ils allaient tous disparaître demain.

Je voudrais bien avoir un peu plus de vêtements sur moi.

— Bizarre, commente Zura. Je vais chercher nos affaires.

Elle tourne les talons et disparaît sous la pluie.

— Je n'y crois pas, dit Srin. (Elle se tourne vers Col.) Si cette fille était vraiment un imposteur, vos services de sécurité l'auraient démasquée. Je veux dire, le travail de chirurgie esthétique est excellent mais il aurait suffi d'un échantillon d'ADN…

— Nous avons vérifié son ADN, réplique Col, avant de se taire.

Il veut me laisser raconter la suite moi-même.

Alors je me lance.

— Je suis la sœur de Rafia. Je suis née vingt-six minutes après elle. (J'écoute le martèlement de la pluie pendant un instant.) Sa doublure parfaite. Sa protectrice. Sa jumelle.

Et sa seule amie.

La seule qui soit en mesure de la sauver.

— On s'est servi de moi pour piéger votre famille, Teo. Parce que, contrairement à la vraie Rafia, je suis quelqu'un que mon père peut sacrifier sans problème.

Il me regarde longuement. Je m'attends à lire de la haine dans ses yeux, ou peut-être à un nouvel emportement de sa part quand il réalisera tout ce qu'il a perdu à cause de moi.

Mais sa seule question, c'est :

— Comment tu t'appelles ?

— Frey.

J'ai dit ça tout bas.

Son expression change alors, et je vois à quel point il ressemble à Aribella.

Parce qu'il a pitié de moi. Comme elle.

La pitié n'est pas une chose à laquelle je suis préparée.

Il dit :

— Mon frère aurait été sur place quand le missile a frappé, si tu n'avais pas été là. Pas vrai ?

— Je suppose.

— Merci Frey, dit-il doucement.

La culpabilité qui pesait sur mes épaules s'allège un peu.

Col se penche en avant.

— Heron, Srin, vous allez devoir garder le secret quand vous serez rentrés chez vous. C'est-à-dire dès que possible.

Srin le dévisage un moment, avant d'éclater de rire.

— Tu as perdu la tête, Col ? Tu ne peux pas garder ça secret. Imagine l'impact que ça aurait sur sa réputation !

Heron se tourne vers elle.

— Tu es sérieuse ? Tu crois vraiment que c'est pire que de nous avoir enlevés, toi et moi ?

— Bien pire. Tu es juste le camarade de chambre de Teo à l'internat. Et moi, une fille qui va en cours de propagande avec lui. (Srin me pointe du doigt.) Alors que Frey, c'est sa chair et son sang, sacrifiée sur l'autel de la guerre !

— Ça suffit, intervient Col. Tu n'es pas en cours de propagande, là, Srin. Ce n'est pas à toi de décider s'il faut rendre cette histoire publique ou non.

— Mais vous ne pouvez pas nous renvoyer chez nous ! (Srin se tourne vers moi, le regard implorant.) Une fois que les gens nous verront auprès de nos familles, l'indignation cessera. Nous perdrons tout le bénéfice de l'opération. Les choses reviendront à la normale.

Normale – je l'entends avec la voix de ma sœur.

— C'est ce que tout le monde voudrait, continue Srin. Faire comme si de rien n'était. Sauf que, Frey, tu peux les obliger à ouvrir les yeux !

Je voudrais bien répondre quelque chose, mais j'en suis incapable.

Envisager de nous servir de mon histoire contre mon père, Col et moi, c'était une chose. Mais entendre cette inconnue tirer des plans et des stratégies, puis calculer l'impact qu'on peut en espérer – je me sens de nouveau dans la peau d'un imposteur.

Col pose sa main sur mon épaule, et le monde retrouve un peu de stabilité.

— Vous allez rentrer chez vous, un point c'est tout, tranche-t-il.

— Ah bon ? (Srin lui adresse un sourire enjôleur.) Limousine, rappelle-moi qui commande à bord ?

— C'est vous, générale Srin, répond l'hovercar.

— Et tu n'iras nulle part à moins quc jc nc tc disc dc le faire ?

— C'est exact, générale.

Pendant un instant, il semble que nous soyons dans une impasse. Puis Teo prend la parole :

— Srin, mon frère a raison. Vous nous seriez beaucoup plus utiles chez vous. Vous pourriez raconter à tout le monde ce qui s'est passé la nuit où on s'est enfuis, craignant pour ma sécurité. Vous empêcheriez qu'on oublie Victoria. Quelque part, vous seriez un peu le visage de la résistance !

— Ça sonne plutôt intense, convient Srin en bougonnant. Je ne serais pas contre le fait de prendre une douche non plus.

— Pareil, renchérit Heron.

Il a l'air sincèrement impatient de retourner en classe. Je trouve que Srin se laisse convaincre un peu trop vite, par contre. Je me demande si elle ne nous réserverait pas un tour à sa façon.

Teo se tourne vers son frère, puis vers moi.

— Col, tu as vraiment confiance en elle ?

— Frey m'a sauvé la vie, plusieurs fois. Elle s'est battue aux côtés de nos soldats. Et puis, c'est la seule personne au monde qui déteste son père autant que nous.

— À part Rafi, j'ajoute dans un murmure.

— D'accord, Frey, décide Teo en me tendant la main. Si Col te fait confiance, ça me va. Bienvenue au quartier général de la résistance victorienne.

— Aussi appelé « ma limousine », grommelle Srin.

Nous échangeons une poignée de main.

— Et maintenant, dit Col, tu veux bien me donner le livre de code, s'il te plaît ?

Teo soupire, se penche en avant et sort une valise de sous la banquette. Elle ressemble beaucoup à la valise préférée de Rafi – en peau d'alligator, avec des charnières en laiton et une serrure à empreinte rétinienne.

Il la pose en travers de ses genoux et l'ouvre en un clin d'œil.

— Ne laisse pas le pouvoir te monter à la tête, grand frère. (Teo sort une plaque métallique de la taille d'un écran portable.) Et sois prudent. Ce truc est tout sauf discret – il émet directement jusqu'aux satellites. Alors si tu veux éviter de te faire repérer, envoie tes ordres pendant que tu te déplaces, ou depuis un endroit d'où partent toutes sortes de signaux parasites. Comme une ville.

— J'ai compris, dit Col d'un ton grave tout en acceptant le livre de code.

Quand il le prend, une lumière en sort pour lui éclairer le visage. Et il tressaille brièvement quand l'appareil lui prélève un échantillon d'ADN.

Un instant plus tard, le livre déclare :

— À vous le commandement, Col Palafox.

Son expression change alors – la fatigue, la lassitude et le chagrin s'estompent un peu. Il a l'air plutôt disposé à se venger.

Teo, pour sa part, semble surtout soulagé d'être débarrassé de cette responsabilité. Il fait pivoter la valise ouverte vers moi.

— Tu veux des habits, Frey ? On fait à peu près la même taille.

Je regarde les trois fugitifs dans leurs uniformes d'écoliers, avec leurs chemises lilas qui brillent doucement sous l'éclairage tamisé de la limousine, et je secoue la tête.

— Je vais me contenter de ma tenue de camouflage.

Heron hausse les sourcils.

— Elle n'a pas l'air très confortable.

— Elle ne l'est pas. (Je lui adresse un mince sourire.) Mais on ne sait jamais, c'est toujours mieux d'être prête au combat.

DONNER LE CHANGE

La limousine décolle en rugissant et les vitres se brouillent brièvement sous la pluie. Mais une minute plus tard, nous crevons le plafond de nuages et débouchons en plein soleil. Les ombres pivotent sur le plancher quand nous virons vers l'ouest, dos aux montagnes, loin de Shreve et de Victoria.

J'avais presque oublié qu'un vol pouvait être aussi luxueux. La banquette est très confortable, même dans ma tenue de camouflage trempée, et la limousine fonctionne aussi bien que n'importe quel appareil de la flotte de mon père.

Il y a même de quoi manger à bord. Du yucca et des croquettes au fromage. Des ravioles de canard à la sauce brune. Le tout cuit à la vapeur, et qui sort encore fumant d'un panneau mural.

— Tu veux du pétillant pour faire passer ? me propose Srin.

Elle est probablement sarcastique, mais je m'en moque.

— Vous n'auriez pas plutôt de l'eau ?

— Plus depuis hier soir. Heron a tout utilisé pour prendre un bain.

— Le terme de bain est très exagéré, se défend Heron. J'aurais plutôt appelé ça une toilette de chat.

— Cet engin ne collecte pas l'eau de pluie ? s'étonne Zura avec un regard dédaigneux vers les commandes de la limousine, réglées sur pilotage automatique. Il y a de l'eau dans les vessies de votre combinaison, Frey.

— Super. Par contre, êtes-vous vraiment obligée d'appeler ça des *vessies* ?

Je trouve le tube d'absorption sur mon épaule, le dégage de son fermoir et le porte à mes lèvres. L'eau a un goût normal.

— Hmm, à la température du corps.

Au moins ce n'est pas ma sueur – ou pire – purifiée. Cela dit, après deux jours à souffrir de la soif, je comprends pourquoi les commandos portent ce genre d'équipement. Le plus dangereux dans la nature, ce ne sont pas les serpents ni les scorpions. C'est la faim et la soif.

Et les mines sauteuses, bien sûr.

Col doit mourir de faim lui aussi, mais il ne mange rien. Son regard reste rivé sur l'écran du livre de code.

Peut-être qu'il est plus facile de planifier une guerre que de penser à la mort de sa mère. Ou à son frère en train de revoir la scène en boucle sur les réseaux.

Je devrais dire quelque chose pour le réconforter, mais je ne trouve pas les mots. Ma propre mère est morte assassinée avant ma naissance. Pour moi, elle n'a jamais été qu'une image sur un écran, un visage dans lequel Rafi et moi trouvions des points communs avec le nôtre. Son grand sourire, et ses mains fines quand nous avons commencé à grandir.

Donc, en un sens, je ne pourrai jamais la perdre.

Je décide de briser le silence.

— Col, as-tu décidé où on pourrait les emmener ?

— Nous serons à Paz avant la tombée de la nuit. La poussière de surveillance est illégale, là-bas, et le conseil déteste Shreve. C'est l'endroit idéal pour envoyer les ordres. (Col se tourne vers son frère.) Que reste-t-il de notre armée, exactement ? Le livre de code ne le dit pas.

Teo lève les yeux de sa nourriture.

— Je ne sais pas. Chaque fois qu'une unité transmet, elle court le risque de se faire repérer. Par conséquent, je n'ai pas demandé de décompte.

Col fronce les sourcils.

— Alors qu'ont-elles fabriqué pendant tout ce temps ?

— Nous avons donné l'ordre à toutes les unités de se cacher, explique Srin. J'ai proposé à Teo de lancer quelques attaques coordonnées, mais il s'est dégonflé.

— Non, vous avez bien fait, approuve Col avant de se tourner vers Zura. Sauf que maintenant il faut faire le point sur l'armée dont nous disposons. Quelle serait la meilleure manière de procéder ?

— Choisir un point de ralliement où réunir tout le monde. Comme ça, nous verrons par nous-mêmes.

Le regard de Col s'illumine.

— Je sais exactement où faire ça.

Il se replonge dans la contemplation du livre de code. Son écran holographique est immense. Dans la masse de données qu'il brasse, j'arrive à distinguer une carte des montagnes, quelques villes qui scintillent et un point lumineux qui doit correspondre à notre véhicule.

— Au fait, commandeur suprême, demande Srin, nous n'avions pas envoyé un appareil de reconnaissance pour vous retrouver ? Parce que je ne le vois nulle part.

Col répond sans relever la tête :

— Détruit au combat. Nous sommes tombés sur des mines sauteuses.

— Des mines ? Parce que vous vous promeniez à pied ?

— Vous avez bien amené une limousine de location en territoire rebelle.

— Au moins nous ne l'avons pas perdue, réplique Srin.

Col n'ajoute rien, mais Zura se retient d'exploser. Elle doit se demander dans quelle mesure il serait acceptable de cogner sur une camarade de classe de Teo.

Alors je dis doucement et distinctement :

— Srin, les soldats qui se trouvaient à bord de ce véhicule se sont battus avec courage, mais ils ont été tués. C'est comme ça, la guerre – des gens meurent. C'est pour ça qu'on vous ramène à la maison.

Ses yeux brillent, comme si elle s'apprêtait à riposter, mais Heron la dissuade en lui posant la main sur le bras. Elle se renfonce dans son siège en marmonnant :

— N'empêche que c'est *ma* limousine.

Le silence s'installe, et Zura me remercie discrètement d'un hochement de tête.

Col reste focalisé sur son écran. Il a l'air hésitant, comme un gamin qui doit encore apprendre à maîtriser les gestes d'interface.

Tout à coup, j'ai du mal à me le représenter à la tête d'une armée, à supposer qu'il lui en reste une. Comment un garçon de dix-sept ans pourrait-il mener une guérilla à partir d'un appareil qui ressemble à un écran de jeu ?

Toute ma vie, j'ai eu la sensation d'être un imposteur. J'ai cru que les autres savaient tous qui ils étaient, d'une manière qui m'échapperait toujours. Mais s'ils ne faisaient que donner le change, eux aussi ?

Peut-être qu'aucun de nous ne se connaît vraiment.

TRANSFERT DE LOCATION

Le soleil est en train de se coucher quand nous arrivons en vue de l'océan Pacifique.

Nous sommes tous épuisés et sur les nerfs après ces longues heures à bord de la limousine. Les réseaux ne nous apprennent rien de nouveau, ils se contentent de ressasser l'indignation générale suscitée par la disparition de Teo et de ses amis. On ne sait quasiment rien de la situation à Victoria. Les journalistes des autres villes ont été refoulés, les locaux réduits au silence.

Une chape de plomb s'est abattue sur la ville. Des dizaines de milliers de réseaux – consacrés aussi bien à la politique qu'aux ragots mondains, en passant par le partage de musique ou les conseils de maquillage – ont été effacés de l'interface mondiale.

Srin avait raison – Rafi n'a plus fait la moindre apparition en public depuis le premier jour de la guerre. Tout le monde remarque son absence auprès de notre père. Les gens disent que, cette fois, il est allé si loin qu'il s'est même aliéné sa propre fille.

J'adore l'idée que Rafi lui fasse la guerre parce qu'elle pense qu'il m'a tuée avec ce missile. Mais je déteste l'idée qu'elle me croie morte.

Il faut que je trouve un moyen de la contacter, même si ça risque d'avertir notre père.

Col finit par couper les infos, au profit d'un reportage sur les fleurs blanches. Que nous regardons tous avec une fascination morose.

Ces fleurs sont une variété artificielle d'orchidées créée par les Rouillés trois siècles auparavant. Elles ont envahi les fermes, les champs, les plaines, et ont failli remplacer toute autre forme de végétation à la surface du globe. L'homme a tenté de les raser, de les brûler, de les sulfater – en vain. Seules les vieilles forêts ont réussi à leur résister.

— Les Rouillés ont bien conçu des oiseaux génétiquement modifiés pour les manger, raconte Col. Et ils n'ont fait que propager les graines avec leurs fientes.

Je me demande ce qui l'intéresse tellement dans ces fleurs. Peut être le fait que tout le monde en était venu à les considérer comme invincibles, jusqu'à ce qu'un effort planétaire permette enfin de contrôler leur expansion.

Ou peut-être admire-t-il tout simplement une chose qu'on ne peut pas éliminer, quel que soit le mal qu'on se donne.

Les plaines occidentales que nous survolons actuellement sont couvertes de ces fleurs blanches, pareilles à de la neige fraîche. Mais il n'y en a pas aux alentours de Paz, qui se trouve sur l'île de Baja, protégée par une barrière d'eau salée.

À la tombée de la nuit, nous franchissons le détroit aux eaux bleues et nous nous posons à l'extérieur de la ville, au bord d'une voie ferrée. Une gare modeste se dresse au milieu d'une rangée de petites maisons entourées de jardins et de murets.

Je me rappelle mon père en train de plaisanter à propos de Paz, une ville sans première famille, où tout le monde est heureux. Comme si c'était une mauvaise chose.

Nous sortons sur le quai de la gare pour nous dégourdir les jambes.

— Vous voulez qu'on prenne le train ? proteste Srin. Tu parles d'une arrivée en fanfare !

— La discrétion n'est peut-être pas une mauvaise idée, observe Heron. Je doute que la mise en scène de notre propre enlèvement soit très légale.

— Racontez simplement que vous avez pris la fuite, conseille Col. Que vous aviez peur pour votre sécurité. Dites aux gardiens de Paz que vous cherchez un asile… pour tous les trois.

— Une minute, dit Teo. Tous les trois ?

— Oui, confirme Col en croisant les bras. Je préfère te savoir ici qu'en train de mener une guérilla. Et puis les journalistes s'intéresseront plus à toi qu'à tes amis. Tu avais raison tout à l'heure – il faut quelqu'un pour incarner le visage de Victoria. Et il faut que ce soit toi, Teo.

— Pas question. (Teo serre les poings.) Je ne vais pas servir de mascotte dans ta petite guerre, Col.

— Tu ne comprends pas à quel point c'est dangereux. Je serais déjà mort plusieurs fois s'il n'y avait pas eu Frey et Zura.

— C'est bien pour ça que tu as besoin de moi ! s'écrie Teo. (Il se tourne vers moi.) Tu ne crois pas que je devrais me cacher, toi. Si ?

Pendant un instant, je ne sais pas quoi dire. Je ne veux pas prendre position contre Col, mais je me mets aussi à la place de son frère. Ma vie entière a été consacrée à m'entraîner, à me battre pour protéger ceux que j'aime.

C'est ce qui m'a permis de tenir pendant qu'on me brisait tous les os du corps. Comment pourrais-je enlever ça à Teo ?

— Tu seras peut-être plus en sécurité avec nous, dis-je.

Col me dévisage.

— Comment ça ?

Il me faut une seconde pour le comprendre moi-même, mais je finis par y parvenir. Je lui prends les mains.

— Ma sœur n'a encore donné aucune interview. Pourquoi, à ton avis ?

Il hausse les épaules.

— Parce qu'elle est furieuse contre ton père ? Parce qu'elle te croit morte ?

— Non, Col. (Je me rapproche de lui et continue tout bas.) À cause de ce que tu m'as dit dans le bunker – Rafi va de plus en plus mal depuis ses sept ans parce qu'elle a dû se contenter de faire des discours et de serrer des mains sans pouvoir protéger personne. Quand l'assassin s'en est pris à nous, j'ai été capable de la sauver. Mais elle n'a rien pu faire pour moi.

Col me regarde avec incrédulité.

— Teo n'a que quatorze ans ! C'est à moi de le protéger.

— Exactement. Et pour ça, tu dois le laisser te protéger *toi*.

Il secoue la tête.

— Je ne sous-estime pas le…

— En fait, le coupe Srin, tu n'as pas tellement le choix.

Col pivote face à elle.

— Reste en dehors de ça, s'il te plaît.

— Limousine, ordonne-t-elle calmement, verrouille les portières.

L'hovercar replie ses ailes. Puis la lueur bleutée d'un périmètre de sécurité éclaire le quai de la gare.

— Voilà le marché, annonce Srin en lissant son chandail d'écolière comme si elle était sur le point de prononcer un discours. Vous pouvez emmener Teo à la guerre avec vous, à bord de ma limousine. Ou bien vous pouvez rester là, sans moyen de transport, à attendre que les gardiens de Paz viennent vous arrêter.

— Les gardiens ? Nous n'avons enfreint aucune loi.

Srin sourit.

— Vous êtes des combattants étrangers dans une ville neutre, équipés de fusils de précision, de grenades et de combinaisons de camouflage.

— Elle n'a pas tort, monsieur, fait observer Zura.

— Mais Paz est de notre côté ! s'écrie Col.

— Officieusement, oui, reconnaît Srin. Mais dès qu'une plainte aura été déposée, ils devront s'en tenir aux règles de neutralité – et vous maintenir en détention jusqu'à la fin de la guerre. Paz ne prendra pas le risque d'être entraînée dans un conflit avec un cinglé qui balance des missiles.

Col pousse un soupir.

— Et qui va porter plainte ?

— Limousine ? Transmets le message dans trente secondes.

— À vos ordres, générale Srin, répond la limousine.

Heron secoue la tête.

— Croyez-moi, elle ne bluffe pas.

— Ne fais pas attention à elle, dis-je à Col. Mais laisse ton frère participer au combat.

— Je viens de perdre ma mère une deuxième fois, rappelle Col alors que sa voix se brise. Je ne veux pas le perdre lui aussi.

— Lui non plus ne veut pas te perdre. Chacun de vous a besoin de l'autre.

— Vingt secondes, prévient Srin.

Col prend une grande respiration, les yeux clos.

Des larmes coulent sur son visage. J'imagine très bien ce qu'il voit – le missile en train de s'abattre sur sa maison, encore et encore.

— Battez-vous ensemble, dis-je.

— Dix secondes.

— C'est bon ! (Le cri de Col résonne à travers la gare déserte.) D'accord !

— Limousine, annule cet ordre, dit Srin d'une voix calme. Transfère le contrôle de ta location à Teo Palafox. Et prends-nous deux billets pour le prochain train qui va en ville, à Heron et à moi.

— Tout de suite, générale Srin. C'est un plaisir d'avoir été sous vos ordres.

AURORE

Nous passons la nuit sur la pointe sud de l'île de Baja, au milieu d'une mer de panneaux solaires de la taille de cartes à jouer.

Comme notre limousine est pratiquement à plat, et que les batteries qui alimentent Paz sont enterrées juste au-dessous de nous, on la branche dessus pendant la nuit avant de nous rendre au point de ralliement choisi par Col pour ce qui reste de l'armée victorienne.

Je dors avec lui sous les étoiles. Une brise fraîche souffle de l'océan, et nous nous serrons l'un contre l'autre pour nous tenir chaud. Au beau milieu de la nuit, je le sens pleurer. Des sanglots silencieux le secouent – son dernier espoir de revoir sa mère en vie s'éteint dans les contractions de son cœur.

Je lui murmure des paroles réconfortantes. Je ne suis pas sûre qu'il m'entende par-dessus le grondement des vagues, mais c'est toujours mieux que de penser à Rafi, seule dans sa chambre – seule avec son chagrin, puisque tous ses amis ignoraient même qu'elle avait une sœur.

***

Quand l'aube arrive enfin, le champ de panneaux solaires s'anime autour de nous. Chaque panneau comporte six pattes afin de modifier son orientation et son inclinaison tout au long de la journée. Tous se tournent vers les premières lueurs roses qu'on voit poindre à l'est, comme des fleurs qui se tournent vers le soleil.

L'un des panneaux a même grimpé sur ma combinaison de camouflage, que j'avais étendue pour recueillir la rosée, afin de gagner un peu de hauteur. Je le repose délicatement sur le sol.

En m'habillant, je m'aperçois que ma combinaison me va mieux. Elle s'est peut-être adaptée à ma morphologie. À moins que ce ne soit simplement parce que je me suis débarrassée de la chemise de nuit que je portais dessous. Le poids de l'humidité collectée pendant la nuit a quelque chose de rassurant.

Avec de l'eau et mon couteau, je me sens capable de survivre dans la nature.

Je m'accroupis auprès de Col.

— Tu es réveillé ?

Un murmure s'échappe de ses lèvres. Je me penche plus près pour l'embrasser. Il ouvre brusquement les yeux.

— Frey ?

— Tu espérais quelqu'un d'autre ?

Il sourit et s'assied. Les engins minuscules qui nous entourent se déplacent pour sortir de son ombre. Le soleil embrase l'horizon et transforme les panneaux solaires en une mer rouge rubis.

Nous prenons un moment pour savourer le spectacle – le soleil qui émerge lentement, les panneaux solaires qui se gorgent d'énergie, le monde qui passe du cramoisi à l'orangé.

— Regarde, me dit Col. Tu es magnifique.

— Qu'est-ce que… ?

Je baisse les yeux.

Dans son mode camouflage, ma combinaison reproduit les couleurs des panneaux solaires. Je scintille comme du verre teinté ; une centaine de reflets miroitent sur tout mon corps.

Col m'embrasse, et nous restons comme ça jusqu'à ce que des arômes suaves de viennoiseries et de café nous parviennent par les portières ouvertes de la limousine.

***

Teo et Zura sont en train de prendre leur petit déjeuner à l'intérieur.

L'uniforme scolaire de Teo est plus froissé que jamais, par contre la combinaison de Zura reste impeccable.

Elle ne perd pas de temps.

— Bonjour, monsieur. Les unités devraient avoir atteint le point de ralliement maintenant. Les batteries ont fini de se charger.

— Alors, en route vers le sud ! dit Col en se servant une tasse de café. Petit frère, si tu veux bien… ?

— Limousine, rends-toi à la destination programmée, ordonne Teo.

Il nous adresse un grand sourire tandis que les rotors se mettent à tourner.

Je lui retourne son sourire. Srin lui a confié le contrôle de la limousine afin d'obliger Col à tenir sa parole, mais cela lui donne un rôle dans le combat contre mon père.

Alors que nous décollons, je regarde par la vitre.

Vus de haut, les panneaux solaires miroitent comme une mer baignée de lumière. Le soleil est entièrement levé maintenant ; les rouges et les orange s'estompent dans les reflets du ciel bleu.

— Il se passe quelque chose, dit Col tout en regardant lui aussi au-dehors. Du côté de la ville.

Je plisse les paupières dans la lumière.

Une flotte d'hovercars décolle du centre de Paz. Elle s'élève en spirale avant de se déployer dans toutes les directions, comme un feu d'artifice.

Zura se penche derrière nous.

— On dirait une formation de recherche.

— Vous croyez que c'est pour nous ? s'inquiète Col.

— Limousine, ordonne Teo. Passe-nous les infos locales.

Un écran holographique s'allume au centre de la cabine.

Au début, on ne voit que des images d'hovercars de gardiens et les commentaires en espagnol sont trop rapides pour moi. Mais ensuite l'écran affiche le visage de Srin, radieuse et triomphante. Heron se tient à côté d'elle, l'air vaguement gêné.

— Oh-oh, dis-je. Quelqu'un peut traduire ?

Col pousse un soupir.

— Elle raconte qu'ils ont été enlevés par des hommes de ton père. Et qu'ils ont réussi à leur fausser compagnie.

— Je *savais* qu'elle ne pourrait pas s'en tenir à la vérité, dit Teo. Ce n'était pas assez dramatique pour elle !

Je secoue la tête.

— Donc ces gardiens sont à la recherche des kidnappeurs. Est-ce que cet appareil peut aller plus vite ?

— Limousine ? demande Teo. Vitesse maximale, s'il te plaît.

— Nous sommes déjà à la vitesse maximale de sécurité, monsieur.

— Oublie la sécurité. Disons que… c'est une urgence médicale.

— Changement d'itinéraire, annonce la limousine. L'hôpital le plus proche se trouve à…

— Ne fais pas demi-tour ! s'écrie Teo. J'ai besoin de… mes pilules. Et elles ne sont disponibles qu'à la destination prévue. Emmène-nous là-bas le plus vite possible, s'il te plaît !

La limousine hésite brièvement.

— Il vous en coûtera…

— Mets ça sur la note !

Le ronronnement des rotors augmente de volume.

— Les locations, grommelle Zura.

Je lève la main en un geste apaisant.

— Que risquons-nous avec les gardiens de Paz, de toute façon ? Nous n'avons pas enlevé Srin et Heron.

— Ils trouveront nos armes, répond Zura. Et quand ils consulteront l'enregistreur de vol, ils verront que nous nous sommes branchés toute la nuit sur le réseau électrique de la ville. Ils seront forcés de nous arrêter.

Teo s'adosse à la banquette.

— Oui, ce serait un problème si nous étions dans un hovercar de type militaire. Mais je doute qu'ils recherchent des kidnappeurs à bord d'une…

— Toutes mes excuses, monsieur, l'interrompt la limousine. Nous allons devoir nous poser sur ordre officiel des gardiens de Paz.

Le volume sonore des rotors change à nouveau.

Col soupire.

— Tu disais ?

GARDIENS

— Tu ne peux pas passer outre ? gémit Teo. Continuer en direction de… mes pilules, dont j'ai absolument besoin ?

— Je ne peux pas ignorer les instructions des gardiens locaux, répond la limousine.

— Qui part à la guerre à bord d'une limousine de location ? s'écrie Col sans s'adresser à personne en particulier.

— Col, dis-je. Il nous faut un vrai hovercar. C'est l'occasion ou jamais.

Il secoue la tête.

— Si nous attaquons Paz, nous perdrons un allié.

— Ils ne sauront jamais que c'était nous, monsieur, promet Zura.

Elle s'écarte de la vitre, fait quelques gestes rapides, et le camouflage de sa combinaison adopte le noir et le gris, les couleurs de combat de Shreve.

Mon cerveau s'emballe. *Ça*, c'est une chose que je comprends.

Je suis née pour être un imposteur.

Et soudain, je sais comment prendre les gardiens au dépourvu, comment nuire à mon père et comment obtenir ce que je veux plus que tout au monde.

— Je me charge de nous procurer cet appareil, j'annonce. Laissez-moi leur parler.

***

La limousine se pose au sommet d'une falaise qui domine l'océan.

Quand les portières s'ouvrent, une brise salée envahit la cabine. La mer de Baja scintille en contrebas au soleil du matin. Apeurées par le bruit des rotors, des mouettes poussent des cris rauques.

L'hovercar des gardiens atterrit à une dizaine de mètres. Deux fois plus petit que notre limousine, sans vrai blindage ni armement lourd, il est taillé pour la vitesse et la manœuvrabilité.

Trois gardiens en descendent, avec des expressions blasées, comme s'ils ne s'attendaient pas à trouver quoi que ce soit d'intéressant dans ce véhicule de luxe. Mais ensuite ils remarquent la boue sur les patins, souvenir de la pluie d'hier. L'un d'eux pose la main sur son pistolet étourdissant.

Quand j'apparais en plein soleil, ils sont sous le choc.

J'ai réglé ma combinaison sur le camouflage qu'elle affichait il y a une demi-heure – les reflets du soleil levant sur un million de panneaux solaires. Cela ressemble à une tenue que Rafi aurait pu concevoir, un ensemble éblouissant pour une soirée avant-gardiste.

Mes années d'expérience dans l'art de faire semblant coulent dans les muscles de mon corps, de mon visage.

— Bonjour messieurs, dis-je avec les intonations de Rafi. Que pouvons-nous faire pour vous ? J'espère que vous êtes là pour arrêter ma gueule de bois. Je sors d'une soirée *absolument* extraordinaire dans votre ville *fabuleuse*.

Aucun des gardiens ne parle.

Rafi n'est jamais venue à Paz, que notre père déteste à cause de son gouvernement élu, attaché au bonheur de sa population. Elle ne voyage jamais sans gardes du corps et ne parle pas à la plèbe.

— Madame, finit par bredouiller l'un des gardiens. Nous sommes autorisés à fouiller votre…

— Faites donc, dis-je avec un geste en direction de la limousine. Mais s'il vous plaît, n'embarquez pas ma machine à café. J'en ai trop besoin.

— Heu…, merci.

L'homme passe devant moi en me jetant un regard incrédule. Je lui adresse un beau sourire à la Rafi.

Puis Teo sort la tête à l'extérieur, surprenant les gardiens. Au même instant, Zura surgit de l'autre côté de la limousine en bondissant par-dessus le toit.

Elle retombe juste devant le gardien qui se tient entre moi et leur appareil, puis le plie en deux d'un coup de pied dans le ventre.

J'assène un méchant coup de poing dans les reins à celui qui se trouve à côté de moi. Il chancelle, et j'en profite pour lui placer un étranglement ; il perd connaissance et s'effondre.

Pivotant sur moi-même, je vois le dernier gardien s'écrouler sous les coups de Zura.

Elle se tourne vers nous avec un grand sourire.

— Eh bien, c'était plus facile que je…

Un arc électrique sorti de nulle part frappe Zura, qui s'écroule en frissonnant. L'hovercar des gardiens a un canon étourdissant monté sur le toit.

Mon couteau bondit au creux de ma main. Je le fais tournoyer vers le véhicule des gardiens. Le canon explose en un bouquet d'étincelles et de fragments métalliques.

Le couteau me revient dans la main, chaud et crépitant.

Col et Teo sortent de la limousine et courent vers l'hovercar des gardiens. Teo porte ses valises et Col le fusil de précision, ainsi que son arc.

Je me tiens prête à relancer mon couteau. Je ne vois pas d'autre armement sur l'hovercar. Mais si son intelligence artificielle peut assommer des agresseurs de sa propre initiative, il doit aussi pouvoir décider de s'envoler.

Peut-être est-il en train de réclamer des instructions à son quartier général…

Je repère une antenne de transmission sur la trappe arrière et envoie mon couteau la pulvériser.

Teo s'accroupit auprès de Zura. Col saute à bord de l'hovercar. Quelques instants plus tard, des étincelles s'échappent de la portière du cockpit. Au temps pour l'IA des gardiens.

Teo revient vers moi au pas de course, tenant à la main l'une des grenades de Zura.

— Que veux-tu faire avec ça ?

— Limousine ! ordonne-t-il en réglant l'explosion de la grenade sur son délai maximal. Coupe le dispositif anti-incendie pour vérification. Et verrouille les portes, s'il te plaît.

— À vos ordres, monsieur, répond la limousine.

Alors que les portières commencent à se refermer, Teo balance la grenade à l'intérieur.

— Qu'est-ce que tu… ?

— Elle connaît mon identité et sait que je suis venu librement. En plus elle a le point de rendez-vous en mémoire dans son ordinateur de bord. (Teo se racle la gorge.) Limousine, va donc faire un tour au-dessus de l'eau. Dirige-toi vers le milieu de la mer de Baja.

— Sans personne à bord, monsieur ?

— Vas-y !

Teo et moi regardons la machine s'élever dans les airs. Quand elle vire au-dessus de l'océan, il me prend la main.

— Cinq, quatre, trois…

La limousine tressaute en vol, crachant des jets de flammes par ses vitres. Puis elle décroche et commence à tomber lentement, comme une feuille, dessinant derrière elle une spirale de feu et de fumée.

J'entends à peine le bruit de sa chute par-dessus le fracas des vagues au pied de la falaise.

— Pauvre limousine, dit Teo à regret.

— Venez ! nous appelle Col.

Nous courons le rejoindre.

Il a traîné Zura à l'arrière de l'hovercar des gardiens. Elle est inconsciente, et le camouflage de sa combinaison n'arrête pas de changer.

— Elle respire encore ? je demande en sautant à l'arrière.

— Les gardiens de Paz n'emploient pas d'armes létales, répond Col. Mais vérifiez quand même ses signes vitaux sur la manche de sa combinaison.

— Tous au vert, annonce Teo. Y a-t-il un médikit dans ce véhicule, au cas où ?

— Laissons-la dormir, je suggère. C'est encore ce qu'il y a de mieux pour se remettre d'une décharge étourdissante.

Je jette un coup d'œil en direction de Paz pour m'assurer que personne ne vient. Mais tout semble calme.

Col se hisse à l'avant du cockpit, où la caisse du module d'IA fume encore. Il actionne plusieurs commutateurs et les rotors se mettent à vrombir.

— Vous feriez mieux de vous attacher, derrière, nous prévient Col. Je n'ai encore jamais piloté sans IA, ça risque de secouer !

VOL

L'hovercar des gardiens s'envole brusquement, me plaquant au fond de mon siège.

Après le confort du voyage à bord de la limousine, j'ai l'impression de me retrouver sur un hoverboard. L'engin amorce un virage vertigineux et prend la direction du sud, le long de la côte.

— Je n'ai plus de radar ! annonce Col en criant.

— Oh, c'était ça ? fais-je avec un regard coupable en direction de l'antenne fumante près de la trappe arrière. Désolée !

— Est-ce que quelqu'un nous suit ? demande Col.

— Pas pour l'instant, répond Teo depuis la banquette arrière où il s'affaire à sangler Zura. Depuis quand sais-tu piloter, Col ?

— Disons que je me suis entraîné. (Col baisse un peu la voix.) Sur un simulateur.

— Quoi ? s'écrie Teo.

— J'arrive à décoller et à voler sans trop de soucis. Le problème, c'est l'atterrissage. Espérons que Zura reprendra connaissance avant que la batterie ne tombe à plat.

L'hovercar fait une embardée sur la gauche et nous ramène brièvement au-dessus de la terre ferme. Puis Col en reprend le contrôle.

— On va mourir ! glapit Teo.

— C'était juste un petit coup de brise marine, se défend Col.

Sa main droite est crispée sur le manche.

Je pose une main apaisante sur son avant-bras.

— Tu t'en sors très bien.

— Comme dans le simulateur… (Il me jette un regard en coin avec un petit sourire.) Sauf que ça tangue un peu plus.

L'engin se cabre soudain, avant de piquer vers la falaise. Col se bat avec le manche et parvient à redresser.

— Et si on s'éloignait un peu de cette brise marine ? je propose.

— Je suis obligé de rester le long de la côte. Je n'ai pas d'autre moyen de m'orienter.

— Tu veux dire que tu ne sais même pas où nous allons ? s'écrie Teo.

— Il y a une carte dans le livre de code, dis-je. Je vais me charger de la navigation.

— D'accord, annonce Col avant d'enfoncer le manche vers la gauche. Merci.

Nous survolons les falaises, une jungle, puis un désert où s'accrochent quelques plaques de fleurs blanches. Le vent se calme.

Je retire ma main du bras de Col et prends une grande inspiration.

Je peux enfin réfléchir à ce que j'ai fait là-bas.

J'ai montré mon visage – le visage de Rafi – à des gardiens à la recherche de kidnappeurs. Et juste avant que nous ne nous jetions sur eux, ils ont vu Teo émerger de la limousine. Voilà qui va mettre les réseaux en ébullition, même à Shreve.

Je viens de faire savoir à ma sœur que j'étais encore en vie.

Ce soir, elle n'ira pas se coucher en s'imaginant qu'elle est seule pour toujours désormais. Elle saura que je vais bien. Et que je viendrai la chercher.

Mon père aussi saura que c'était moi, bien sûr. Et que je suis passée dans le camp des Palafox. Mais ça ne me dérange pas.

Lui aussi, je viendrai le chercher un jour prochain.

***

Les autres gardiens de Paz ne nous poursuivent pas.

Difficile de les blâmer. Nous avons maîtrisé facilement trois des leurs en nous servant d'un couteau à impulsions et d'une Special – une agression de niveau militaire.

Et peut-être que les autorités de Paz n'ont pas envie d'abattre un hovercar dans lequel se trouve la première fille de Shreve. Peut-être qu'elles se rappellent ce qui est arrivé à la dernière ville qui a mis mon père en colère.

Au bout d'une heure de vol, Teo déclare :

— Je préférais la limousine. Il y avait de quoi manger et le café était bien meilleur. En plus, on pouvait regarder les réseaux quand le vol commençait à devenir barbant.

— Parce que tu trouves ça *barbant* ? marmonne Col, dont la main est toujours crispée sur le manche.

Moi, j'ai l'œil rivé sur le livre de code. Le point bleu qui nous représente se déplace lentement vers le sud et le lieu de rendez-vous. Ce qui reste de l'armée victorienne doit nous y attendre à l'heure qu'il est.

Au lieu de continuer à fuir comme un animal traqué, nous endosserons bientôt le rôle du chasseur.

— Le paysage est joli, concède Teo. Mais je voudrais voir les réseaux se déchaîner sur le père de Frey. Il est passé de criminel de guerre à kidnappeur, et maintenant voleur d'hovercar !

— Paz n'a pas d'armée à proprement parler, dis-je. Il se moque bien de leur réaction. N'empêche que c'est la première fois que Rafi se retrouve impliquée dans un kidnapping. Les gens vont se dire qu'il l'entraîne sur la mauvaise pente. Je suis sûre que c'est mauvais pour lui, chez nous.

Col me jette un coup d'œil.

— Ça ne risque pas d'être mauvais pour elle également ?

— À long terme, si. Mais au moins elle sait que je suis toujours en vie.

Le bas de caisse du véhicule percute la cime des arbres, nous faisant tous sursauter. Nous tâchons de voler le plus bas possible et de rester hors de vue. Les hovercars des gardiens n'ont pas de camouflage.

Je me demande si l'armée de Shreve est à notre recherche. Mon père sait que je représente un danger pour lui. Mais tient-il vraiment à ce que tous ses soldats connaissent son plus vieux secret ?

Un grognement nous parvient de la banquette arrière.

— Zura ! s'exclame Teo. Content de vous revoir parmi nous.

Je me retourne vers elle. Elle se tient la tête entre les mains, et son beau visage est livide.

— Que m'est-il arrivé ?

— Canon étourdissant, dis-je. L'hovercar vous a tiré dessus après que vous avez assommé les gardiens.

— J'en ai ma claque des véhicules qui pensent. (Elle se penche à la vitre et voit la jungle défiler en contrebas.) Je vois qu'on a réussi à s'échapper ?

— Nous ne sommes pas *complètement* impuissants sans vous, proteste Col.

— Je suppose que non, monsieur. (Zura sourit faiblement.) À quelle distance sommes-nous du point de ralliement ?

— Huit heures, plus le temps de recharger, répond Col avant de se retourner vers elle. Vous croyez que vous pourriez, heu… me remplacer aux commandes ? Je n'ai pas encore appris à me poser.

Zura inspire lentement.

— Une chance que je me sois réveillée, dites donc.

CRATÈRE

En début de soirée, nous arrivons enfin à proximité du point de ralliement.

Nous sommes dans le sud du continent, en train de voler au milieu de pics coiffés de nuages. Il fait froid dans la cabine dépourvue de pressurisation, et Zura nous a donné des pilules pour lutter contre le mal de l'air.

Col et son frère sont installés derrière. Je suis devant avec Zura, fatiguée, et j'ai mal dans le bas du dos à force d'être restée assise toute la journée.

Les nuages s'écartent et dévoilent une montagne gigantesque sur notre chemin. Elle culmine facilement à mille mètres au-dessus de nous. Son sommet aplati est recouvert d'une neige étincelante.

— La Montagne-Blanche, annonce Zura.

Col se penche en avant.

— Tu n'as jamais vu de lapins des volcans, Frey. Alors je t'ai trouvé un volcan.

— Merci. C'est… impressionnant.

Le soleil couchant embrase les flancs de la montagne. Je n'avais encore jamais vu de neige aussi loin dans le sud. Ni de montagne aussi haute.

L'hovercar continue de grimper.

— Attendez, ne me dites pas que nous allons atterrir à *l'intérieur* de ce truc ? dis-je.

— Dans la caldera, si, répond Col. Les drones de reconnaissance ne peuvent pas monter à cette altitude. Et nous pourrons nous servir du livre de code sans crainte de nous faire repérer – les flancs du cratère étoufferont le signal. Sans compter le glacier d'eau pure qui nous attend !

— Elle est super froide, ton eau, et il faut la casser au marteau, se plaint Teo. Avoue plutôt que tu as toujours rêvé d'une base secrète au fond d'un volcan.

— Depuis que je suis tout petit, reconnaît Col. Mais il fait chaud dans la caldera, et elle mesure plus de cinq cents mètres de large. On pourrait y faire tenir une centaine d'hovercars !

— J'espère que c'est ce qu'on y trouvera, dit Zura.

Col se penche en avant et me prend la main. L'excitation fait briller ses yeux.

Puis j'aperçois la vapeur qui s'élève de la caldera, comme au-dessus d'une bouilloire.

— Attends. Quand tu dis qu'il fait chaud à l'intérieur… ce volcan est éteint, au moins ?

— Non, répond Col. Mais ne t'inquiète pas, il n'est plus entré en éruption depuis quatre-vingt-dix ans.

— Je suis ravie de l'entendre.

Nous survolons le bord de la caldera et un immense cratère s'ouvre devant nous. La vapeur qui s'en échappe nous masque la vue. Ses parois rocheuses sont trop chaudes pour que la neige tienne dessus.

Une bouffée d'air chaud nous saisit quand nous amorçons notre descente, et l'appareil tremble un peu. Je commence à distinguer un campement dans la vapeur – avec des hovercars, des tentes et des panneaux solaires installés sur une corniche. Des soldats courent se mettre en position à notre approche.

Col a bel et bien une armée.

En voyant tous ces visages levés vers nous, je sens comme une main glacée me comprimer le torse. Bientôt, tous ces gens connaîtront mon secret.

Cela me rappelle un vieux cauchemar – je devais monter sur scène pour prononcer un discours à la place de Rafi, et j'étais sûre que le public se rendrait compte de la supercherie.

— Frey, me dit Zura d'une voix douce. Vous devriez peut-être porter ça.

Elle indique le casier de rangement devant mon siège. On y trouve tout l'attirail réglementaire des gardiens – menottes, fusées de détresse, médikit… ainsi qu'un masque respiratoire pour les interventions en cas d'incendie. Juste assez grand pour me couvrir la bouche et le menton, histoire que l'armée de Col ne me dévisage pas avec des yeux ronds dès que nous nous serons posés.

— Merci.

Elle hausse les épaules.

— Je ne tiens pas à me faire tirer dessus pour avoir amené une kidnappeuse.

Exact – notre accrochage avec les gardiens de Paz a probablement alimenté les réseaux toute la journée. Le monde entier est convaincu que Rafi a enlevé le second fils Palafox.

Génial.

Je règle le camouflage de ma combinaison sur les couleurs victoriennes afin que chacun sache tout de suite dans quel camp je suis.

L'atterrissage est rendu délicat par les turbulences, et nos patins dérapent un peu sur la roche. Des filets de vapeur s'enroulent autour des rotors. On perçoit la chaleur du volcan jusque dans la cabine.

Mais ce n'est pas ça qui m'effraie.

Des soldats en uniformes victoriens s'approchent, le fusil à la hanche. Ils ont l'air plus confus qu'hostiles – peut-être parce que notre véhicule appartient aux gardiens d'une ville distante de deux mille kilomètres.

Quand ils voient Col émerger par la trappe arrière, ils l'acclament avec allégresse.

— Monsieur ! déclare un soldat guère plus âgé que lui. On est tellement contents de vous revoir !

— Moi aussi, répond Col en lui donnant une tape sur l'épaule.

Les exclamations de stupeur redoublent quand Teo descend à son tour du véhicule.

Pendant qu'ils sont occupés, j'en profite pour débarquer discrètement, le visage dissimulé derrière mon masque. D'autres soldats se rassemblent autour de nous. Ils sont peut-être une trentaine en tout.

Quelques-uns m'adressent des regards intrigués, mais la plupart se pressent autour des frères Palafox.

Puis une soldate me dévisage avec attention.

— Vous êtes elle, pas vrai ? me demande-t-elle.

— Heu… (Difficile de lui répondre, alors que la plupart du temps je ne sais pas moi-même qui je suis.) Ça dépend ?

Elle hoche la tête lentement.

— Vous ne pouvez rien dire, je comprends. Je veux juste que vous sachiez que j'ai entendu un certain nombre de rumeurs depuis mon arrivée ici. Notamment à propos d'une de nos unités, qui avait répondu à un signal de détresse au premier jour du conflit.

Je fronce les sourcils.

— Un signal de détresse ?

— Venant d'un appareil de reconnaissance de Shreve qui s'était écrasé. Le plus curieux, c'est qu'il y avait deux soldats ligotés à l'extérieur.

— Moi aussi, j'ai entendu cette histoire, intervient un autre soldat en nous rejoignant. Il y avait des ennemis en approche, alors ils n'ont pas pu s'attarder sur place. Mais ils ont quand même embarqué les soldats ligotés avant de les relâcher dans une ville neutre. C'est là que ça devient vraiment bizarre. Pendant tout le trajet, les deux prisonniers n'arrêtaient pas de parler de la personne qui avait abattu leur appareil. Une personne armée d'un couteau, qui ressemblait à… eh bien, qui vous ressemblait pas mal, madame.

— Et puis, il y a cette histoire à Paz, aujourd'hui, reprend la soldate. Comme quoi Teo aurait été enlevé par une certaine première fille. Sauf qu'il est là, sain et sauf, avec vous.

Elle me sourit, me prend la main et la serre énergiquement.

— Alors je ne sais pas ce que vous trafiquez, mais en tout cas merci.

Son collègue lui adresse un clin d'œil.

— Faire passer cette tête vide pour une kidnappeuse ? C'est du génie !

D'autres les ont entendus, et les regards commencent à converger sur moi. Je vois Col qui m'observe du coin de l'œil.

Il attend que je dise quelque chose.

C'est l'occasion ou jamais. J'attrape le scratch de mon masque et l'arrache d'un coup sec.

Les soldats me regardent avec des yeux ronds. L'un d'eux siffle doucement entre ses dents.

— C'est son portrait craché, dit-il.

La foule se rassemble autour de moi et répète les rumeurs – l'engin de reconnaissance, Teo, ma sœur. Cette petite armée a patienté ici toute la journée, sans rien d'autre à faire que d'échanger des anecdotes de guerre. Ils ont tous entendu une version ou une autre de mes exploits.

Col grimpe sur l'un des patins d'atterrissage de l'hovercar des gardiens.

Il lève le bras pour réclamer le silence.

— Écoutez-moi tous ! Cette jeune femme s'appelle Frey. Elle ressemble peut-être à l'une des leurs, mais elle est de notre côté. Elle m'a sauvé la vie !

Tous les regards se tournent vers moi, et pendant un instant j'ai la sensation d'être mise à nu. Comme s'ils pouvaient voir tous mes secrets, percevoir tout ce que j'ai jamais pensé ou ressenti.

Bien sûr, ces soldats ignorent complètement qui je suis en réalité. Ils doivent me prendre pour une espionne modelée grâce à la chirurgie à l'image de Rafi. Ils ont tous besoin d'entendre une histoire heureuse dans ce conflit, et c'est exactement ce que je représente pour eux.

Puis il se produit une chose très étrange – ils se mettent tous à m'applaudir.

J'ai entendu des applaudissements toute ma vie. Les gens applaudissaient mon père lorsque je me tenais respectueusement sur scène à côté de lui. Ils applaudissaient Rafi quand je prononçais ses discours à sa place.

Mais ces applaudissements sont pour moi – Frey.

Tout à coup, des dizaines de personnes me connaissent par mon nom. Et curieusement, je ne me décompose pas sous le poids de toute cette attention.

Je me tiens là, solide et bien réelle.

Au vu et au su de tous.

Une part de moi devait attendre ça depuis longtemps. Parce que maintenant je n'ai plus qu'une envie, qu'ils sachent tous mon nom, mon histoire. Au moins, je n'ai pas à craindre qu'on les fasse disparaître pendant la nuit pour éviter les indiscrétions.

Parce qu'ils sont une armée, et non un simple professeur malchanceux.

Col saute au bas du patin d'atterrissage. Il me serre dans ses bras.

— Merci pour la présentation, lui dis-je dans un souffle.

— Je préférais éviter les malentendus. (Il se détache de moi et hausse les épaules.) Et puis, ils ont bien besoin d'une héroïne en ce moment.

Ce mot déclenche chez moi un début de fou rire. Le simple fait de pouvoir prononcer mon nom à voix haute me fait tourner la tête.

— De la flatterie ? Tu feras un bon chef, Col.

— Bien obligé, réplique-t-il sans se départir de son sourire. Je viens de parler à l'officier le plus haut gradé ici. Trois transports de troupes, deux appareils de reconnaissance et six chasseurs légers.

Je le dévisage.

— C'est tout ?

Il hoche la tête.

— Onze hovercars en tout. En comptant mon petit frère, toi et moi, ce qui reste de l'armée victorienne se résume à soixante-sept personnes.

HAUT COMMANDEMENT

— La bonne nouvelle, c'est que nous disposons d'un glacier, annonce le Dr Leyva. D'après mes calculs, nous devrions avoir suffisamment d'eau pour tenir trois millions d'années.

Un petit rire sans joie fait le tour de la table.

Le haut commandement victorien s'est réuni dans une grande tente de la taille du dressing de ma sœur. Notre table est constituée d'une rampe de saut empruntée à l'un des transports de troupes. Elle est assez grande pour y tenir à sept, mais nous n'avons rien à poser dessus à part un projecteur holo et une machine à café.

Col et moi sommes à la Montagne-Blanche depuis deux jours et nous réfléchissons encore à un moyen de nous attaquer à mon père avec ce simulacre d'armée.

— Pour la nourriture, en revanche, c'est moins brillant, continue le Dr Leyva. Nous avons des provisions pour six jours, en nous rationnant. Ce que certains d'entre nous préféreraient éviter.

Il tapote sa bedaine, s'attirant quelques sourires autour de la table.

Tout le monde ici adore le Dr Leyva. C'était un éminent scientifique, à Victoria, et la ville entière suivait sa chaîne de science et de cuisine. Ce n'est pas un militaire, mais dans les heures chaotiques qui ont suivi le déclenchement des hostilités, il a attrapé sa trousse et rejoint la première unité victorienne qui passait. Et le voilà ici, prêt à servir sa ville.

Col échange un regard contrarié avec son petit frère. Teo s'est montré opposé au volcan depuis le début.

— Nous trouverons de l'aide auprès d'une des villes neutres, dit Col. Six jours, ça nous laisse le temps d'élaborer un plan.

— Malheureusement, ça laisse aussi le temps à la poussière d'assurer son emprise sur notre ville, fait observer le Dr Leyva. Nos concitoyens peuvent déjà la voir dans l'air. Ce qui veut dire qu'ils vont commencer à faire attention à ce qu'ils disent, à ce qu'ils lisent et même à ce qu'ils pensent. Cela va représenter un sacré changement.

— Que peut-on faire pour s'y opposer ? demande Col.

Le Dr Leyva hausse les épaules.

— Montrez-moi une pièce et je peux vous débarrasser de la poussière qu'elle contient – pendant une heure ou deux. Mais une fois qu'elle est dans l'air, elle se réplique elle-même. Elle revient, comme la moisissure.

— Nous ne pouvons pas lutter contre la contamination de l'air à Victoria, dit Zura. Nous sommes une troupe de guérilla – nous devons passer à l'offensive. Saboter l'alimentation électrique de Shreve. Attaquer ses usines. Lui rendre la guerre tellement pénible qu'elle se dira que ça ne valait pas le coup de nous occuper.

Zura participe à la réunion en tant que commandante en chef de la Garde victorienne. Parce que tous les autres officiers de la garde sont morts, prisonniers ou portés disparus. Et depuis sa promotion, elle est d'une humeur massacrante.

Mais elle se trompe au sujet de mon père.

— Shreve n'utilise pas tant d'électricité que ça, dit le Dr Leyva. Elle n'a pas de bâtiments volants. Et ses usines sont enterrées très profondément – même un canon à plasma ne peut pas traverser cinq cents mètres de terre.

— Attaquons ses transports, dans ce cas, dit Zura.

— Son commerce subit déjà un embargo et ses citoyens ne peuvent pas voyager sans autorisation. (Le Dr Leyva s'adosse à son siège avec un petit sourire ironique.) À croire que Shreve s'attendait à ce genre de conflit.

— Y a-t-il *quelque chose* qu'on peut faire contre lui ?

D'autres suggestions fusent, et je jette un coup d'œil à Col. Il m'encourage d'un hochement de tête. Mais c'est difficile de prendre la parole devant toutes ces personnes qui connaissent mon vrai nom. Une part de moi ne peut s'empêcher de faire comme si je parlais à la place de Rafi.

La conversation connaît enfin un blanc. J'en profite pour glisser :

— Le sabotage ne donnera rien. Vous aurez beau essayer, ce n'est pas comme ça que vous ferez lâcher prise à mon père.

Cela jette un froid autour de la table. M'entendre dire « mon père » met les membres du haut commandement mal à l'aise. Au sein de ce qui reste de l'armée victorienne, ils sont les seuls à savoir qui je suis vraiment.

— Et les citoyens de Shreve ? me demande le major Sarcos. Ils doivent bien avoir un point de rupture ?

— Bien sûr, réponds-je. Mais s'ils craquent, ils ne seront plus en état de se dresser contre mon père.

Sarcos fait la grimace. C'est l'officier le plus haut gradé ici, à la Montagne-Blanche. Mais il me paraît trop prudent, trop peu sûr de lui pour commander une armée.

— Nous ne pouvons pas nous en prendre à lui uniquement par la force, dis-je.

— Exactement, approuve une voix depuis l'autre bout de la table, et je sens un frisson me parcourir le dos.

C'est Artura Vigil, la cheffe de l'équipe de guerre psychologique des Palafox. C'est elle qui a recommandé de me prendre en otage, qui nous a analysées de loin, Rafi et moi, qui m'a fait scanner pendant mon sommeil.

Elle me fait penser à une version adulte de Srin.

— Nous devons couper son soutien à la racine, continue-t-elle. Prouver à son peuple que c'est un monstre.

— Ils le savent déjà ! s'écrie Teo. Il a tué ma mère, notre grand-mère. Ils croient tous qu'il a élevé sa fille pour en faire une kidnappeuse – et ils s'en fichent !

— Ils ne se fichent pas de Rafia, dis-je.

Les autres se taisent. J'ai de nouveau leur attention.

Mais Vigil déclare :

— Cela veut dire qu'ils tiennent à vous également, Frey. Je propose de rendre votre histoire publique. Montrons vos scans. Expliquons à tout le monde comment c'était de voir votre sœur…

— Nous en avons déjà parlé, l'interrompt Col. Nuire à sa réputation ne nous fera pas gagner la guerre.

Vigil se contente de le dévisager d'un air désapprobateur.

— Nous ne pourrons faire cette révélation qu'une fois, je précise. Et que se passera-t-il si ça ne fonctionne pas ? Si le monde entier apprend mon histoire tragique, et que mon père est toujours en poste le lendemain ?

Personne n'a rien à répondre à cela.

Les choses étaient beaucoup plus simples quand je voulais uniquement lui faire mal. L'obliger à me voir, pour une fois. À reconnaître que j'avais une existence propre, au-delà de ses manigances.

Mais faire souffrir mon père n'est plus suffisant. Nous avons une ville à sauver.

Je dois trouver un moyen de le détruire.

— Eh bien, vous savez ce que j'en pense, dit Zura.

Col hoche la tête pour lui signifier qu'il ne l'ignore pas, mais ne dit rien.

Zura voudrait assassiner mon père.

Le problème, c'est qu'il n'est plus apparu en public une seule fois depuis le déclenchement du conflit. Sa maison, qui était déjà une forteresse, est désormais placée sous la protection des troupes d'élite de Shreve.

Nous pourrions la raser entièrement, je suppose. Nous approcher suffisamment pour lui tirer dessus avec une centaine de fusils à plasma à la fois.

Mais ma sœur vit là-bas, elle aussi.

Si seulement nous avions un moyen de les séparer…

— La clé, c'est Rafi, dis-je. Elle pourrait tout changer.

Teo pousse un soupir.

— Sauf que ce n'est pas elle qui est aux manettes.

— Pas encore. (Cette idée a commencé à germer dans ma tête depuis notre arrivée à la Montagne-Blanche.) N'empêche qu'elle a toujours été plus populaire que mon père. S'ils avaient le choix, c'est elle que les habitants de Shreve décideraient de suivre. Ce n'est pas la même chose que de leur demander de capituler devant Victoria.

Le Dr Leyva ricane.

— Malheureusement, ce n'est pas demain la veille qu'il y aura des élections à Shreve.

— Je ne parle pas d'élections. (Je prends quelques secondes avant de lâcher la suite.) Je parle d'un coup d'État.

Un appareil de reconnaissance décolle, pour je ne sais quelle mission, et les parois de la tente frémissent. Pendant un instant, il y a trop de bruit pour s'entendre.

Mais cela donne le temps à tout le monde de comprendre ce que je viens de dire – je suis en train de suggérer une rébellion contre mon père. La fin de son règne. Les autres me regardent d'un air confus, mais pour moi, c'est comme si tout devenait évident.

C'est la seule manière de gagner définitivement. D'être enfin en sécurité.

De sauver ma sœur.

Quand le fracas du décollage cesse enfin, je reprends :

— Rafi déteste mon père autant que vous. Encore plus, depuis qu'il a tiré un missile sur l'endroit où je me trouvais.

— Tu l'as déjà dit dans la limousine, me rappelle Teo. Est-ce que ça signifie pour autant qu'elle aurait envie de le remplacer ?

Je repense à la promesse que Rafi m'a faite la veille de mon départ.

Quand je serai au pouvoir, tu n'auras plus besoin de te cacher.

Sur le moment, j'ai cru qu'elle envisageait le jour où notre père finirait par mourir de vieillesse. Mais la patience n'a jamais fait partie de ses qualités.

— Avant même le début de cette guerre, je précise, elle pensait déjà à s'emparer du pouvoir.

— Avoir envie de le renverser est une chose, dit Zura. C'en est une autre de le faire.

Je me rappelle le jour de la tentative d'assassinat. Quand Rafi a voulu conserver sa cicatrice, au grand dam du Dr Orteg. Parce que, si elle en faisait trop avec sa blessure, sa popularité risquait de dépasser celle de notre père d'une manière… dangereuse.

— Vous pouvez me croire, je lance avec assurance. Il a toujours eu peur de ça.

Zura secoue la tête.

— Il possède la meilleure armée du monde. Pourquoi aurait-il peur d'une fille de seize ans ?

— Il a peur de tout. C'est pour ça qu'il m'a faite.

Aucun d'eux ne sait quoi répondre à cela. Mais pour moi, tout devient limpide. Une citation de Sun Tzu me revient en mémoire.

— Quand l'ennemi se repose, fatiguez-le, s'il est bien nourri, affamez-le, s'il est bien installé, forcez-le à bouger, dis-je. Nous allons harceler son armée et faire en sorte de consolider l'embargo autour de Shreve. Et quand la population commencera vraiment à souffrir, Rafi lui promettra de tout arrêter. L'armée n'acceptera jamais de déposer les armes, mais elle pourrait envisager de lui remettre le commandement – à *elle*.

Tout le monde me regarde. Ils n'ont pas l'air convaincus que ma sœur puisse réussir un tel tour de force.

C'est Artura Vigil qui prend la parole :

— Rafia n'est plus apparue en public depuis le déclenchement des hostilités. Il n'y a aucune chance qu'elle parvienne à s'éloigner de votre père. Elle ne va quand même pas déclarer un coup d'État contre lui de sa propre maison !

C'est là que l'idée me vient…

— Elle n'aura pas besoin de donner elle-même le signal de la révolte. (Je leur adresse mon plus beau sourire à la Rafi.) Je suis venue au monde précisément pour ça.

PARTIE III
COUP D'ÉTAT

C'est double plaisir de tromper le trompeur.

Jean de La Fontaine

SABOTAGE

Trois semaines plus tard, nous voilà arrivés à proximité d'une centrale électrique, devant une mer de mini-réflecteurs qui scintillent sous les étoiles.

Zura et moi retournons auprès du reste de notre équipe avec le panneau solaire que nous venons de voler. Il est plus imposant et plus rustique que ceux que nous avons vus à Paz. Quand je l'ai attrapé, il s'est recroquevillé dans sa coquille en céramique assez solide pour résister à un bombardement.

Heureusement, notre plan n'est pas de bombarder la centrale.

Col et le Dr Leyva nous attendent dans l'obscurité, invisibles grâce à leurs combinaisons de camouflage.

— Cela ne devrait pas poser de difficultés, promet le Dr Leyva en me prenant des mains le panneau solaire.

Il sort de sa trousse un instrument coupant et se met au travail. Il éventre le panneau et le connecte à son écran portable, lequel affiche aussitôt une cascade de schémas et de codes.

— J'avais raison, annonce le Dr Leyva en commençant à pianoter. Ces trucs se repassent les mises à jour système comme des rumeurs.

— Ça va prendre longtemps ? demande Col, l'œil rivé sur la ville.

Shreve se profile à l'horizon, survolée par des hovercars de patrouille. À vingt kilomètres de distance, j'arrive à distinguer la tour de mon père à la sortie de la ville. Elle se dresse au-dessus de la forêt, entourée d'un cercle d'hovercars.

Cette vision me rend nerveuse, comme un serpent que j'apercevrais du coin de l'œil.

— Un cheval de Troie, c'est comme un bon ragoût, réplique le Dr Leyva. On ne peut pas le faire à la va-vite.

Col abaisse ses jumelles en soupirant.

— Voilà pourquoi personne ne suit vos recettes, docteur. Elles sont trop compliquées.

— Absolument ! Les gens ne s'abonnent à ma chaîne que pour mon charme irrésistible.

Zura enlève son masque pour lui lancer un regard noir. Elle voudrait bien en finir rapidement. Plus haut sur la colline, deux autres Specials nous attendent, invisibles eux aussi.

À cause de leurs effectifs réduits, les soldats victoriens ont accepté que Col les accompagne sur le terrain. Mais cette opération nous entraîne un peu trop près de la ville de mon père à leur goût, et tout le monde est sur les nerfs.

La nuit dernière, en venant ici, notre hovercar a reçu une bordée de fléchettes tirées depuis le sol. On aurait dit un crépitement de grêle. Personne n'a été blessé, mais l'incident nous a rappelé que la guerre peut devenir meurtrière à tout moment.

Je m'approche de Col.

— C'est la première fois que tu vois Shreve ?

Il continue d'observer la ville.

— Oui. Je me la représentais plus sinistre. Mais je suppose qu'on ne peut pas voir la poussière de surveillance d'ici.

— Si, au crépuscule. Elle donne une couleur brunâtre à l'horizon. Comme ce qu'on voit parfois sur les chaînes d'histoire – tu sais, ce ciel mort après les dernières guerres des Rouillés.

Col frissonne.

— Je me demande si les couchers de soleil ont déjà commencé à changer de couleur à Victoria.

— Pas encore, dis-je. Il nous reste un peu de temps.

Il se tourne vers moi.

— Ça ne te fait pas bizarre de revenir chez toi ?

Je ne réponds pas tout de suite. C'est moi qui me suis portée volontaire pour cette mission, afin de pouvoir me rapprocher de Shreve.

Non, pas de la ville. De Rafi.

Elle me manque un peu plus chaque jour. Et, oui, ça me fend le cœur de la savoir si proche.

Ma sœur n'a toujours pas réapparu en public. Elle devrait être en train de rendre visite à nos soldats ou de prononcer des discours dans une Victoria conquise. Mais personne ne l'a revue depuis un moment, pas même pour nier le vol de ce véhicule de gardiens à Paz.

Ce qui veut dire qu'elle refuse de coopérer avec mon père. Il doit y avoir une guerre ouverte entre les deux au sein de cette tour.

Col attend toujours ma réponse.

— Shreve ne me manque pas. Je ne sortais pratiquement jamais. Et puis, ce n'est pas comme si j'avais eu des amis.

Il me prend la main d'un air compatissant. Lui avait un vrai foyer, bien sûr, même s'il est réduit en cendres aujourd'hui. Et il lui reste une ville entière, qu'il aime et qui l'aime en retour.

Il a peut-être perdu sa mère, mais moi j'étais déjà orpheline à la naissance.

— Tout ce que je veux, c'est ma sœur, dis-je.

Une fois Rafi en sécurité, je me moque bien de ce qu'il adviendra de Shreve.

Nous n'avons pas ménagé les troupes de mon père ces dernières semaines. Chaque fois qu'elles rapportaient du métal récupéré dans les ruines, nous avons attaqué leurs transports. Lorsqu'elles ont tenté d'occuper Victoria, nous avons abattu leurs hovercars avec nos fusils à plasma. Ce qui a laissé le champ libre aux citoyens pour traquer la poussière de surveillance, maison par maison, grâce à des nanos conçus par des savants des villes neutres.

Rien de tout ça ne suffira à renverser mon père, naturellement. Mais cela contribue à l'affaiblir, en attendant le jour où sa propre fille s'autoproclamera nouvelle dirigeante de Shreve.

Mon dernier discours avec la voix de Rafi.

Le Dr Leyva pousse une exclamation de triomphe :

— Ça y est !

Il débranche son écran portable du panneau solaire et fouille à nouveau dans sa trousse.

— Combien de temps va-t-il vous falloir pour le remonter ? s'inquiète Col. Ou bien est-ce encore un de vos ragoûts ?

— Plutôt un œuf à la coque – si vous mettez plus de trois minutes, c'est que vous n'êtes pas doué.

Les outils du Dr Leyva s'activent promptement pendant qu'il dit cela. Et le vent emporte leurs cliquetis dans la nuit.

Maintenant que nous avons pratiquement fini, chaque seconde semble s'éterniser. Je suis impatiente de m'en aller. De m'éloigner de cette tour menaçante.

— C'est bon. (Le Dr Leyva repose le panneau solaire dans l'herbe. Il repart sur ses petites pattes en direction de ses semblables.) Ils seront tous infectés avant l'aube.

Col regarde le robot avec une satisfaction sinistre.

— Monsieur, dit Zura, s'il vous plaît…

— Ce qu'elle veut dire, c'est « On y va ! », je traduis.

Je tire Col par le bras et l'entraîne au sommet de la colline. Notre hovercar nous attend de l'autre côté. Son camouflage endommagé ne suffira plus à le cacher une fois qu'il fera jour.

Nous retrouvons les deux Specials au sommet. Armés de fusils à plasma, ils affichent cet air grave et vigilant que prennent tous les soldats victoriens lorsque Col les accompagne en opération.

— Dommage que nous ne puissions pas rester pour assister à la suite, regrette le Dr Leyva alors que nous regagnons le véhicule. Tous ces panneaux solaires qui envahissent Shreve pour y semer la panique !

Je ris.

— C'est la guerre, docteur. Il s'agit de rester discrets, pas d'assister à un spectacle.

— La guerre *est* un spectacle.

Cet hovercar est plus grand que celui que nous avons perdu à cause des mines sauteuses. Six places, un meilleur blindage, davantage de puissance de feu et une plus grande autonomie – rien n'est trop beau pour l'héritier de Victoria. Ses flancs sont grêlés d'impacts suite aux tirs que nous avons essuyés la nuit dernière. Mais rien n'a traversé.

Je prends place à l'arrière entre Col et le Dr Leyva. Les trois Specials s'installent devant.

Les portières se referment sur nous et Zura lance les rotors. La carlingue se met à vibrer.

J'ai l'impression d'entendre un bruit inhabituel.

Je jette un coup d'œil à Col en train de se sangler sur son siège. Il s'interrompt, sourcils froncés, comme s'il l'entendait lui aussi.

Au moment de décoller du sol, l'appareil s'incline brusquement. Zura lâche un juron et actionne plusieurs commutateurs.

Le Dr Leyva s'écrase contre moi et me pousse contre Col. L'appareil glisse au bas de la pente et nos patins dérapent dans l'herbe.

Nous sommes en train de nous crasher.

GYROSCOPE

Les patins accrochent quelque chose, et nous commençons à rouler.

Je me retrouve subitement la tête en bas, avec mes sangles qui me cisaillent les épaules. Col glisse le long de la cloison – il n'avait pas eu le temps de s'attacher. Il lève les bras juste à temps pour protéger sa tête, avant de heurter le plafond avec un choc sourd.

Je m'accroche à lui. L'appareil continue à rouler sur lui-même, et quelques secondes après nous revoilà d'aplomb puis de nouveau la tête en bas. J'ai l'impression d'être enfermée dans une essoreuse. Col et moi nous cramponnons l'un à l'autre.

J'ai des haut-le-cœur, les cheveux dans les yeux, et une bouteille d'eau rebondit partout dans la cabine avec la trousse à outils du Dr Leyva.

Nous retombons enfin sur nos patins et l'appareil reprend sa glissade. J'ai tout le poids de Col sur mes genoux. Nous nous serrons l'un contre l'autre comme deux gamins terrifiés.

L'appareil continue à dévaler la colline. Les rotors crissent. Zura lâche une bordée de jurons en s'efforçant de les couper.

Les patins accrochent un autre rocher et nous entamons un nouveau tonneau. Cette fois, Col et moi sommes préparés, et il reste dans mes bras.

Les rotors s'arrêtent enfin. Tandis que le vacarme s'atténue, l'hovercar s'immobilise sur une zone herbeuse à peu près plate.

Le seul problème, c'est que nous avons la tête en bas.

Et que nous sommes à moins de vingt kilomètres de chez mon père.

***

— C'est le gyroscope, annonce Zura.

Le Dr Leyva et elle sont accroupis sur le ventre de l'hovercar renversé, penché au-dessus de ses entrailles.

Le reste de l'équipe attend au sol, dans les ornières creusées par la glissade du véhicule. Col, qui saignait du nez, s'est enfoncé du coton dans les narines. J'ai l'œil gauche qui gonfle à l'endroit où j'ai pris son coude, et la sensation désagréable que je ne parviendrai jamais à laisser la maison de mon père derrière moi.

Sinon, tout le monde va bien – même l'hovercar n'est pas sérieusement endommagé, à l'exception du mécanisme délicat, crucial, qui assure son équilibre.

— Je suis passé à côté la nuit dernière, déplore le Dr Leyva. L'une des fléchettes s'est logée dans le boîtier du gyro.

— Mais on a continué à voler sans problème, s'étonne Col.

Le Dr Leyva hoche la tête.

— Ce n'était pas un tir direct. Sauf qu'à chaque kilomètre supplémentaire les vibrations secouaient la fléchette et décalaient un peu plus le gyro.

— C'est ma faute, dit Zura. Je sentais bien qu'il y avait un problème avec les commandes.

— Non, c'est juste la malchance, dit Col.

Mais elle ne répond rien. Elle s'en veut encore d'avoir décollé avant que l'héritier Palafox n'ait bouclé son harnais de sécurité.

Le Dr Leyva saute dans l'herbe.

— Une chance que nous ayons un gyroscope de rechange à bord, dit-il. C'est le seul véhicule de la flotte à en avoir un.

Je souris à Col.

— C'est bien d'être l'héritier.

— Il nous faut un allié qui possède une usine, grommelle-t-il.

C'est le principal souci de notre armée – après de longues semaines passées dans la nature, nos appareils auraient besoin de maintenance. Notre trou dans le mur peut imprimer des vêtements et des équipements, mais pas des pièces de rechange pour engins militaires.

Voilà pourquoi les rebelles n'utilisent pas d'hovercars. La nature n'est pas tendre avec les machines trop complexes.

— Je peux installer le nouveau gyro. Mais ça va prendre quelques heures, prévient Zura.

— Ce qui veut dire que nous serons encore là quand il fera jour, résume le Dr Leyva.

Zura acquiesce de la tête.

— Nous ne pouvons pas laisser le sabotage se poursuivre, sinon ils viendront chercher ceux qui ont implanté le virus. Vous allez devoir remettre votre recette à plus tard, docteur.

Le Dr Leyva pousse un soupir, puis il attrape sa trousse à outils et son écran portable.

— C'était trop beau pour être vrai. Viens, Frey.

***

Le Dr Leyva et moi repassons de l'autre côté de la colline pour redescendre prudemment vers le bord de la colonie solaire.

Le ciel est déjà en train de changer de couleur. À l'est, les étoiles se fondent dans un bleu intense alors qu'au loin Shreve commence à se réveiller. La zone industrielle grouille de drones et de camions autonomes.

Nous nous arrêtons à une trentaine de mètres des premiers panneaux solaires.

— Attendez-moi ici, dis-je. Je reviens dans une minute.

Le Dr Leyva me retient.

— C'est trop tard.

— Comment ça ? je demande en fronçant les sourcils.

— Il faudrait des heures pour qu'un code correctif se répande dans toute la colonie. Dès que le soleil sera levé, mon programme de sabotage s'activera. Shreve s'en apercevra quoi qu'on fasse.

Je le dévisage.

— Pourquoi ne pas l'avoir dit à Zura ?

— Parce que je ne voulais pas qu'elle précipite ses réparations comme elle a précipité le décollage. Nous venons déjà de nous crasher une fois, ça suffit. (Il me prend par l'épaule.) Et puis, toi et moi serons plus utiles ici. Nous avons une arme pour les recevoir quand ils viendront enquêter sur l'origine du sabotage de leur centrale.

Il m'indique les innombrables panneaux solaires qui scintillent en pivotant lentement vers l'est.

Je secoue la tête.

— Vous comptez tenir à distance la moitié de l'armée de Shreve avec une poignée de panneaux solaires ?

— Non, avec l'arme la plus puissante de tout le système solaire. Puis-je t'emprunter ton fusil à plasma ?

Je lui passe le fusil en soupirant.

— On joue les mystérieux pour soigner ses effets, docteur ?

— Tu es suffisamment maligne pour deviner par toi-même.

Il sort la batterie à hydrogène de la chambre du fusil.

Je reste plantée là à le regarder travailler.

Je devrais prévenir Zura de ce qui se passe, mais nous sommes trop près de la ville pour courir le risque de lui envoyer un message. Je pourrais retourner là-bas à pied, sauf que je n'ai pas envie de le laisser seul. Et puis il a peut-être raison – peut-être qu'une réparation bâclée ne ferait qu'empirer les choses.

Il ne me reste plus qu'à attendre, en tâchant de comprendre ce que mijote le Dr Leyva.

Quand le soleil point à l'horizon, la colonie de panneaux solaires commence à s'animer.

Au lieu de se tendre vers la lumière, ils se déploient en direction de Shreve. Le plan du Dr Leyva consistait à leur faire attaquer les infrastructures – boucher les égouts, gêner les drones de chargement et couvrir les marquages sur la route qui guident les camions autonomes.

Il avait aussi parlé d'allumer des incendies. C'est sans doute ce qu'il a en tête maintenant. Je suis pratiquement certaine que l'arme la plus puissante du système solaire est le soleil. Mais je ne vois pas pourquoi il a besoin de démonter mon fusil.

Pendant que le Dr Leyva continue à s'affairer, je fais les cent pas. La tour de mon père est trop proche pour que je puisse me détendre. J'ai déjà suffisamment de mal à ne pas la fixer du regard.

Je l'imagine à l'intérieur, en train de réfléchir à ses prochaines manœuvres contre nous. M'en veut-il toujours d'avoir pris parti contre lui ?

Ou bien s'en fiche-t-il éperdument, maintenant que j'ai rempli ma fonction ?

***

Deux heures après le lever du soleil, on commence à s'apercevoir que la colonie solaire se comporte bizarrement. Un hovercar se détache de la formation qui survole la ville pour se diriger vers nous.

— Vous êtes prêt ? je demande.

— Je l'espère. (Le Dr Leyva me tend l'assemblage qu'il a improvisé. On dirait une arme de savant fou dessinée par un gamin – la torche laser de sa trousse à outils reliée à ce qui reste de mon fusil à plasma.) Alors, tu as deviné ?

Je baisse les yeux vers la mer de panneaux solaires. Réglés au maximum de leur réflexivité, ils scintillent au soleil comme des petits miroirs.

Des centaines de milliers de miroirs.

— Archimède, dis-je.

— Ah.

Le docteur a l'air impressionné.

— C'est une légende qui parle d'un inventeur d'autrefois. Il aurait brûlé des bateaux avec des miroirs, comme une sorte de laser antérieur aux Rouillés. Mon instructrice militaire m'en a parlé quand j'avais dix ans.

Après que j'ai répété cette histoire à Rafi, nous avons passé la journée à incinérer des fourmis.

Je lève mon fusil à plasma modifié.

— Si je comprends bien, c'est un désignateur de cible ?

— Exactement, confirme le Dr Leyva. Mon code de sabotage comprend une fonction de ciblage. Éclaire n'importe quoi avec ça et tous les panneaux solaires se focaliseront dessus. Mais ne tire pas avant d'y être obligée. Je ne sais pas combien de fois ça pourra fonctionner avant de griller.

Je soupire et vérifie les attaches de ma combinaison de camouflage.

Dans le ciel, l'appareil de reconnaissance s'est immobilisé directement au-dessus de la colonie de panneaux. Il reste en vol stationnaire avec de petits mouvements de balancier, comme un drone de surveillance.

L'équipage doit penser qu'il s'agit d'un dysfonctionnement et non d'une attaque. Ils vont probablement envoyer une équipe de maintenance dans un véhicule terrestre. Cela devrait donner à Zura une heure de plus pour achever ses réparations.

L'appareil prend de la hauteur et, pendant une seconde, je crois qu'il va retourner à Shreve. Mais il continue de survoler la colonie solaire.

À la recherche de quelque chose.

Immobiles dans nos combinaisons, le Dr Leyva et moi sommes invisibles. Mais de l'autre côté de la colline, l'hovercar est toujours sur le toit, capot ventral ouvert, avec son camouflage endommagé par les fléchettes.

Je vois l'instant exact où l'équipage repère notre hovercar. L'appareil descend un peu pour aller voir de plus près. Puis le vrombissement de ses rotors augmente brusquement.

Il amorce un virage serré…

… et un anneau de plasma fuse depuis l'autre côté de la colline. Deux de ses rotors vaporisés, l'appareil part en vrille et s'écrase sur la colline.

Il s'embrase et se met à dégringoler le long de la pente.

Droit sur nous.

LA PUISSANCE DU SOLEIL

Le Dr Leyva reste figé sur place, fasciné.

— Courez !

Je l'attrape par le bras et le tire hors du chemin de l'appareil.

Celui-ci fond sur nous de plus en plus vite en crachant des éclats métalliques brûlants. Certains de ses rotors continuent de tourner et le basculent d'un côté, puis de l'autre, comme une roue de feu voilée.

Le Dr Leyva trébuche et sa trousse à outils se répand par terre.

— Laissez ça ! je crie.

— Bien sûr, convient-il en se relevant. Attends, Frey. Il va nous rater.

Je me retourne juste à temps pour voir la carcasse en flammes passer à côté de nous, laissant une traînée d'herbe calcinée dans son sillage.

Le Dr Leyva est aux anges.

— Le spectacle transcendant des objets en mouvement calamiteux, murmure-t-il. La guerre offre de si jolies collisions.

— C'était plutôt intense, j'avoue.

L'appareil de reconnaissance arrive au bas de la pente et perd son élan. Il décrit encore quelques tours sur lui-même et finit par s'immobiliser.

Le Dr Leyva lève les yeux.

— Mais ce n'est rien comparé à ce qui nous attend.

Une demi-douzaine d'hovercars s'approchent, venant de Shreve. Ceux-là ne sont pas des appareils de reconnaissance, mais des engins d'attaque blindés, plus lourds que tout ce que nous avons dans notre flotte.

Je siffle entre mes dents.

— Et vous croyez qu'on va réussir à les abattre avec une poignée de miroirs ?

— Nous verrons. (Il sourit.) Vise comme avec un fusil normal.

Je baisse les yeux sur l'assemblage que je tiens entre les mains. La torche laser a été équipée d'une nouvelle lentille. Je reconnais le mécanisme à double détente du fusil à plasma, auquel le docteur a emprunté la batterie ainsi que d'autres éléments plus mystérieux.

Quand je presse la gâchette d'activation, un bourdonnement familier se fait entendre.

— J'ai combien de coups ?

Le Dr Leyva hausse les épaules.

— Un ou deux – ou peut-être zéro ? Appuie simplement sur la gâchette jusqu'à ce que ça pète.

Je lui adresse un regard las, pointe l'arme au centre de la formation en approche et tire.

La torche laser s'allume entre mes mains, chaude et vibrante.

Une tache claire apparaît sur l'un des hovercars – un point de lumière rubis. Ma cible se déplace, et au début j'ai un peu de mal à maintenir le laser aligné.

Mais bientôt l'appareil s'éclaire de plus en plus. Des milliers d'autres points lumineux rejoignent le mien, puis des dizaines de milliers, jusqu'à ce que ma cible brille comme un soleil.

Il ne s'embrase pas – le blindage en acier ne brûle pas. Mais ses six moteurs sont déjà à mille tours par minute. Il ne leur en faut pas plus pour surchauffer.

L'un d'eux se met à griller, puis un deuxième, et l'hovercar est bientôt enveloppé de fumée. Il s'incline sur le côté et commence à descendre en tournoyant comme une feuille.

— Waouh, dis-je. Ce truc fonctionne vraiment.

— La puissance du soleil, commente le Dr Leyva avec fierté.

Je déplace le laser sur un autre engin de l'escadrille, et quelques secondes plus tard ses moteurs se mettent à fumer eux aussi.

La colonie des miroirs semble animée d'une vie propre. À chaque nouvel appareil abattu, elle tourne son regard sur le suivant. Un par un, les hovercars s'écrasent en traînant un panache de flammes.

Je relâche la gâchette. Le bricolage du Dr Leyva est brûlant, et une odeur de plastique brûlé monte à mes narines. La lentille s'est assombrie au centre.

— Beau boulot, docteur. Mais j'ai l'impression que votre fusil a grillé.

— Nous ferions mieux de retourner auprès des autres, dans ce cas.

Nous tournons les talons et nous mettons à courir.

Parvenu au sommet de la colline, le Dr Leyva s'arrête un moment pour souffler. Je me retourne vers Shreve.

D'autres hovercars se sont déployés en formations d'attaque. Mais ils ne viennent pas dans notre direction.

Ils s'arrêtent à la sortie de la ville et restent en vol stationnaire.

— Ils ont peur, dit le Dr Leyva, hors d'haleine.

Bien sûr. Ils viennent de voir les panneaux abattre six d'entre eux, et Shreve est entourée de stations solaires. Les équipages doivent supposer qu'elles sont toutes infectées.

Le temps de comprendre ce qui s'est passé, ils n'oseront pas sortir des limites de la ville.

Je regarde de l'autre côté de la colline.

Notre hovercar est toujours sur le toit, mais ses rotors sont en train de tourner. Col et les deux autres Specials observent la scène à distance. J'imagine que Zura est aux commandes et qu'elle prend tous les risques toute seule.

A-t-elle vraiment terminé sa réparation ? Ou bien est-ce simplement que nous n'avons plus le choix ?

L'appareil s'élève lentement dans un rugissement de moteurs. Il parvient pratiquement à notre hauteur et tangue un moment sur place.

— Et maintenant, la partie délicate, murmure le Dr Leyva.

Brusquement, deux des quatre rotors pivotent complètement sur eux-mêmes. L'appareil bascule sur le côté, retombe sur le dos, puis bascule à nouveau. Pendant un instant, j'ai peur de le voir partir en vrille encore une fois…

Mais il finit par se stabiliser dans les airs, les quatre rotors enfin braqués vers le bas.

Je pousse un soupir de soulagement.

— Elle a réussi.

— Frey, me dit le Dr Leyva d'une voix douce. La maison de ton père.

Je me retourne vers la ville.

Les appareils qui menaçaient de venir sur nous ont battu en retraite devant la colonie solaire. Au lieu de regagner leurs positions d'origine, ils se sont postés en cercle au-dessus de la tour de mon père.

Laissant le reste de la ville sans défense.

— Bien sûr, dis-je. Ils doivent penser que ce n'est qu'une diversion.

— Ils n'ont pas tout à fait tort, observe le Dr Leyva. Au fond, c'est lui qui nous intéresse. Maintenant, voyons comment il va réagir.

J'aurais pu le lui dire d'avance. Aucune diversion ne saurait convaincre mon père de se découvrir.

Les choses ne seront pas si faciles.

— Ne traînons pas, suggère le Dr Leyva en indiquant un dernier appareil de reconnaissance qui s'attarde aux abords de la ville.

L'engin s'approche avec lenteur de la colonie solaire infectée, prudemment, prêt à se replier si les miroirs devaient se tourner vers lui.

Je pointe le fusil modifié du Dr Leyva. Mais quand j'appuie sur la gâchette, je n'obtiens qu'un crachotement. La batterie dégouline – ses dernières molécules d'hydrogène se lient à l'oxygène présent dans l'air pour se changer en eau.

— Emportons-le avec nous, recommande le Dr Leyva. Si l'ennemi tombe dessus et s'imagine que je ne peux pas faire mieux, ma réputation est fichue.

— Ne vous inquiétez pas, ce n'est pas moi qui vendrai la mèche.

Nous dévalons la colline au pas de course.

Zura se pose, et Col nous fait signe de nous presser.

VOL

Tandis que nous filons loin de Shreve, le Dr Leyva sert à nos compagnons une version toute personnelle de ce qui s'est passé.

— … et quand nous avons vu que nous ne réussirions pas à enrayer le code de sabotage, Frey et moi avons décidé de confectionner une arme.

— Deux heures sans nouvelles de vous, bougonne Zura depuis le siège du pilote. Nous commencions à croire qu'ils vous avaient capturés.

Le Dr Leyva hausse les épaules.

— Mais pensez un peu au résultat – tout ce que ça nous a coûté, c'est un fusil à plasma. Shreve a perdu six hovercars !

Col écoute, admirant l'arme de fortune que je tiens entre mes mains. Il faudra que je lui avoue que le plan du Dr Leyva n'était pas tout à fait aussi improvisé qu'il veut bien le dire.

N'empêche qu'il a fonctionné. Nous sommes de retour vers la base. L'armée de mon père a essuyé un sérieux revers. Et pour la première fois, nous avons porté un coup direct à la ville de Shreve.

— En tout cas, vous leur avez fichu une sacrée frousse, nous complimente Col en consultant l'écran qui s'affiche devant lui. Je ne vois aucun poursuivant pour l'instant.

— La plupart des appareils sont partis renforcer la sécurité autour de mon père, dis-je. Il se soucie davantage de sa sécurité que de nous.

— Ils protègent également Rafia, fait observer le Dr Leyva. Peut-être se doute-t-il que nous avons des plans pour elle.

Je regarde par la vitre la forêt qui défile en contrebas. Tout le problème est là – comment puis-je déclarer la guerre à mon père alors que ma sœur est encore sous son toit ?

Nous devons trouver un moyen de l'exfiltrer. Ou bien les couper des réseaux tous les deux, afin que mon père ne puisse pas révéler que je ne suis qu'un imposteur. Mais tant qu'elle se trouvera dans la tour, aucune de ces options n'est envisageable.

Quelque chose clignote à l'écran.

— Trois signaux, annonce Col. Pas en direction de la ville – droit devant nous !

Zura lève la tête de son tableau de bord.

— Sans doute des appareils de Shreve qui reviennent d'une patrouille de nuit. Ils ne doivent plus avoir beaucoup de jus. Je doute qu'ils nous poursuivent longtemps.

— Sans doute, approuve Col. Dirigez-vous vers la mer.

Zura entame un virage serré – vers le sud, en direction du golfe, un long détour sur le chemin de la Montagne-Blanche.

***

Les hovercars de Shreve s'accrochent à nous comme des sangsues. Ils ne sont pas assez rapides pour nous rattraper, mais nous ne parvenons pas à les distancer non plus.

Une heure s'écoule. Puis deux. Quand nous arrivons au-dessus du golfe, il est presque midi. Le soleil fait scintiller l'océan autour de nous.

Tout en plissant les yeux dans la lumière, je me demande ce qu'ont ressenti les équipages de ces appareils près de Shreve. Tous ces minuscules rayons de soleil focalisés sur eux, comme s'ils avaient été piqués à mort par un million d'abeilles.

Le génie du Dr Leyva a quelque chose de cruel.

Mais peut-être suis-je mal placée pour le juger. J'ai tué pour la première fois avec un couteau à impulsions alors que je n'avais que quinze ans.

Nous continuons tout droit jusqu'à nous retrouver en haute mer, à une centaine de kilomètres de toute terre émergée – un endroit dangereux pour des hovercars à court de batterie.

Pourtant, nos poursuivants ne se découragent pas. À croire qu'ils sont chargés à bloc. Shreve a dû cacher des bornes de chargement dans la nature, comme nous.

Je m'appuie contre Col et tente de dormir un peu. Mais la nervosité qui me tenaille depuis que j'ai revu ma ville natale m'empêche de trouver le sommeil. Et puis il y a ces hovercars à notre poursuite, comme une émanation de la volonté de mon père.

Néanmoins, la chaleur du corps de Col me fait du bien.

— Il va falloir trouver autre chose, prévient Zura. Si nous continuons à nous écarter de notre chemin, nous n'aurons plus assez de batterie pour rentrer sans faire d'escale.

Col lâche un juron.

— On ne peut quand même pas les conduire jusqu'à la Montagne-Blanche.

Je me penche en avant sur mon siège, tous les muscles bandés.

— Il n'y a qu'à les affronter, dans ce cas.

Zura se tourne vers moi.

— À trois contre un.

— Je ne parle pas de les affronter à la *loyale*.

— À quoi penses-tu exactement ? me demande Col.

Je jette un regard circulaire sur la cabine. Elle est remplie de matériel militaire – fusils à plasma, combinaisons de camouflage, armures, hoverboards, sans oublier mon couteau à impulsions.

Un plan se forme dans mon esprit.

— Conduisez-nous sur une île, dis-je à Zura. Une avec des montagnes, et de quoi nous mettre à couvert.

Les yeux de Col s'illuminent.

— Je connais l'endroit idéal.

EMBUSCADE

— Cinq, quatre, trois…

Col et moi sautons par la porte béante de l'hovercar.

Pendant quelques longues secondes vertigineuses, nous tombons en chute libre, avec la planche qui frémit sous nos pieds.

Je pousse un cri de guerre – ou plutôt une sorte de hurlement. J'ai les bras écartés dans l'air tiède, comme un funambule. Je sens les mains de Col autour de ma taille.

Pendant un instant, j'ai l'impression que nous allons tomber chacun de notre côté – Col, moi et l'hoverboard –, puis nous écraser dans les vagues en contrebas. Mais les aimants de nos bracelets anticrash nous maintiennent ensemble. Et finalement, les rotors de la planche s'activent puis l'hoverboard se stabilise.

— Waouh, s'exclame Col dans mon dos. J'ai connu moins risqué, comme plan !

Je ne réponds rien – tant que mon père sera au pouvoir, je ne serai jamais en sécurité. Nous nous inclinons légèrement pour nous écarter sur le côté et laisser le champ libre aux Specials.

Ils sautent juste au-dessus de nous, sur deux autres hoverboards. Puis ils exécutent une courbe gracieuse et plongent droit vers l'île à quelques kilomètres de distance.

— Crâneurs, dis-je. Allez, on y va.

Nous nous penchons ensemble, Col toujours cramponné à moi. L'hoverboard se glisse entre les courants d'air chaud. Les eaux peu profondes au-dessous de nous sont bleu azur, inondées de soleil, avec çà et là quelques bandes plus sombres qui indiquent la présence de corail.

Nous sommes dans les Cubaines, un petit archipel à deux cents kilomètres au sud du continent. L'île que nous avons choisie se compose d'une plaine alluviale terminée par un pic rocheux à chaque extrémité.

Col et moi nous dirigeons vers le point le plus élevé de l'île. Secouée par une forte brise, la planche tressaute un peu sous nos pieds. Mais c'est agréable de se dégourdir les jambes et de sentir Col se presser contre moi dans le vent.

Je m'efforce de mémoriser chaque détail, de savourer pleinement cet instant particulier, à deux au-dessus de la mer éblouissante.

Parvenus au sommet, on se pose au milieu des ruines d'un vieux fort d'où l'on surplombe toute l'île.

— On dirait que quelqu'un a déjà eu cette idée avant nous, observe Col en faisant glisser le fusil à plasma qu'il portait sur l'épaule.

— Il est toujours préférable de dominer la situation.

Ma combinaison de camouflage change de motifs pour adopter les couleurs des ruines – béton et fer rouillé.

Je vérifie mon fusil à plasma.

La voix de Zura résonne dans mon oreille.

Dernière transmission avant qu'ils ne soient suffisamment proches pour nous entendre.

Tout le monde est en position ?

Col se tapote l'oreille.

— Nous sommes prêts.

Les deux Specials répondent qu'ils y sont presque. Je les vois se poser à quelques kilomètres, sur le pic d'en face. Un instant plus tard, ils disparaissent au milieu des rochers.

Zura nous rappelle une dernière fois.

N'attendez pas que j'ouvre le feu.

Dès que vous avez une fenêtre de tir, tirez.

— Bien compris, répond Col en se mettant à couvert auprès de moi. Soyez prudents, tous.

En contrebas, notre hovercar atterrit au beau milieu de la plaine alluviale. Ses panneaux solaires se déploient lentement au soleil. Comme si nous étions tombés à court de batterie au pire endroit possible.

Nos poursuivants vont passer pile entre nous et les Specials sur l'autre pic.

Il ne nous reste plus qu'à attendre.

Je commence à me sentir nerveuse.

— Quatre fusils à plasma, je grommelle. Et ils ont trois hovercars. Nous n'aurons droit qu'à un raté.

Col porte ses jumelles à ses yeux.

— Tu es forte en calcul mental.

Je lui jette un regard noir.

— Tu ne devrais pas être en train de me donner un cours sur la flore locale ?

Il ne se le fait pas dire deux fois.

— Avant l'augmentation du niveau de la mer, cet archipel ne formait qu'une seule île. Avec des montagnes, des forêts tropicales, des marécages – une super puissance biologique. Un vrai paradis.

— Hmm. (Je vois d'autres ruines de bunkers en contrebas, dont les armatures métalliques rouillent au soleil.) Ça m'évoque plus une ancienne base militaire qu'une base de loisirs.

Col hausse les épaules.

— Ils avaient quelques démêlés avec leurs voisins. Une histoire de système économique.

— Sacrés Rouillés, ça ne m'étonne pas d'eux, dis-je.

Les oiseaux, en tout cas, ont su mettre les bunkers à contribution. Le sol est jonché de plumes et de fientes. On trouve des vieux nids dans presque tous les recoins.

Je ressens de nouveau cette sensation d'intimité, mêlée à l'excitation du combat qui s'annonce.

Cela me donne envie de le toucher.

— Ça m'avait manqué, Col. De me retrouver seule avec toi en pleine nature.

— Moi aussi. Désolé que cette fichue guerre vienne tout compliquer.

Je souris, mais au fond ce n'est pas une plaisanterie. Cette guerre nous rapproche mais nous sépare également.

— Tu as une armée à commander, Col. Tu dois rappeler au monde entier de ne pas oublier Victoria. Cela fait beaucoup de responsabilités.

Il baisse ses jumelles. Mais son regard reste rivé sur l'océan, pas sur moi.

— Parfois, j'ai l'impression que nous ne livrons pas la même guerre, dit-il.

Je hausse les épaules.

— Tu cherches à sauver ta ville. Moi, je veux juste sauver ma sœur. Ça doit te sembler une toute petite chose.

Il se tourne enfin vers moi.

— Frey. Ta vie entière, tu as été obligée de te cacher – dans des suites privées, des compartiments secrets, des passages dérobés, des endroits confinés. Mais ça ne veut pas dire que tu es *petite*.

Je m'enveloppe dans mes bras, avec une envie de disparaître sous le ciel immense.

— Je suis quoi, alors ?

— Volontaire, acharnée, féroce. (Il plisse les paupières, comme pour décrire au plus juste mon tempérament.) Étrange et dangereuse.

— Comme un couteau à impulsions ?

— Je suppose. Et loyale, aussi. Le meilleur mot serait peut-être *inébranlable.*

Je détourne le regard.

— Encore un mot de guide touristique.

— Oui. (Il hausse les épaules.) Et si j'en faisais ton mot ?

— D'accord. Si tu veux.

Il baisse les mains et s'incline devant moi, comme s'il m'invitait à danser.

— Je te promets, Frey, qu'à partir d'aujourd'hui je ne qualifierai plus jamais personne d'autre d'inébranlable.

Je ne peux m'empêcher de rire, et je sens quelque chose se dénouer en moi. Quelque chose qui s'était changé en pierre de façon tellement progressive que je ne m'en étais même pas rendu compte.

— C'est la promesse la plus adorable qu'on m'ait jamais faite.

Un large sourire lui barre le visage.

— Oh, je peux faire encore mieux, dès que… (Il se tourne vers l'océan et tend la main vers son arme.) Tu entends ça ?

Je suis son regard, paupières plissées, et passe en vision thermique. Je distingue trois constellations lumineuses de rotors à l'horizon.

— C'est eux.

Nous nous fondons parmi les rochers. Rajustons nos combinaisons de camouflage. Pressons la gâchette d'activation de nos fusils à plasma.

Je sens monter l'excitation de la bataille. La tension s'est accumulée en moi toute la journée et me laisse tendue comme la corde d'un arc.

La promesse de Col résonne encore à mes oreilles. Je suis inébranlable, prête au combat.

Les trois hovercars s'approchent au ras des vagues. Leurs rotors soulèvent un panache d'écume irisée.

Ils ralentissent l'allure. Se déploient, comme de grands prédateurs en chasse. Prudents, maintenant que nous avons cessé de fuir.

Bientôt, ils sont suffisamment près pour que je puisse distinguer leurs couleurs, noir et gris, et les stigmates du combat sur leur carrosserie. L'un d'eux penche un peu sur le côté ; son moteur arrière gauche est en panne.

Mon doigt se crispe sur la détente.

Mais la formation s'immobilise, tout juste hors de portée. J'étouffe un juron ; j'ai hâte d'en finir.

L'un des trois appareils s'élève haut dans les airs. Et il se produit quelque chose de curieux.

Sa trappe ventrale s'ouvre et laisse descendre une longue tige métallique. Au début, on dirait une antenne ou peut-être un brouilleur de signal.

Mais il y a un drapeau blanc attaché au bout.

DRAPEAU BLANC

— C'est un piège, dis-je.

Col abaisse son arme.

— Pourquoi voudraient-ils se rendre ?

— Ils n'ont aucune raison de le faire. Et s'ils voulaient parlementer, ils se serviraient de la radio, pas d'un drapeau.

Je plisse les yeux dans la lunette de mon fusil. Le drapeau blanc est sale et chiffonné. Comme un vieux T-shirt qu'on aurait récupéré pour la cause.

Il pend mollement dans l'air calme.

— C'est forcément un piège, je répète.

— Ils sont à trois contre un. Ils n'ont pas besoin de nous tendre un piège. (Col attrape ses jumelles.) À moins qu'ils ne soupçonnent une embuscade ?

Je regarde notre hovercar sur la plaine alluviale, sans défense avec ses panneaux solaires déployés. Avec les deux pics qui le surplombent de manière à pouvoir le prendre en tir croisé.

Je hausse les épaules.

— Il faut reconnaître qu'en matière d'embuscade on a vu plus subtil.

— Je vais demander à Zura ce qu'elle en pense, annonce Col en levant la main vers son oreille.

Je lui retiens le bras.

— Si on l'appelle, ils sauront qu'on est là. Autant agiter tout de suite le drapeau blanc nous aussi !

— Alors que fait-on ?

— On attend qu'ils se rapprochent. (J'épaule à nouveau mon fusil et colle mon œil à la lunette.) Ensuite, on les descend.

Col pousse un soupir. Au fond, la décision lui appartient, bien sûr. C'est lui qui est responsable de la sécurité de ses soldats.

Mais là, nous sommes dans mon domaine d'expertise. Un faux drapeau blanc, c'est exactement le genre de chose que ferait mon père.

Un message résonne dans mon oreillette – je reconnais la voix de Zura.

Appareils de Shreve. Peut-on savoir ce que vous voulez ?

Je hoche la tête. Elle émet sur un large spectre afin que nous puissions l'entendre nous aussi.

S'ensuit un long silence radio.

Me recevez-vous, appareils de Shreve ?

Toujours rien.

Est-ce que vous me recevez ?

— Ils ont peut-être un problème de radio, suggère Col.

— Tous les trois ? (Je secoue la tête.) Aucune chance. Je ne vois pas ce qu'ils espèrent gagner comme ça.

— Peut-être que…

Col s'interrompt – l'hovercar avec le drapeau blanc s'est remis en mouvement.

Il avance lentement vers la plaine alluviale. Sa trajectoire va l'amener exactement entre nous et les Specials sur le pic d'en face.

— Eh bien, ça nous facilite les choses, dis-je. Ces pilotes ont du courage, il faut leur accorder au moins ça.

— Frey. On ne peut pas les… liquider comme ça, de sang-froid.

— Col, il s'agit de mon père – c'est peut-être justement là qu'il veut en venir ! S'ils arrivent à nous piéger, nous sommes morts ou capturés. Si nous les éliminons, nous commençons à douter de nous-mêmes. (Je le regarde droit dans les yeux.) On ne peut pas gagner à ce jeu-là. Aucune victoire n'est jamais complètement propre. Il va falloir t'y faire !

Je me détourne. Je vise. L'excitation du combat a viré à la colère.

— Frey. Regarde-moi.

Je garde l'œil collé à ma lunette.

Maintenant que l'appareil avance, le drapeau blanc se déploie dans son sillage. Ce ne sont pas de simples salissures – on a délibérément taché ce T-shirt avec du noir.

Pour mieux le faire ressembler à un drapeau blanc improvisé.

— Au premier jour du conflit, me rappelle Col, tu m'as empêché d'abattre ces soldats.

Mon viseur s'allume ; la cible est à portée de tir désormais. Pourtant, j'hésite.

Les deux autres hovercars sont restés en arrière. Si j'ouvre le feu, ils nous tireront dessus.

— Col, grimpe sur ta planche et mets-toi à l'abri. Je me charge de ça.

Quand les deux derniers hovercars fonceront sur moi, ils se retrouveront dans la ligne de mire des Specials sur le pic d'en face.

Et Col ne risquera rien.

— C'est ce que ton père ferait, insiste-t-il.

— Un seul tir sur l'hovercar de Zura et nous sommes cloués ici, Col. Et s'il savait que tu faisais partie de cette mission et qu'il s'agissait d'un plan pour te capturer ?

— Frey, il n'est quand même pas omniscient !

— Ce n'est pas parce que tu ne réfléchis pas qu'il est obligé de faire pareil. Alors s'il te plaît…

Je m'interromps.

Le vent s'est levé, et le drapeau s'est complètement déployé sous l'hovercar.

C'est bien un T-shirt, pas d'erreur, mais les taches noires qu'on voit dessus ne sont pas des traces informes. Ce sont des symboles que j'ai déjà vus – dans les ruines.

Et des mots en anglais…

J'abaisse mon fusil.

— Passe-moi tes jumelles.

Col me les donne, et je les braque sur le T-shirt en poussant le grossissement au maximum.

Elle ne viendra pas pour nous sauver.

Je baisse les jumelles et touche mon oreillette.

— Attendez ! Ne tirez pas.

Un soupir, puis la voix de Zura me demande :

Pour quelle raison ?

— Ce ne sont pas des appareils de Shreve. Ce sont des rebelles.

REBELLES

Nous restons cachés dans les hauteurs, à regarder l'hovercar noir et gris se poser sur la plaine alluviale à une centaine de mètres du nôtre.

La trappe ventrale s'ouvre et une demi-douzaine de membres d'équipage en descendent.

J'avais raison : au lieu d'uniformes ou de combinaisons de camouflage, ils portent des vêtements faits main. Des gilets en peau de mouton, des pulls tricotés, des chaussures en cuir. Des soldats de Shreve ne se seraient pas donné autant de mal uniquement pour nous piéger.

Je repasse les jumelles à Col.

— Ton souhait est enfin exaucé. On dirait que nous allons rejoindre les rebelles.

— À moins que ce ne soit eux qui nous rejoignent, rétorque-t-il.

Nous signalons aux deux Specials de rester en position, puis grimpons sur l'hoverboard.

Zura et le Dr Leyva attendent sur le sable humide. La plupart des rebelles ressemblent à de jeunes fugitifs qui se battent pour sauver la planète – muscles saillants, visages naturels, vêtements élimés.

L'un d'entre eux a un visage familier. Où l'ai-je déjà vu ? Chez moi ? À Victoria ?

Puis cela me revient. La dernière fois, iel portait une robe de bal bleue avec des plumes.

— Yandre ? s'exclame Col en descendant de la planche.

— *Chico* ! C'est toi ?

Ils se donnent l'accolade, un torrent d'espagnol s'ensuit. Mais quand Yandre m'aperçoit, iel ne sait plus quoi dire.

— Qu'est-ce que… ?

Je soupire – ma vie sera tellement plus facile une fois que tout le monde sera au courant. En attendant, j'en suis quitte pour leur servir mon petit speech.

— Je suis la sœur jumelle de Rafia, née vingt-six minutes après elle. On m'a cachée depuis ma naissance. Et élevée pour lui servir de doublure. Afin de la protéger.

Les rebelles me dévisagent d'un air abasourdi.

— Et aujourd'hui, tu es une Palafox, conclut Yandre avec un sourire, avant de décocher un petit coup de poing moqueur dans le biceps de Col. Sacré tombeur.

Une femme vêtue de peaux cousues s'approche et me dévisage avec méfiance. Plus âgée que les autres, elle porte le brassard vert d'une cheffe d'unité.

Les rebelles n'ont pas de grades. Chaque groupe se choisit son propre chef, à la manière d'une bande de pirates.

— C'est toi qui étais otage à Victoria, c'est ça ? Tu as convaincu les Palafox de baisser la garde – et ensuite, tu as changé de camp ?

Je soutiens son regard.

— C'est à peu près ça.

— Hum. (Elle se tourne vers Col.) Et ça ne te pose pas de problème… parce qu'elle est ta petite amie ?

Il paraît d'abord un peu décontenancé. Personne au sein de ses propres troupes n'oserait lui poser une question pareille.

Mais ensuite il répond d'une voix ferme :

— Frey m'a sauvé la vie. Elle s'est battue à nos côtés – contre son père.

La femme hausse les épaules et me fait face.

— Tu as seize ans, je crois ? Pas le plus mauvais âge pour résoudre ses conflits familiaux. (Elle se retourne vers Col.) Vous autres, Palafox, vous êtes peut-être un peu collet monté, mais vous n'êtes pas stupides. Alors j'imagine que je peux te croire si tu m'assures qu'elle est de notre côté.

Elle fait un grand signe de la main, et les deux autres hovercars s'approchent.

— Je suis la cheffe Charles, au fait, et nous sommes les tirailleurs de Carson. Vous n'auriez pas un truc à grignoter ?

***

Nous déjeunons en compagnie des tirailleurs sur la plage, dans la fraîcheur de la brise marine, à l'ombre des panneaux solaires.

Il n'y a pas beaucoup de gibier sur cette île, mais Col a tout de même réussi à abattre quelques oiseaux avec son arc, pendant que les rebelles le regardaient faire en discutant. Nous les faisons rôtir au feu de bois et ouvrons nos dernières rations pour nourrir nos nouveaux alliés.

Le Dr Leyva et Zura s'emploient à recueillir autant d'informations que possible auprès des tirailleurs. Les rebelles ont étendu leurs opérations contre mon père, désormais ils se rendent jusqu'au Patagon pour l'affronter.

Assis à côté de son vieil ami Yandre, Col a l'air pleinement détendu.

— J'aurais dû deviner que c'était toi, *chico*, dit Yandre en embrassant d'un geste les montagnes, la plage et le ciel. Qui d'autre irait se donner la peine de fuir pendant quatre heures dans le seul but de trouver l'île tropicale idéale pour une embuscade ?

Nous rions de bon cœur, et je sens toute l'anxiété accumulée au long de la journée – du fait de m'être trouvée aussi près de la maison de mon père, d'avoir affronté l'armée de Shreve, d'avoir failli tirer sur un drapeau blanc – se dénouer dans ma poitrine.

La fête des Palafox semble remonter à des siècles, mais le visage de Yandre me rappelle l'émerveillement de cette soirée.

— Depuis quand fais-tu partie des rebelles ? demande Col.

— J'ai un aveu à te faire, répond Yandre. Tu te souviens de toutes ces histoires à propos de mon frère ? Et de ses amis écolos ? Tous ces petits sabotages anodins ?

Col cligne des paupières.

— Attends… en vrai, c'était toi ?

— Je suis un rebelle depuis que j'ai l'âge de Teo. (Yandre se tourne vers moi.) Au passage, Frey, je tiens à te signaler que je tire uniquement sur les gens qui cherchent à envahir ma ville. J'ai voté contre l'attaque de ton convoi.

— Heu… merci ? dis-je avant de secouer la tête. Peu importe. J'étais une personne différente, qui voyageait sous un nom différent.

— Joliment tourné.

— Mais pourquoi nous avoir poursuivis à bord d'appareils de Shreve ? s'étonne Col. Et pourquoi ce silence radio ? Nous avons failli vous descendre !

Yandre mâche lentement, prenant le temps de savourer notre attention avant de partager son histoire.

— Il y a trois jours, nous étions en patrouille dans les montagnes. Nous sommes une unité légère – hoverboards et fusils de précision –, si bien que d'habitude nous évitons les hovercars blindés. Mais nous avons surpris ceux-là en train de recharger leurs batteries, et l'occasion était trop belle.

La cheffe Charles se joint à la conversation.

— Nous avons pris les équipages par surprise, mais leur commandant a eu le temps de lancer une sorte de programme anticapture. Le système de pilotage automatique, la radio, le livre de code – tout était détruit quand nous sommes montés à bord des hovercars. Il nous a fallu une journée entière pour les remettre en état de voler.

— D'accord, dis-je. Donc vous n'aviez plus de radio. Mais pourquoi nous avoir pris en chasse ?

Yandre jette un coup d'œil aux hovercars de Shreve qui nous surplombent.

— Nous autres, rebelles, on ne se bat pas dans ces boîtes de conserve. Nous ne pouvons pas assurer leur entretien – il nous manque les pièces. Mais vous autres, Palafox, vous avez votre propre flotte. Et puisque maintenant vous combattez pour la planète, on s'est dit qu'on pourrait aussi bien vous les remettre.

— C'était une idée de Yandre, précise la cheffe Charles. J'ai voté contre, mais je me suis retrouvée en minorité.

Yandre écarte les mains.

— Mon insubordination n'a d'égale que mon charme irrésistible.

— Au moins, on a gagné un repas, grommelle sa cheffe.

Je contemple les trois appareils. Ce sont des modèles d'attaque, avec une puissance de feu comparable à celle de toute la flotte de Col réunie.

Mais ils réclament également beaucoup d'entretien. Et grâce à la vivacité d'esprit de cet officier de Shreve, il leur manque une bonne part de leurs logiciels.

— Je ne sais pas si nous pourrons en tirer grand-chose nous non plus, je précise.

— Peut-être en récupérer les pièces détachées, au moins ? suggère Col.

Je secoue la tête.

— Tout ce que fabrique mon père est incompatible avec le matériel des autres. Ce qui veut dire qu'on est obligés de se fournir en pièces de rechange directement auprès de lui.

— Je te l'avais dit, Yan', observe la cheffe Charles. Une journée de perdue. Je vais nager.

Elle se lève et s'avance vers la mer en jetant ses vêtements sur le sable derrière elle.

La moitié des rebelles lui emboîtent le pas et suivent son exemple. Bientôt, la plage est couverte de vêtements tandis que des corps nus s'ébattent dans les vagues.

Yandre pousse un soupir.

— Ça m'aura au moins donné l'occasion de te voir, *chico*.

— Je suis bien content de te revoir moi aussi, dit Col. N'empêche, je suis sûr qu'on doit pouvoir faire quelque chose avec ces appareils. Déployer leur armement au sol, ou bien les échanger contre quelque chose de plus utile pour nous.

— Ou alors prendre mon père à son propre jeu, dis-je. Attaquer les troupes de Shreve avec eux et les forcer à tirer sur leurs propres appareils.

Le regard de Yandre pétille à cette suggestion.

— Peut-être pendant les pourparlers de paix, pendant qu'il sera loin de chez lui.

Col et moi le dévisageons avec de grands yeux.

Devant nos expressions ébahies, Yandre sourit.

— Ah. Vous voulez dire que vous n'êtes pas au courant ?

CONSEIL DE GUERRE

Quelques jours plus tard, une délégation des rebelles se pose à l'intérieur de la Montagne-Blanche. Ils sont visiblement impressionnés.

Il faut dire que nous avons de quoi prendre des douches chaudes désormais – grâce à l'eau du glacier canalisée dans des tuyaux le long des parois brûlantes du cratère – et suffisamment de panneaux solaires pour recharger un hovercar en quelques heures.

Au lieu d'une tente, c'est dans une cabane en dur que nous tenons le conseil de guerre, une construction en rondins qui sent la résine et la sciure. La table est toujours faite d'une rampe de saut recyclée, mais quelqu'un a pris le temps de graver le sceau des Palafox au milieu.

J'ai l'impression que la seule chose qui intéresse vraiment les rebelles là-dedans, ce sont les douches.

Ils nous ont envoyé trois de leurs chefs – Charles, plus deux autres avec lesquels elle a déjà combattu –, ainsi que Yandre. De notre côté, il y a Col, Teo, moi, plus Zura, le major Sarcos, Artura Vigil et le Dr Leyva.

Un groupe restreint afin d'éviter les fuites.

La première question posée par Col est :

— Comment sait-on que ces pourparlers de paix vont vraiment avoir lieu ?

— Tous nos espions dans les différentes villes disent la même chose, répond la cheffe Charles. Shreve veut conclure une trêve. Mais en secret, pour ne pas donner le sentiment de céder à la pression. Les négociations se tiendront dans un endroit hors de toute connexion. Une petite île au milieu du Pacifique. Loin des médias.

— Et que propose Shreve en échange de la levée de l'embargo ? demande Col.

— Ça aussi, c'est secret pour l'instant.

— Bien sûr, dis-je. Mon père ne va pas engager des négociations sans garder quelques surprises dans sa manche. Il proposera quelque chose d'inattendu, juste assez tentant pour diviser les autres villes.

Les rebelles me surveillent du coin de l'œil, toujours un peu perplexes de s'asseoir à la même table que la fille de leur ennemi. Même Yandre m'observe à la dérobée de temps à autre.

Je commence à me demander si les gens continueront à me regarder de cette façon, une fois mon secret rendu public. Peut-être que me faire passer pour Rafi représentait la partie la plus normale de ma vie ; peut-être que dorénavant je serai toujours un objet de curiosité et de messes basses.

— Peu importe ce qu'il compte proposer, affirme Zura. Si nous frappons au bon moment, il sera réduit à l'impuissance avant même le début des pourparlers.

Tout le monde se tourne vers moi, jaugeant ma crédibilité en tant qu'imposteur.

Je me sens prête à les convaincre. Je me suis habillée comme Rafi aujourd'hui, avec la tenue qu'elle portait pour l'anniversaire de mon père l'an dernier (ou quasiment ; j'ai dû me débrouiller avec ce que notre trou dans le mur a bien voulu me fournir). Yandre s'est chargé de ma coiffure et de mon maquillage, et je me tiens assise dans la posture théâtrale de Rafi. Bien droite, les épaules en arrière.

Impérieuse.

— Il est temps de rendre à Shreve sa liberté, je déclame avec sa voix. Et de mettre fin au règne de mon père.

Charles lâche un ricanement maussade, comme chaque fois qu'elle m'entend imiter ma sœur.

Le chef X se penche en avant, son regard étrange posé sur moi. C'est le plus extrémiste des rebelles, modifié par la chirurgie pour se donner une apparence entre le loup et l'homme. Il a renoncé à son nom en rejoignant le mouvement, et sa voix ressemble à un grognement.

— Donc, tu comptes le renverser grâce à ton talent oratoire ?

— Une révolution commence toujours par les mots justes, réponds-je.

Le chef X n'a pas l'air convaincu.

— Il va y aller de son discours, lui aussi – leur intimer de rester à leur place, leur rappeler qui commande. Nous devrions lui couper l'accès aux réseaux.

— Pas la peine, dis-je. S'il prononce un discours depuis une île au milieu de l'océan, il sera obligé d'admettre qu'il s'est éclipsé pour négocier la paix.

— Et nous ne pouvons pas attaquer la conférence, dit Teo. Nous aurons des alliés sur place.

Le chef X hausse les épaules.

— Vos alliés, pas les nôtres.

— Il ne s'agit pas d'étendre le conflit, rappelle Col. Mais de mettre un terme à celui-ci.

— Sauf que les habitants de Shreve respirent de la poussière depuis dix ans, fait remarquer la cheffe Charles. Et qu'ils n'ont pas d'armes. Comment sont-ils censés se dresser contre une armée ?

— Ils n'auront pas à le faire, j'explique. Mon père ne se déplace nulle part sans ses officiers favoris, ses unités les plus fidèles. Ceux qui resteront en ville se laisseront facilement convaincre de basculer dans notre camp.

— Même si la révolte n'est pas totale, ajoute Col, nos troupes seront là pour peser dans la balance.

Il fait un petit geste de la main et le projecteur holographique s'allume. Une maquette en trois dimensions de ma ville natale s'affiche au-dessus de la table. Avec ses gratte-ciel, ses défenses flambant neuves et ses pistes d'envol suborbitales. La flotte victorienne apparaît au-dessus de la zone agricole environnante.

Je me lève et pointe du doigt la tour de mon père à la sortie de la ville.

— Voilà notre objectif – le siège de son pouvoir.

Le Dr Leyva me rejoint.

— De là, nous pourrons contrôler toutes les chaînes de la ville pour diffuser le discours de Frey. Nous infecterons aussi la poussière de surveillance au moyen d'un virus. Pour la première fois depuis dix ans, les habitants de Shreve pourront dire ce qu'ils veulent à propos de leur dirigeant bien-aimé. Une liberté totale, d'un seul coup !

Le dernier chef rebelle secoue la tête. C'est le plus âgé des trois, avec un visage non modifié et des tatouages statiques. Il a un accent que je n'avais encore jamais entendu. Et un nom étrange – Andrew Simpson Smith.

D'après Yandre, il aurait combattu auprès de Tally Youngblood.

— Je connais cette tour, dit-il. Elle est surveillée étroitement par des drones.

— Vous avez raison, dis-je. C'est l'endroit le mieux protégé de toute la ville. C'est pourquoi nous devrons nous en emparer par la ruse et non par la force.

Le chef X pousse un grognement désapprobateur.

— Vous comptez vous y introduire en douce ? On m'avait promis de l'action !

— Et vous en aurez. (Je fixe ses yeux dorés, lupins, avec mon plus beau sourire façon Rafi.) Nous allons lancer une offensive de grande envergure contre Shreve. Et une fois que le ciel sera encombré d'hovercars endommagés en train de se replier, mon équipe et moi nous glisserons parmi eux.

D'un geste de la main, je remplace la maquette de la ville par un cliché de l'un des appareils apportés par les rebelles. Zura a modifié son camouflage pour lui donner les couleurs de la Garde shrevienne. Elle a aussi rajouté quelques balafres sur sa carrosserie et installé des fumigènes sur deux de ses moteurs.

— Voilà notre cheval de Troie – un hovercar de Shreve en perdition qui bat en retraite loin de la ligne de front. Nous simulerons un atterrissage en catastrophe près de la tour, pénétrerons à l'intérieur en affrontant les gardes s'il y en a, et libérerons ma sœur. Après quoi nous prendrons le contrôle des réseaux et proclamerons une nouvelle ère pour la ville.

Yandre prend la parole.

— Et si Rafi est avec ton père ?

Je prends une grande inspiration et tâche de répondre sans montrer la moindre émotion.

— Elle ne le sera pas.

Il y a de la compassion dans le regard de Yandre, mais iel dit :

— Tu n'en sais rien, Frey.

— Ça ne changerait rien, ajoute Col. Nous aurons sa tour, sa poussière, et notre propre Rafia pour prononcer le discours que la population de Shreve rêve d'entendre depuis toujours. Lui n'aura que sa fille récalcitrante.

Les trois chefs rebelles se tournent vers moi.

— Récalcitrante ? répète Charles.

— Ma sœur le déteste, dis-je avec une assurance retrouvée. Même s'il la fait passer à l'antenne pour dévoiler mon imposture, je serai la plus convaincante des deux.

Ils semblent disposés à se laisser convaincre. Mais alors, Artura Vigil intervient :

— Cela me semble risqué de tout miser sur une seule et même bataille. (Elle se tourne vers le major Sarcos.) N'est-ce pas un pari dangereux pour une armée de guérilla ?

Sarcos fait la grimace. Il n'a jamais aimé l'idée de passer du sabotage à une offensive en règle.

Vigil se tourne vers moi.

— Et n'est-ce pas exactement le genre de risque que votre père voudrait nous voir prendre, Rafia ?

Je la dévisage froidement.

— Je m'appelle Frey.

— C'est ce que vous n'arrêtez pas de nous dire. Et pourtant, votre plan semble conçu pour nous livrer entre les mains de votre père.

Col se redresse sur son siège.

— Que voulez-vous dire, Artura ?

— Elle affirme que la vraie Rafia est restée à Shreve. Mais nous n'avons aperçu la jeune fille en question que quelques minutes, sur un balcon, en train de sourire et de saluer la foule. Cette fille n'a donné aucune interview, ni prononcé aucun discours sur les réseaux – comme si elle avait quelque chose à cacher. (Artura regarde tour à tour chaque membre du conseil de guerre.) Alors que nous avons là, assise parmi nous, une Rafia beaucoup plus convaincante qui nous suggère d'envoyer notre armée au combat. Et si cette histoire de jumelles n'était qu'un mensonge ?

Le monde semble basculer sur son axe un moment. Et si j'étais la vraie Rafi, et si c'était ma sœur restée à Shreve l'imposteur ?

J'empoigne le bord de la table et me rappelle que je suis bien réelle.

Col pose sa main sur la mienne.

— C'est ridicule. Personne n'aurait pu planifier un coup pareil depuis le début.

— Oh, elle a pu improviser au fur et à mesure, reconnaît Vigil. Ce qui est sûr, c'est qu'elle a déjà admis être venue à Victoria pour nous endormir. Pourquoi nc pas nous abuser deux fois, si nous sommes assez bêtes pour la croire ?

Ils sont tous en train de me fixer, mais je ne sais pas du tout comment réagir. J'ai passé ma vie entière à convaincre les gens que j'étais Rafi. Comment m'y prendre maintenant pour les persuader du contraire ?

Je n'aurais peut-être pas dû m'habiller comme elle aujourd'hui.

— Elle s'appelle Frey, déclare Col à voix basse, et nous savons qu'elle est de notre côté. Elle aurait très bien pu me capturer avant de venir ici !

— Et moi avec, fait observer Teo.

Vigil se contente de sourire. Son expression glaciale me rappelle un peu celle de Srin.

— Il y aurait toujours eu le problème de l'armée, Col.

— Non, sûrement pas, j'affirme. Parce qu'il aurait suffi que j'indique à mon père l'emplacement de cette base secrète. Ses troupes pourraient déjà être là !

Le sourire de Vigil ne s'estompe pas.

— N'est-ce pas plus facile si c'est nous qui venons à lui ? Et préférable pour sa réputation de nous vaincre en défendant sa ville plutôt qu'en nous traquant au fond de la jungle ?

— Frey est exactement celle qu'elle prétend être ! s'emporte Col. Je le sais. Et je ne veux plus entendre parler de cette théorie absurde.

Vigil incline la tête, et le silence se fait autour de la table.

Mais je lis toujours la méfiance dans le regard de ceux qui m'entourent. C'est un récit difficile à croire que Vigil leur a proposé, mais guère moins vraisemblable que la vérité.

Je vis dans le mensonge depuis ma naissance. Pourquoi me croiraient-ils maintenant ?

Je voudrais dire quelque chose pour ma défense, poursuivre la discussion malgré l'interdiction de Col. Mais je ne trouve pas les mots, parce qu'au fond de moi je n'ai jamais su exactement qui j'étais.

C'est la cheffe Charles qui finit par rompre le silence avec un grand éclat de rire.

— Eh bien, quel bazar ! (Elle me tape sur l'épaule.) Peut-être bien que tu es Rafia, ou peut-être bien que tu es Frey. Peut-être que votre petit coup d'État fonctionnera, ou peut-être que non. En tout cas, vous pouvez compter sur mes tirailleurs et moi. Ce sera la plus belle pagaille qu'on ait connue depuis la disparition de Tally Youngblood !

— Elle ne viendra pas pour nous sauver, déclare le chef Andrew d'un ton révérencieux. C'est pour ça qu'il faut courir le risque. Mes gars et moi, on marche aussi.

On peut difficilement appeler cela un vote de confiance, mais au moins ne sont-ils pas en train de plier bagage.

Tout le monde se tourne vers le chef X.

Pendant un long moment, il n'a presque plus rien d'humain. Les coins de sa bouche s'affaissent, ses oreilles s'aplatissent en arrière sur son crâne. Je ne sais pas comment interpréter cette expression, mais l'atmosphère de la pièce se charge d'électricité.

— J'en suis, dit-il enfin, mais à une condition. Je veux venir avec vous à bord de l'hovercar maquillé.

— Heu… d'accord, dit Col en fronçant les sourcils. Mais je croyais que vous vouliez de l'action et pas d'une opération furtive ?

— Il y aura sûrement des occasions de se battre, réplique le chef X avant de se tourner vers moi. Et je veux bien faire profil bas un moment si c'est pour m'introduire chez ton père.

— Pourquoi ça ? demande Col.

— C'est personnel, répond le chef X.

Il se renverse en arrière dans son siège et n'en dit pas plus.

— Les rebelles, marmonne Zura à voix basse.

J'adresse à Col un haussement d'épaules discret. Je me moque bien des motivations personnelles du chef X. Comme je me moque de savoir si les rebelles nous aident parce qu'ils me font confiance ou simplement pour semer le chaos.

La seule chose qui m'importe, c'est que nous avons un plan pour sauver ma sœur.

AU REVOIR

Quand nos hoverboards émergent du cratère, le vent glacial me fouette les sangs. Le soleil est sur le point de se coucher ; nous sommes une semaine après la réunion avec les chefs rebelles.

À cette altitude, le ciel paraît renversé – les nuages teintés de rose s'étalent au bas du cratère, avec l'immensité bleue au-dessus de nos têtes.

Il n'y a que moi et les frères Palafox. Pour un dernier dîner avant de laisser Teo en sécurité derrière nous. Demain soir, à cette heure, Col et moi serons en route pour la bataille.

— Merci à vous deux, dis-je. De me faire confiance.

Col s'arrache à la contemplation du couchant.

— Ne me dis pas que tu te tracasses encore à propos d'Artura ? Personne ne croit à sa théorie stupide.

Je soupire dans le vent froid.

— Elle y croit, elle. Et je parie qu'elle continue à la susurrer à l'oreille de tes officiers.

— Alors elle est folle, assure Teo. Srin dit que c'est le problème avec les psychologues de guerre. À trop vouloir se glisser dans la tête de l'ennemi, ils deviennent cinglés.

Col sourit.

— Frey et moi connaissons ça. Quand nous nous sommes rencontrés, nous étions tellement occupés à nous mentir l'un à l'autre que nous en avons presque oublié qui nous étions.

— Presque, dis-je en lui prenant la main.

Un nuage de vapeur s'élève des profondeurs de la caldera, faisant vaciller nos planches. Nous descendons nous poser sur le bord du cratère, où l'air chaud volcanique alterne avec le vent frais.

Teo sort de son sac quelques plats de nourriture autochauffante. Il les étale devant lui avec soin. Ce sera peut-être notre dernier dîner ensemble ici, à la Montagne-Blanche. Ce sera peut-être notre dernier dîner tout court, à Col et à moi.

— J'ai des PatThai, des SpagBol et des NouCurry, annonce-t-il. Trois classiques indémodables de la nourriture d'un campeur.

Col soupire.

— Ce que tu veux, tant que ce n'est pas au lapin.

— Pareil, dis-je.

Au cours du mois qui vient de s'écouler, j'ai vu une multitude de lapins des volcans, et j'ai mangé la plupart d'entre eux.

Teo nous passe nos plats et nous tirons les languettes de réchauffage. Je tiens le mien au creux de mes paumes, savourant la chaleur qu'il dégage en faisant bouillir les nouilles pour les rendre comestibles.

Si nous gagnons demain, je ne serai plus jamais obligée d'avaler ce type de nourriture.

Et si nous perdons, ce sera de ma faute.

Artura Vigil avait raison sur un point – lancer tout ce qui reste de l'armée victorienne dans la bataille est un plan dangereux. Et maintenant qu'elle l'a remis en cause devant tout le monde, personne ne pourra oublier que c'était *mon* plan.

À moi, la fille de leur ennemi.

Je lève les yeux de mon plat.

— Vous croyez que vos soldats ont encore confiance en moi ?

Teo hausse les épaules.

— Tu as entendu les rebelles – ils se fichent de savoir de quel côté tu es. Ils veulent juste remporter la bataille.

— Quant à mes officiers, ils obéiront aux ordres, ajoute Col.

— Super, dis-je. Des compagnons d'armes auxquels tu auras ordonné de se fier à moi.

— Zura te fait confiance, précise Col. C'est toujours ça.

Exact, car Zura sera avec moi dans l'hovercar volé. Aucun autre officier victorien ne s'est porté volontaire pour cette mission commando qui nous obligera à nous poser en catastrophe.

Col lui-même restera en arrière avec le gros de la flotte.

— Et si Artura avait raison, au fond ? Si c'était un très mauvais plan ?

— C'est un plan parfait, rétorque Col en soufflant sur sa nourriture. Un coup d'État permettra de terminer cette guerre en un rien de temps. Et ça libérera Shreve en même temps que Victoria.

— Sauf que nous allons risquer toute ton armée, Col.

— C'est mieux que de risquer l'âme de ma ville.

Je secoue la tête, pas certaine de comprendre ce qu'il veut dire.

— Une guérilla peut se prolonger pendant des années, explique Teo. Ce qui laisserait le temps à la poussière de surveillance d'étrangler la population. Personne n'oserait plus dire ce qu'il pense, ni même tenir un journal, de peur de se faire arrêter par les gardiens de Shreve pour délit d'opinion.

— À Victoria, tout le monde possède sa propre chaîne et s'y exprime librement, dit Col. C'est ça, l'âme de notre ville.

— J'ai grandi en respirant la poussière de surveillance, fais-je observer. Et j'ai toujours une âme.

— Bien sûr, s'empresse d'approuver Col. Ce que je veux dire, c'est que la liberté est facile à perdre et difficile à regagner.

Je détourne la tête. Depuis l'instant où j'ai appris à parler, j'ai dû surveiller mes paroles, mes gestes, ma manière de me tenir et de marcher. Je connais mieux que personne la valeur de la liberté. Mais je n'ai pas le temps de m'engager dans un débat philosophique.

Pas tant que ma sœur ne sera pas en sécurité.

— Tu as raison, réponds-je. Si nous pouvons conclure cette guerre demain, ça en vaudra la peine.

— C'est bien pour ça que vous devriez m'emmener, bougonne Teo.

Col fixe sa nourriture sans rien dire. Ils ont déjà eu cette discussion une dizaine de fois cette semaine.

— Quelqu'un doit rester ici pour assumer le commandement, Teo, dis-je.

— Le commandement de *quoi* ? s'écrie-t-il. Vous allez emmener tout le monde !

Col se tourne vers son frère, et pendant un instant je redoute un éclat de colère.

Mais il lui parle avec douceur :

— Le plan de Frey va fonctionner, mais il peut toujours m'arriver quelque chose dans la bataille. En cas de malheur, nous aurons besoin d'un héritier Palafox pour s'occuper de Victoria.

Je me demande à quel point c'est vrai. Tous ses soldats en sont persuadés, bien sûr, sinon ils n'obéiraient pas aux ordres de Col du simple fait de son nom de famille. Et peut-être que c'est cela, le plus important – les gens croient que les premières familles assurent la cohésion de leurs villes, et cette croyance permet à la magie d'opérer. Du moins je l'espère.

Parce que demain, quand Rafi déclarera la guerre à notre père, Shreve risque de voler en éclats.

OPÉRATION D'INFILTRATION

Nous descendons dans le lit d'une rivière à bord de l'hovercar capturé. Sous la ligne des arbres, hors d'atteinte des radars.

Yandre, le chef X et moi sommes assis sur le toit afin de repérer le terrain pour Zura qui doit assurer un pilotage délicat. Accroupis derrière la tourelle du canon, nous esquivons les branches basses. Le pelage de X ondule dans le vent.

Nous sommes dix membres dans cette opération – trois Specials, Zura, le Dr Leyva et ses deux meilleurs techniciens se trouvent dans l'habitacle. Leur travail consistera à prendre le contrôle des réseaux et de la poussière de surveillance de Shreve une fois que la tour de mon père sera entre nos mains.

Col sera avec le gros des troupes, à bord du plus grand appareil victorien.

— Pourquoi fais-tu cette tête ? me crie Yandre pardessus le grondement des moteurs.

Je hausse les épaules.

— C'est la première fois que je pars en mission sans Col.

— *Chica*, c'est trop mignon.

Le chef X me jette un coup d'œil intrigué.

— Alors dis-moi, demande-t-il, tu es quoi, exactement ?

Je lui retourne un regard confus.

— Il veut savoir si tu es une Palafox ou une rebelle, traduit Yandre. Je me pose la même question.

— Une Palafox ? (Je les dévisage tous les deux avec ébahissement.) Vous me demandez si Col et moi sommes *mariés* ?

Yandre éclate de rire.

— Frey, nous savons que tu apprécies Col, mais cela ne fait pas de toi une Palafox. Cette armée, derrière nous… elle a *besoin* d'une première famille. Ça la rassure d'avoir quelqu'un à sa tête.

Je me souviens de ce que j'ai éprouvé la première fois que j'ai rencontré Aribella. J'ai eu la sensation qu'elle méritait de commander sa ville.

Mais je secoue la tête.

— Je n'appartiens pas à l'armée de Col. Je ne suis même pas une Victorienne.

— Moi, je suis victorien, dit Yandre. C'est ma ville, à moi aussi. Mais je ne suis pas un Palafox. Tu saisis la différence ?

— Bien sûr – tu es un rebelle. C'est plus grand que n'importe quelle ville.

— Exactement. Et je suis prêt à me battre contre quiconque s'attaque à ma planète. (Yandre fait un geste vague pour englober le ciel, la rivière et la forêt.) Voilà pourquoi nous nous battons, nous, les rebelles. Et toi, qu'est-ce qui te motive ?

Ils me regardent tous les deux à présent, guettant ma réponse. Sauf que je ne sais pas quoi dire.

Hier soir, Col a parlé de sauver nos deux villes. Mais les villes ne représentent rien pour moi. J'ai passé ma vie engluée dans les manigances de mon père, quand je ne cherchais pas à lui échapper. Voilà les seules réalités que je comprends.

Avant que je puisse répondre, l'hovercar ralentit. Les berges de la rivière se rapprochent et les branches basses raclent la carrosserie de chaque côté.

Pendant de longues minutes, nous guidons Zura dans le passage étroit, mètre après mètre, écartant les branches au fur et à mesure. Notre progression est lente, mais nous sommes trop près de Shreve pour remonter au-dessus des arbres.

Puis la rivière finit par s'élargir et nous repartons à une allure plus raisonnable.

C'est le chef X qui relance la conversation.

— Pose-toi une question simple, suggère-t-il. Pour qui te bats-tu ? Pour Col Palafox ?

Je secoue la tête malgré moi.

Le chef X lâche un rire maussade.

— Pas la peine de te sentir mal si c'est vrai. Quand je me suis engagé, c'était pour un garçon. Il m'a fallu du temps pour voir plus loin que ça.

— Non. Je me bats au côté de Col – pas pour lui. (Je hausse les épaules.) Nous sommes alliés. Et quant au sort de la planète, je ne peux pas dire que ça me préoccupe beaucoup.

Yandre hausse les épaules.

— Tout le monde ne peut pas être un rebelle.

— La vérité, c'est que je me bats pour Rafia, dis-je. Au départ, je devais simplement être une extension d'elle-même, sauf qu'elle m'a toujours considérée comme une vraie personne. C'est grâce à ça que j'existe.

Je contemple les rotors et le nuage d'écume qu'ils soulèvent au-dessus de la rivière. Les rayons du soleil y dessinent des arcs-en-ciel.

— Et je me bats aussi contre mon père. Il y a quelque chose de mauvais chez lui, pire que les mines et la poussière de surveillance. Même si nous vivions encore à l'époque d'autrefois, quand l'homme n'avait pas encore le pouvoir de détruire la planète, je m'opposerais à lui.

Le chef X émet un son à mi-chemin entre le rire et le grognement.

— Il n'y a pas de mal à en faire une affaire personnelle. Ce qui compte, Frey, c'est que tu sois avec nous – ici, en haut.

Il me faut un moment pour comprendre. Les Palafox se trouvent en bas, à l'intérieur du véhicule. Alors que nous trois sommes dehors dans le froid, à nous faire cingler le visage par les branches basses.

Peut-être cela fait-il de moi une rebelle honoraire.

— Je suis contente que vous me fassiez confiance, dis-je.

— Une fille avec un couteau, j'adore, avoue X. Les lames, ça donne tout de suite une touche personnelle. Rien que les muscles et le métal, qui tranche et qui perce.

— Celui-ci est un peu plus high-tech qu'il n'y paraît, je précise.

Il plisse ses yeux dorés.

— Dommage. Un couteau devrait rester simple.

Pendant un instant, j'envisage de lui demander quelle affaire personnelle l'amène dans la tour de mon père. Mais l'hovercar s'immobilise à nouveau.

Cette fois-ci, ce n'est pas à cause d'un rétrécissement des berges. Nous sommes en vue de la vallée dans laquelle Col prévoit d'attirer l'armée de Shreve ce soir.

Nous avons atteint notre cachette.

Bientôt, la voix de Zura crépite dans nos oreilles.

Atterrissage dans trente secondes. Accrochez-vous.

Et si vous autres rebelles ne voyez pas d'inconvénients à endommager quelques arbres, nous aurions bien besoin d'un peu de camouflage.

BATAILLE

Nous restons cachés là tout l'après-midi, bougeant nos panneaux solaires au fur et à mesure que les ombres se déplacent pour recharger les batteries avant la tombée de la nuit.

Le reste de l'armée victorienne ainsi que nos alliés rebelles arriveront en force dès que le soleil sera couché. Nous voulons profiter du couvert de l'obscurité et attendre que tous les citoyens de Shreve soient rentrés du travail quand je proclamerai mon coup d'État.

Col me manque.

Quand ses officiers ont refusé qu'il se joigne à notre expédition, je n'y ai d'abord pas vu d'inconvénient. Je préférais le savoir en sécurité et me préoccuper uniquement de ma sœur.

Mais j'avais oublié une chose – depuis l'attaque de mon père contre la maison Palafox, Col et moi n'avons jamais été séparés plus de quelques heures. J'ai l'impression que ça remonte à une éternité, que nous avons passé notre vie entière à fuir et à nous battre.

Si cette guerre se termine cette nuit, que nous restera-t-il à tous les deux ?

— Il est temps de te maquiller, me dit Yandre quand le soleil descend sur l'horizon.

Nous sourions l'un et l'autre devant l'absurdité de la chose. Mais Rafi ne se montrerait jamais sur les réseaux sans être coiffée et apprêtée – surtout pour se déclarer nouvelle dirigeante de Shreve.

Je porte aux doigts trois bagues de fer recyclé, le signe de richesse préféré de mon père. Ma combinaison de camouflage a en sauvegarde une image de la robe favorite de Rafi à partir de la taille.

Mes cheveux devront attendre la fin de la bataille. Mais nous procédons à mon maquillage sur le toit de l'hovercar dans la lumière déclinante. Yandre travaille d'une main experte pour me faire correspondre à mon rôle.

Celui de la glorieuse première fille de Shreve.

***

La bataille éclate à l'heure prévue.

D'abord les hoverboards – les rebelles s'attaquent aux camions de marchandises et aux serres agricoles dans les faubourgs de Shreve. Comme ils l'ont fait à des dizaines de reprises ces dernières semaines.

Sauf que cette fois, quand les hovercars de mon père interviennent pour les disperser, les rebelles ne se replient pas. Ils ouvrent le feu avec leurs fusils à plasma victoriens et les réduisent en carcasses fumantes.

Le chef X pousse un grognement sourd en assistant à ce spectacle. Son pelage se hérisse, ses mains se crispent – on dirait un fauve impatient de se battre.

— Bientôt, lui dis-je.

Lentement, comme un géant qui s'éveille, les troupes de Shreve réagissent.

Deux escadrilles d'appareils de combat s'élèvent au-dessus de la ville. Leurs projecteurs énormes s'allument, et une lumière bleutée se répand à travers la vallée.

Mais au lieu de foncer sur les rebelles, ils ouvrent le feu de loin, hors de portée des fusils à plasma. Un barrage de fléchettes en acier scintille comme de la grêle dans les faisceaux des projecteurs.

Je grimace en voyant plusieurs silhouettes lointaines dégringoler de leurs planches.

— Au moins nous savons qu'il n'est pas chez lui, murmure le chef X, l'œil rivé sur la sortie de la ville.

Je saisis mes jumelles. Aucune escadrille n'a fait mine de renforcer la protection aux abords de la tour de mon père.

Les hovercars victoriens s'avancent, et les rebelles se réfugient sous leur blindage. La riposte de Shreve me paraît tardive – à croire que les soldats contactent mon père pour suivre les instructions –, mais bientôt les appareils d'attaque mordent à l'hameçon.

Et vont à la rencontre de la flotte victorienne.

— Tenez-vous prêts, nous avertit Zura.

Nous dégageons les branches qui recouvraient notre appareil, rangeons notre équipement dans la soute et bouclons nos harnais de sécurité. À côté de moi, le chef X se tortille sur son siège, mal à l'aise, regardant ses sangles comme si elles tentaient de l'étrangler.

Nous attendons, à l'écart de la bataille qui fait rage au-dessus de nos têtes…

Jusqu'à ce qu'un signal codé nous parvienne du haut commandement.

— Accrochez-vous ! dit Zura en lançant les rotors.

Nous fonçons à basse altitude vers la tour de mon père, l'appareil en travers comme si plusieurs moteurs étaient touchés. Le pont métallique tremble sous mes pieds chaque fois que notre blindage ventral percute la cime des arbres. Nous sommes violemment ballottés.

— Êtes-vous vraiment obligée de piloter aussi mal ? demande le Dr Leyva à Zura.

— J'ai bien peur que oui, réplique-t-elle, les mains crispées sur les commandes. Les fumigènes n'ont pas fonctionné. Nous n'avons pas l'air en perdition.

Le chef X m'adresse un regard en coin. Il indique sa ceinture, où pendent un assortiment de grenades et deux paires de bracelets anticrash.

— On monte ? suggère-t-il.

Je suis déjà en train de détacher ma ceinture.

Je prends les bracelets qu'il me tend et les referme autour de mes poignets. Je glisse une grenade fumigène dans ma poche.

— Frey, me crie Zura. Rasseyez-vous.

Je l'ignore. Le chef X est déjà en train d'escalader l'échelle qui mène à la trappe supérieure.

— Je vous *ordonne* de vous asseoir et de boucler votre ceinture, m'intime-t-elle.

— Je ne suis pas l'un de vos soldats.

Le Dr Leyva intervient :

— Si vous vous faites tuer, Frey, tout ça n'aura servi à rien.

— Même chose si on se fait descendre ! Il faut qu'on ait l'air mal en point, sinon les défenses de mon père vont…

Le chef X ouvre la trappe au-dessus de nous, et un vent cinglant emporte la fin de ma phrase. J'attrape le dernier barreau et me hisse au-dehors, dans la nuit illuminée de lumières et d'explosions.

Je suis inébranlable.

ATTERRISSAGE EN CATASTROPHE

Sur le toit de l'hovercar, un souffle glacial me cingle le visage.

J'active mes bracelets, et leurs aimants me tirent vers le bas. Ils pèsent à mes poignets comme des enclumes. Ils tintent contre la carrosserie tandis que je me propulse vers le moteur arrière droit.

Le chef X rampe vers l'avant, les paupières plissées face au vent, le pelage tout aplati.

Autour de nous, le ciel crépite et s'embrase – explosions, projecteurs, hovercars en flammes… Une fléchette perdue ricoche sur le blindage à ma droite, laissant une éraflure grosse comme le poing.

L'appareil tangue et roule sous moi. Zura pilote comme si elle était saoule.

Nous rasons quelques arbres et les rotors en décapitent les cimes, les réduisant en copeaux.

J'aperçois Shreve à l'horizon. La tour de mon père est éclairée, entourée de son habituelle nuée de drones. La plupart sont armés, mais certains sont équipés de senseurs, de radars et de scanners.

Nos avaries ont intérêt à être convaincantes.

Je me hisse sur les derniers mètres. Le grondement du moteur est assourdissant ; la coque vibre et le rotor aspire l'air entre ses lames avec la violence d'un ouragan.

Tentant de me happer…

Je suis suffisamment près. Je sors ma grenade fumigène et me rends compte que je n'ai rien pour l'attacher.

À l'exception de mes bracelets anticrash.

J'en retire un, que je règle sur la puissance maximale. Il se colle au capot du moteur et la grenade se fixe à lui. Je tire un peu dessus pour vérifier qu'elle est bien accrochée – pas moyen de la bouger.

J'arrache la goupille et recule de quelques mètres en comptant à mi-voix.

La grenade produit un flash ; sa fumée se déverse dans le rotor puis derrière nous en un long panache noir.

Je me tourne vers le chef X. Comme le moteur crache une épaisse fumée, il a regagné l'arrière du véhicule.

Il se redresse tant bien que mal en position accroupie, face au vent violent.

— Prête à sauter ? me crie-t-il.

— *Sauter ?*

Je regarde avec affolement la tour de mon père qui se rapproche de plus en plus. Zura est en train de ralentir et se prépare à se poser. Nous n'avons plus le temps de retourner à l'intérieur et de nous sangler.

Il ne nous reste plus que nos bracelets anticrash – enfin, un seul bracelet dans mon cas.

Le chef X a encore les deux siens. Par contre, il n'a plus son ceinturon – je suppose qu'il s'en est servi pour attacher sa grenade.

Je me souviens alors de la première fois où Naya m'a permis d'emporter mon couteau à impulsions hors de la salle d'entraînement.

J'avais fait une petite démonstration à Rafi, en le faisant voler autour de notre chambre. Elle m'avait demandé s'il était suffisamment puissant pour me soulever.

Je m'étais agrippée au manche avec toute la force de mes petites mains et je l'avais laissé me soulever jusqu'au plafond tandis que ma sœur me jetait des oreillers en riant.

Mon couteau à impulsions pourrait me porter.

Bien sûr, je ne pesais sans doute pas le même poids à l'époque.

Je rampe jusqu'à l'arrière de l'hovercar, trouve une place à côté du chef X et baisse les yeux sur les arbres qui défilent en contrebas.

Nous volons encore drôlement vite.

Je rabats mon capuchon sur ma tête et mon visage avant de régler ma combinaison en mode armure légère. Elle vire au noir, et je sens les nanos durcir comme des écailles.

La fumée nous enveloppe ; l'air tremble sous le fracas de la bataille. Au bord du domaine de mon père, les arbres cèdent la place au gazon. Les rotors se taisent tandis que l'appareil passe en sustentation magnétique.

— À trois, prévient le chef X, les lèvres retroussées sur un sourire extatique. Un, deux…

Nous sautons en l'air, sommes happés par le vent et voyons l'hovercar filer sans nous.

Le jardin de mon père est baigné de couleurs dans le faisceau des projecteurs. Pendant un instant, je tombe comme une pierre, cramponnée des deux mains à mon couteau…

Puis mon poignet gauche me freine brutalement – mon bracelet cherche à ralentir ma chute. Le couteau vrombit, et j'ai la même sensation que si on me déboîtait les épaules.

Je tombe entre deux haies que j'accroche au passage. Ma combinaison me protège un peu, mais j'ai quand même l'impression de traverser un massif de ronces.

Je roule au sol et m'arrête, le souffle coupé. Il me faut un moment pour me relever.

Cinquante mètres plus loin, le chef X se tient debout et masse ses poignets endoloris.

Il suit du regard l'hovercar de Shreve.

Le crash se déroule exactement comme prévu.

Les deux rotors droits labourent le jardin en soulevant une grande gerbe de terre et de fleurs. L'appareil fait mine de pivoter, mais Zura parvient à maintenir la trajectoire. Il se traîne sur plusieurs dizaines de mètres jusqu'à ce que les rotors s'arrachent et roulent à travers le jardin.

L'hovercar se met à tournoyer, hors de contrôle à présent. Mais sa sustentation magnétique le fait flotter à quelques mètres au-dessus du sol, dans un tourbillon de fumée et d'étincelles.

Il s'arrête finalement au pied de la tour, au niveau du quai de déchargement des marchandises, où il perce un trou béant dans le mur.

Alors que les trappes s'ouvrent et que les Specials bondissent à l'extérieur, le chef X et moi piquons un sprint vers la brèche.

INVASION

À cette heure tardive, il n'y a plus d'employés dans cette partie de la tour. Les camions et les drones de transport, inertes, rougeoient en silence dans les phares de notre hovercar.

Les accès au reste de la tour sont verrouillés. Mais Rafi et moi avons joué à cache-cache une centaine de fois dans ce secteur. Je sais ce qu'il y a derrière chaque porte.

— Par ici !

Mon couteau à impulsions rugit et vole vers le rideau de fer le plus proche. Il le déchire de haut en bas dans un crissement métallique.

Nous nous engouffrons dans l'ouverture, traversons un grand hall tapissé de moquette et débouchons dans la pièce la plus vaste de la tour de mon père. La salle de bal, avec ses tables nues et son estrade déserte.

C'est là que j'ai sauvé la vie de ma sœur il y a un an. Quand elle ne sert pas, les drones de sécurité viennent s'y recharger.

Nous les surprenons au repos ; ils ne s'attendaient pas à voir surgir des assaillants d'un hovercar abattu. Ils tentent de réagir, d'activer leurs armes dans un vrombissement précipité. Mais les Specials ouvrent le feu avec leurs pistolets-mitrailleurs et les réduisent en miettes.

Le chef X lève sa lance à impulsions – une arme assez semblable à mon couteau, mais longue de deux mètres – et tranche les piliers qui soutiennent le balcon. Celui-ci s'écroule sur une dizaine de drones en train de se réveiller.

Je dégaine mon propre pistolet-mitrailleur et ouvre le feu sur les tables, les lustres, les moulures du plafond. Une part de moi, puérile et furieuse, se réjouit de dévaster la maison de mon enfance.

En quelques secondes à peine, nous avons pulvérisé une cinquantaine de drones dont les débris jonchent le sol de la salle de bal. Il doit en rester une vingtaine dans toute la tour. Des sirènes retentissent au-dehors.

Je m'élance vers l'escalier et j'aperçois le chef X sur l'estrade.

Yandre me retient par l'épaule.

— Une seconde, me dit-il.

Le chef X taillade l'estrade avec sa lance. Des étincelles et des copeaux volent dans tous les sens. Il s'agenouille, détache un morceau de bois en triangle et le porte à ses lèvres.

— L'homme pour lequel il a rejoint les rebelles, m'explique Yandre, c'est ici qu'il est mort.

J'ai du mal à comprendre ce qu'iel me raconte.

— Il n'était pas en mission officielle, ajoute-t-il. Et ce n'était pas ta sœur qu'il visait.

Je parviens à hocher la tête.

— C'est mon père qui aurait dû prononcer ce discours.

Je ne leur dis pas le reste. Que c'est moi qui ai tué l'assassin ce jour-là – et que ç'a été le plus beau jour de ma vie.

Le chef X bondit de l'estrade, tenant à la main son morceau de bois.

Nous nous ruons dans l'escalier et grimpons vers la salle de contrôle, et vers ma sœur. Le Dr Leyva et ses acolytes s'occupent de diffuser du spray pour neutraliser la poussière de surveillance et de vérifier la présence de pièges.

Le chef X ferme la marche. Il abat sa lance à impulsions sur le palier que nous venons de quitter et l'envoie s'écraser derrière nous, bloquant le passage pour d'éventuels poursuivants. Cela veut dire aussi que nous ne pouvons plus faire demi-tour.

Je jette un coup d'œil à Yandre.

Iel hausse les épaules.

— C'est un truc de loups. Ne jamais battre en retraite.

Mais il y a plus que cela. Cette affaire est aussi personnelle pour moi que pour le chef X.

J'arrête notre petit groupe dans l'escalier dix étages plus haut. Au niveau de la salle de contrôle et du centre médical, juste au-dessus de mon ancienne chambre.

— Il va y avoir des drones à cet étage, dis-je. Ou des soldats.

Les Specials m'écartent pour placer des charges sur la porte.

L'explosion résonne dans toute la cage d'escalier.

Nous nous engouffrons dans le trou béant. Il y a des fragments métalliques partout…

Mais le centre médical est désert.

Il n'y a que du mobilier rutilant, du matériel de pointe et cette immense baie vitrée qui dévoile la bataille à l'extérieur dans toute sa gloire. Des missiles zèbrent le ciel. Des anneaux de plasma déchirent la nuit. Des hovercars s'abattent en vrille dans un panache de flammes. Des toiles rebelles antiaériennes se déploient.

Pendant un moment, j'en ai le souffle coupé.

Tout ce carnage – pour Victoria, pour la planète, pour imposer la loi et la normalité.

Mais aussi à cause de moi.

J'ai aidé à planifier cette bataille. J'ai préparé des représentations de soldats et d'appareils sur un écran holographique. J'ai cité Sun Tzu et Machiavel. J'ai mis à contribution chaque seconde de l'entraînement que m'a fait subir mon père.

Je suis sa créature.

Il est responsable de m'avoir créée, comme je suis responsable de ce spectacle qui se déroule sous nos yeux.

— Magnifique, dit le Dr Leyva d'une voix douce. Mais nous sommes en train de perdre.

C'est vrai. L'armée de Shreve a laissé la ville quasiment sans défense pour franchir la zone agricole et se jeter contre les rebelles et les Victoriens. Tous ces hovercars, ces drones, ces troupes…

Puis je comprends ce qui s'est passé – la vingtaine d'appareils qui défendaient cette tour ont rejoint la mêlée. À partir du moment où nous avons envahi la tour de mon père, ils n'avaient plus de raison de rester sur place.

Alors ils se sont lancés droit sur Col.

— Non, dis-je dans un souffle.

— On se concentre ! dit Zura. Où est la salle de contrôle ?

Je lui indique la direction.

— Pourquoi n'y a-t-il personne ici ? demande le chef X.

Sa lance à impulsions grésille entre ses mains.

Une assistante du Dr Leyva montre l'un de ses instruments.

— Je détecte une sorte de champ magnétique de plus en plus fort. Frey, cette pièce est-elle équipée d'un…

Elle s'interrompt au beau milieu de sa phrase et tombe à genoux. Du sang gicle de sa gorge, lui éclabousse le torse, déclenchant des réactions de camouflage sur sa combinaison.

Je sursaute en voyant du coin de l'œil un objet métallique me passer sous le nez. Une mèche de mes cheveux tombe au sol – coupée net.

Le chef X pousse un cri de douleur. Une broche médicale sort de son épaule.

Soudain, du métal vole partout à travers la pièce – des ciseaux, des aiguilles à suturer, des broches, toutes sortes d'instruments médicaux.

Je ferme les yeux – après toutes les blessures que j'ai reçues à l'entraînement, je connais cet endroit par cœur – et j'attrape sur la table d'opération un coussin que j'entortille autour de ma tête.

Il doit y avoir un système de défense à l'œuvre, qui se sert des dispositifs de sustentation magnétique de la pièce pour nous bombarder d'objets métalliques en se fiant à notre chaleur corporelle.

L'un des Specials s'écroule, un scalpel planté dans l'œil. J'entends bourdonner la lance du chef X qui tente de détourner d'autres projectiles. Plusieurs objets viennent frapper mon coussin, ricochent sur ma combinaison, m'entaillent les mains.

Tôt ou tard, l'un d'eux finira bien par trouver une veine.

Et puis soudain, le tir de barrage s'interrompt.

Je me risque à découvrir un œil.

Yandre se tient au centre de la pièce, le visage en sang, sa veste en cuir réduite en lambeaux. Iel tient à bout de bras un bracelet anticrash autour duquel gravite un tourbillon d'objets coupants.

Bien sûr. Le champ magnétique du bracelet est beaucoup plus fort que la sustentation magnétique des appareils médicaux, et il attire à lui tous les projectiles. Sauf que le vortex se resserre autour de la main de Yandre, de plus en plus rapide, comme une eau qui s'écoule au fond d'un siphon.

Une fois qu'elle aura déchiqueté le bracelet – et la main de Yandre avec –, cette masse métallique explosera parmi nous.

Je lance mon couteau contre la baie vitrée. Le verre renforcé résiste d'abord un peu, puis se fendille, craque, se brise. Ses éclats scintillants dégringolent dans la nuit, laissant entrer le rugissement du vent et le fracas de la bataille.

Yandre s'avance prudemment jusqu'au bord de la fenêtre, puis laisse tomber le bracelet dans le vide.

Le tourbillon de métal disparaît avec lui dans l'obscurité.

Je jette un coup d'œil circulaire – l'assistante du Dr Leyva et deux Specials sont morts. Le pelage du chef X est poissé de sang. Le bras de Yandre affiche de multiples lacérations. Zura est indemne – elle s'était réfugiée sous une table de massage.

Le vent glacial fait tout s'agiter autour de nous.

Le Dr Leyva se met en quête de spray médical et de bandages. Quand il m'interroge du regard, je lui fais signe que je vais bien. Ma combinaison m'a évité le pire.

Et la bataille continue de faire rage à l'extérieur.

— La salle de contrôle se trouve derrière cette porte, dis-je au technicien survivant. Je reviens dans cinq minutes.

— Frey…, m'avertit Zura.

Je secoue la tête, empruntant deux grenades au chef X. Il me les donne sans faire de commentaires.

Je me dirige vers l'escalier. En route vers le onzième étage, où je dormais autrefois.

Zura n'essaie pas de m'arrêter.

La cage d'escalier est plongée dans le noir. Des alarmes résonnent un peu partout. Mais j'entends du mouvement en contrebas. Grâce à ma vision nocturne, je vois deux drones de sécurité s'élever vers moi en silence.

La discrétion n'est plus nécessaire.

J'ouvre le feu avec mon pistolet-mitrailleur. Je les réduis en miettes fumantes et grésillantes. Je règle une grenade sur explosion lente, puis je l'envoie rebondir au bas de l'escalier.

La porte du onzième est verrouillée, mais une bonne rafale de pistolet-mitrailleur fait sauter ses charnières.

Je m'engouffre dans l'ouverture, repère une silhouette solitaire dans le couloir et braque mon arme sur elle. Mais le chien percute à vide, tandis qu'un voyant d'alerte clignote sur le bord de la culasse.

Je n'ai plus de munitions.

— Frey, me lance une voix familière. Je suis contente de te revoir.

Je plisse les yeux dans la clarté diffuse de l'éclairage de secours. Elle se tient là, bien campée sur ses jambes, mince et forte à la fois.

Elle n'a pas d'arme. Elle n'a pas peur de moi.

Mon instructrice – Naya.

NAYA

Je laisse tomber mon pistolet-mitrailleur déchargé et sors mon couteau à impulsions.

— Poussez-vous de là. Je n'ai pas envie de vous faire de mal.

— Tu ne m'as jamais fait le moindre mal, Frey.

— Croyez-moi, ce n'est pas faute d'avoir essayé.

Naya affiche un air que je connais bien. Une concentration totale tandis qu'elle me jauge du regard, évalue mes faiblesses. Pendant un instant, j'ai l'impression d'avoir sept ans à nouveau, de me retrouver complètement impuissante.

— Ta posture s'est relâchée, observe-t-elle.

Je baisse les yeux sur mes pieds.

Elle a raison. Je suis trop appuyée sur les talons.

— Je manque un peu de pratique. Le corps-à-corps n'est pas si fréquent à la guerre, en fin de compte.

— On peut remédier à cela.

Elle lève les mains, et je me rappelle à quel point je la trouvais belle – ce mélange d'élégance, de force et de menace.

Aujourd'hui, tout ce que je vois, c'est la tristesse dans ses yeux.

— Je ne vais pas vous affronter à la loyale, Naya. Vous gagneriez.

— Alors je t'aurai au moins appris ça.

— Laissez-moi passer.

— Non, Frey. Je suis au service de l'héritière, pas au tien.

Par-dessus son épaule, j'aperçois la porte de Rafi. La porte de mon ancienne chambre.

C'est comme si on m'ôtait un poids des épaules.

— Elle est là ?

— Oui, Frey. Tu lui as manqué.

D'une pression sur le manche, j'active mon couteau à impulsions.

Doucement, pour ne pas l'écraser.

Fermement, pour l'empêcher de s'envoler.

— Ne m'obligez pas à faire ça.

Naya secoue la tête.

— C'est la seule solution.

Il y a toujours une autre solution – c'est une chose que la vie m'a enseignée au cours du mois qui vient de s'écouler. Mais ici, dans cette maison, il n'y en a qu'une seule.

Je lance mon couteau.

Il la traverse en rugissant. Brise ses doigts, ses côtes. Fend les chairs et disloque les articulations. Brûle les muscles, rabat la fierté. Toute cette souffrance, pour quelques éloges du bout des lèvres.

Il ne reste plus rien d'elle hormis une vague odeur de rouille.

***

Je frappe à la porte de ma chambre.

— Rafi. C'est moi.

Après un silence interminable, sa voix demande doucement :

— Frey ?

J'ai les yeux qui piquent, une grosse boule dans la gorge. Ma première réponse n'est même pas un mot.

J'agrippe ma dernière grenade.

— Recule. Je vais faire sauter la…

La porte s'ouvre en coulissant.

Rafia se tient là, le visage radieux.

Elle porte la même robe qu'à notre seizième anniversaire – un dégradé de plumes qui passent de l'orange au rouge comme un lever de soleil, avec des rubis autour de la taille. Ses yeux sont mis en valeur par un nouveau collier de métal gris.

L'espace d'un instant magique, j'ai la certitude que l'équipe psychologique des Palafox s'est trompée. Je retrouve ma grande sœur – sûre d'elle-même, impeccablement coiffée, pomponnée jusqu'au bout des ongles.

Jusqu'à ce qu'elle me serre dans ses bras et que je la sente trembler contre moi, que je perçoive les battements affolés de son cœur.

Sa porte n'était même pas verrouillée. Elle était trop abattue pour s'enfuir.

Elle se détache de moi et pivote sur elle-même.

— J'ai mis ta robe préférée, petite sœur. Quand j'ai entendu les sirènes, j'ai su que tu allais venir.

J'arrive à peine à respirer.

— Tu es magnifique.

— Et toi, tu es… réelle. (Elle dit cela dans un murmure.) Il m'avait raconté que tu étais morte. Que j'avais perdu la moitié de moi-même.

L'intensité de son regard me fait rougir. Elle ne m'a pas manqué autant, à moi. J'étais trop occupée à parer au plus pressé. J'avais une guerre à mener, un garçon à découvrir.

Alors qu'elle était coincée dans cette chambre.

Derrière elle, je vois les murs réglés sur la même couleur que lorsque nous avions dix ans. Nos photos prises ensemble, effacées des serveurs de la maison mais accrochées au mur. Le chien en peluche dont le minuscule cerveau artificiel a su apprendre à nous distinguer, alors que notre père en a toujours été incapable.

La chambre me paraît plus petite qu'avant. Pas même assez grande pour une moitié de vie.

Rafi tend la main et touche ma cicatrice au-dessus de l'œil – notre cicatrice.

— Joli maquillage, me complimente-t-elle. Qui s'en est occupé ?

— Un ami.

— Tu as des amis maintenant, murmure-t-elle, ravie, jalouse et triste à la fois.

Après une si longue séparation, c'est une drôle de sensation de revoir mes traits sur son visage. Comme un logiciel de l'époque des Pretties qui me montrerait ce que le chirurgien allait faire de moi. Me rendre plus élégante, plus raffinée.

Plus fragile.

Elle examine le bout de son doigt – j'ai quelque chose de poisseux sur le visage. J'en ai aussi sur les mains et dans les cheveux.

— Naya, dis-je.

— Oh, ma pauvre Frey. Quand les sirènes ont retenti, je lui ai dit de s'enfuir. Je suis désolée qu'elle ne m'ait pas écoutée.

Je prends ma sœur par la main.

— Ce n'est pas ta faute. Viens.

***

Nous redescendons l'escalier jusqu'au centre médical.

Les commandos découvrent nos deux visages identiques avec stupéfaction – je retrouve cette expression éberluée que je connais bien. Comme s'ils n'avaient pas vraiment cru qu'il existait deux moi.

Rafi accueille nos visiteurs chez nous. Avec un hochement de tête hautain et un regard critique pour chacun. Je réalise alors la bande hétéroclite que nous formons. Les rebelles vêtus de peaux, Yandre avec son bras bandé, tous blessés d'une manière ou d'une autre.

Le Dr Leyva est le premier à retrouver l'usage de la parole.

— Nous avons contaminé la poussière de surveillance dans toute la ville. Et les réseaux sont sous notre contrôle. (Il jette un coup d'œil par la baie vitrée en miettes.) Mais il va falloir faire vite si nous voulons inverser le cours de la bataille.

Dans le ciel noir, le conflit semble s'épuiser quelque peu. On voit encore des traînées de lumière et de fumée, mais plus de cercles incandescents – les fusils à plasma des Palafox doivent être vides.

— Ce discours a plutôt intérêt à être bon, prévient le chef X.

— Un discours ? s'exclame Rafi en battant des mains. J'ai bien fait de m'habiller.

— Non, grande sœur. C'est moi qui vais parler.

Elle se redresse, plus impérieuse que jamais.

— Et que vas-tu dire exactement ?

— Que tu déclares un coup d'État contre lui. Que nous avons neutralisé la poussière de surveillance afin que l'armée et toute la population puissent se ranger derrière toi. Que c'est toi qui diriges à présent, et que tout va changer.

— Tu seras à la hauteur ?

Pendant un instant, je redeviens sa petite sœur. Mais je soutiens son regard.

— Oui, je suis prête.

Elle sourit.

— Je vais te dire une chose, Frey. Si nous voulons vraiment frapper un grand coup, je crois que nous devrions nous adresser à la ville toutes les deux.

Personne ne dit plus rien.

Je sens l'idée se mettre en place lentement dans mon cerveau. C'est la combinaison de tous nos plans. Nous allons tout enlever à mon père d'un seul coup – son pouvoir, sa ville, sa maison et ses secrets.

— Tu as raison, dis-je.

Le chef X lâche un rire rocailleux.

DISCOURS

Nous nous tenons côte à côte.

La caméra flotte au milieu de la pièce et nous cadre, Rafi et moi, devant la baie vitrée. Avec la bataille en toile de fond, il sera clair pour tout le monde que nous parlons en direct depuis la tour de notre père.

Un vent glacial balaie les fragments de verre, et des soldats de Shreve tentent de monter jusqu'à nous par l'escalier. D'autres essaient de s'approcher par l'extérieur avec leurs hoverboards. Nos commandos s'efforcent de les repousser au moyen d'un tir nourri.

Rien de tout cela ne semble affecter ma sœur.

J'avais presque oublié que la persuasion était son domaine, pas le mien.

Quand l'hovercam nous fait signe d'y aller, Rafi salue les habitants de Shreve. Elle leur annonce qu'elle a pris le contrôle de la tour. Puis elle tient la promesse qu'elle leur a faite la veille de mon départ et leur révèle notre secret.

— Comme vous pouvez le voir, dit ma grande sœur, je ne suis pas seule. Je ne l'ai jamais été.

J'ai la bouche sèche, tout à coup. J'ai l'impression de sentir peser sur moi le regard intrigué de deux millions de personnes. Qui nous comparent, ma sœur et moi. L'une en tenue de camouflage déchirée, les cheveux en pagaille, couverte d'une fine pellicule de sang. L'autre parfaite, comme toujours.

Une arme à double tranchant.

— Je veux vous présenter ma sœur jumelle, Frey. Mais en réalité, vous êtes nombreux à l'avoir déjà croisée, et vous avez tous eu l'occasion de l'acclamer. C'est elle qui prenait ma place en public, lors de mes sorties, chaque fois que j'aurais pu être en danger. Elle me protège depuis toujours. (Le ton de Rafi se durcit.) Parce que votre ancien dirigeant a élevé l'une de ses filles pour prendre une balle.

C'est étrange de l'entendre énoncer cela froidement. Il n'y a pas de visages choqués dans l'assistance. Pas de chiffres d'audience sur un écran oculaire. Rien que ma sœur qui expose la vérité toute nue devant l'objectif d'une hovercam.

— Depuis nos sept ans, Frey a été entraînée à tuer. Chaque jour, ses instructeurs l'ont malmenée sans que je puisse rien faire pour l'aider. (La voix de Rafi se brise, dans un mélange de sincérité et de comédie joliment jouée.) Et chaque fois que je sortais de notre bulle, je devais la chasser de mon esprit, faire comme si elle n'existait pas. Notre père m'a rendue complice de la souffrance de Frey – de son effacement – à chaque heure, à chaque instant.

Sa voix la trahit de nouveau, dévoilant à tout le monde ce que Col m'a appris à voir – à quel point elle a souffert intérieurement de devoir cacher mon existence. Mais elle continue sans digresser, sans marquer la moindre hésitation. Son discours est si parfait que je me demande si elle ne l'aurait pas préparé toute sa vie. Répété dans sa tête. Si elle n'en aurait pas rêvé dans son lit juste à côté du mien.

Dans l'attente de ce moment.

Cela valait la peine de tout risquer pour lui offrir cette occasion.

— Frey a su vous donner le change à tous, parce qu'elle est formidable. Mais elle ne méritait pas ça. Ce n'est pas normal.

Elle se tourne vers moi, et je réalise que c'est à moi de parler.

Rafi a déjà dit presque tout ce que j'avais préparé. Plus besoin de revenir sur mes vieilles fractures, les passages secrets ou Sensei Noriko. Il ne me reste plus qu'à parler de ce qui m'importe maintenant.

— Quand cette guerre a éclaté, notre père m'a sacrifiée. Je n'étais rien d'autre pour lui qu'un moyen de s'approprier plus de métal, de conquérir une ville et d'assassiner une famille chez elle.

Ma voix flanche. Non pas joliment, comme celle de Rafi, mais avec un frisson qui me traverse la poitrine.

— Quand il a envoyé ce missile sur la maison Palafox, il pensait me faire mourir avec eux. Il voulait paraître fort, implacable. La seule raison pour laquelle je suis encore en vie, c'est que l'une des personnes visées par mon père m'a aidée à m'échapper. Je dois la vie à Col Palafox.

Je me demande si Col me regarde. Le monde entier doit avoir les yeux rivés sur nous, à l'exception de ceux qui sont en train de se battre. J'espère qu'il n'en perd pas une miette.

— Col et son armée sont ici pour vous libérer. Cessez de les combattre, et attaquez-vous plutôt à votre véritable ennemi. Nous vous appelons solennellement, vous, les citoyens et l'armée de Shreve, à nous rejoindre. À rejeter mon père. Afin que Shreve puisse redevenir une ville normale.

C'est étrange. Je pensais prononcer ces mots avec la voix de Rafi. Mais finalement, je me sers de ma propre voix.

Et soudain, je sais comment conclure mon discours.

— Je n'ai plus à mentir pour mon père désormais. Je suis libre. Et cette liberté peut être la vôtre à vous aussi. Ce ne sera pas facile, mais la seule manière de reprendre le contrôle de votre vie, c'est de…

Toutes les lumières s'éteignent. L'hovercam roule sur le sol.

Le Dr Leyva apparaît à la porte de la salle de contrôle.

— Ils ont coupé le courant ! Nous ne pouvons plus rien faire !

Je me tourne face à la baie vitrée.

Dans le ciel nocturne, les explosions et les traînées de flammes se font plus rares. L'affrontement touche à sa fin. Une fois le fracas de la bataille retombé, les soldats de Shreve seront-ils encore prêts à prendre parti pour Rafia ?

Il n'y a plus d'armée victorienne pour faire pencher la balance. Juste une galaxie de feux de position qui virent dans le ciel, rompent le combat et foncent vers nous. L'armée de Shreve converge sur la tour.

Nous sommes intervenus trop tard.

— Nous ont-ils entendues ? je demande.

Le Dr Leyva, penché sur un écran portable, acquiesce de la tête.

— C'était sur tous les réseaux. La ville entière ne parle que de ça. Mais les gens vont avoir besoin de temps pour digérer la nouvelle. Et nous n'en avons plus beaucoup devant nous.

— Ma pauvre Frey, dit Rafi d'une voix douce. Croyais-tu vraiment qu'un seul discours suffirait à tout changer ?

— Je pensais simplement…

Mais je ne sais plus ce que je pensais.

— C'était un bon discours, m'assure-t-elle. Nous sommes parfaites ensemble.

Le chef X pose sa main sur mon épaule.

— C'était un début, mais maintenant il faut filer d'ici.

Je mets un moment à réaliser qu'ils sont tous en train de me regarder. Ils attendent la suite.

J'ai la tête qui tourne. L'étape suivante aurait dû être la victoire. Mais nous avons mis trop de temps à nous emparer de la tour, l'armée de Col était trop faible.

Il ne nous reste plus qu'à prendre la fuite. Alors que les balles sifflent autour de nous.

— On va passer par la salle des trophées, dis-je. Ils ne voudront jamais la faire sauter. C'est deux étages en dessous.

— On ne peut *pas* descendre ! crie Zura depuis la porte de l'escalier.

Des tirs illuminent les parois de la cage d'escalier derrière elle.

— Mais si, on peut.

Je presse le manche de mon couteau puis le laisse tomber.

Il frappe le sol avec un bruit strident, soulevant un nuage de poussière. Quand il me revient dans la main un instant plus tard, un trou béant s'est ouvert à mes pieds, d'où déborde de la mousse anti-incendie et des fils électriques crépitants.

— Moi d'abord, gronde le chef X.

Serrant sa lance à impulsions, il s'élance à travers le trou. Je le suis en m'accrochant aux bords pour me balancer et ne pas lui tomber dessus.

Je le retrouve en train d'affronter plusieurs drones, décrivant des arcs de cercle élégants avec son arme.

J'en pulvérise un avec mon couteau – puis celui-ci tombe par terre, inerte.

Son voyant de charge a viré au rouge.

Je me retrouve sans arme, mais Zura nous rejoint en tirant avec ses deux pistolets-mitrailleurs. Quelques instants plus tard, le neuvième étage est à nous.

Il en reste un à traverser.

— Faites un trou ici, dis-je au chef X.

Il découpe le plancher avec sa lance. Le temps que les autres nous rejoignent, nous sommes prêts à descendre au huitième.

***

La salle est sombre et silencieuse. Comme je m'y attendais, les troupes de notre père n'oseraient jamais déclencher une fusillade ici. Il n'y a rien de plus précieux pour lui que ses trophées.

Il s'agit principalement de portraits. Des tableaux de ses anciens alliés, ou anciens ennemis, des gens qui n'apparaissaient plus jamais sur les réseaux de propagande de Shreve. Des personnes effacées, qui n'existent plus que dans ce temple de la mémoire.

Notre père n'oublie jamais ses victoires.

On y trouve également des trophées de chasse – des têtes empaillées de cerfs, de sangliers ou de lions. Une centaine au moins, ainsi qu'un râtelier de fusils de chasse et d'hoverboards.

— Ces planches sont-elles chargées ? demande Zura.

— Toujours, en cas d'incendie. Pas les fusils, par contre.

— On s'en contentera.

Elle décroche un hoverboard du mur.

Pendant que les autres se laissent descendre de l'étage supérieur, je tâche de m'orienter. Cette salle est le petit plaisir coupable de notre père, à l'abri des regards inquisiteurs. Mais le mur extérieur devrait se trouver là, derrière ce portrait de…

Moi.

Frey.

Car ce n'est clairement pas un portrait de Rafi. Pas avec les cheveux en bataille, vêtue d'un survêtement et le couteau à la main. Avec une pellicule de sueur sur le visage et l'excitation du combat dans les yeux. Plus féroce que je n'aurais jamais cru l'être.

Notre père a déjà un portrait de moi dans sa salle des trophées.

Pourtant, il ne me croit morte que depuis quelques jours. Combien de temps faut-il pour peindre un portrait comme celui-ci ?

Ou bien était-il déjà prêt avant même mon départ pour Victoria ?

Puis je la remarque à son tour, accrochée juste en face de moi – Aribella Palafox.

L'artiste a su saisir son assurance, sa confiance en elle. Chaque coup de pinceau me rappelle à quel point c'était une femme formidable.

Mais elle est morte, alors que je suis toujours là.

Une voix grogne à mon oreille :

— Un jour, le portrait de ton père se retrouvera accroché ici à son tour.

Je me tourne vers le chef X. Son pelage est poissé de sang et il a un œil poché. Mais son expression est très humaine, très triste.

Je me demande si l'assassin – son dernier amour – figure parmi tous ces visages. Mais je me garde bien de lui poser la question.

Je ne suis pas prête à lui raconter ce que j'ai fait.

Sa lance bourdonne entre ses mains, et il la brandit avec une lueur inquiétante dans le regard. Pendant un instant, j'ai peur qu'il ne soit au courant de tout et ne s'apprête à me calciner sur place.

Mais il se contente de dire :

— Il faut y aller. Quel mur dois-je découper ?

COLLIER

Je décroche mon portrait du mur pour faire de la place au chef X.

Je ne veux pas qu'il soit détruit. Je veux que mon père puisse continuer à voir mon visage tous les jours, sachant que je suis encore dans les parages. Vivante, en train de me battre, de chercher de nouvelles manières de lui nuire.

La fille du tableau a l'air si farouche, si forte, que je veux qu'elle soit vraie.

Ma sœur me rejoint et découvre le portrait avec des yeux ronds.

— *Toi*, Frey ? C'est trop mignon. Ça veut dire qu'il pense à toi.

Je jette un regard circulaire sur la salle, sur tous ces visages disparus.

— Oui, pour m'accrocher là en compagnie de ses ennemis.

— Ne sois pas bête. Papa aime plus ses ennemis que ses amis. (Elle indique les toiles d'un geste vague.) D'abord, il sait quoi faire avec eux. On les accroche au mur avec les autres têtes empaillées.

Sa voix tremble. Je regarde dans ses yeux et j'y lis une forme de panique.

— J'ai toujours détesté cette pièce, avoue-t-elle en s'enveloppant dans ses bras. Ça me donne l'impression d'être dans sa tête, et c'est la seule chose qui soit pire que d'être dans sa famille. Tu as eu de la chance, tu sais, de ne pas être sa vraie fille. Je donnerais cher pour pouvoir te rendre ces vingt-six minutes d'avance.

— Je sais.

Je n'ai jamais été qu'un instrument, un outil jetable. Mais elle a dû jouer le rôle de sa fille pendant toutes ces années. Je détestais le fait d'être invisible, mais être vue n'était pas mieux. Au moins, je ne me suis jamais retrouvée seule dans une pièce avec lui.

Et si, pendant tout ce temps, elle me protégeait elle aussi ?

— Crois-tu qu'il a également un portrait de moi ? demande-t-elle. Rangé quelque part, prêt à être accroché ?

— Peu importe, Rafi. On s'en va. (Je lui prends la main.) Tout ira bien.

— Ça m'étonnerait.

— Les choses sont différentes dehors, Rafi. Beaucoup de personnes nous attendent, hors de sa portée. Tu ne seras plus jamais obligée de le revoir.

Sa voix se fait très douce.

— Je ne peux pas venir.

— Comment ça ?

Elle porte les doigts à sa gorge, touche son nouveau collier.

— Si je quitte la maison, ce truc se déclenchera.

Je fixe le bijou.

— Il t'a collé une balise ?

— Non. Une bombe.

***

Le trou est presque prêt.

Le chef X a découpé l'isolation et les câbles électriques. Seulement, le mur extérieur est en duracier. Trop résistant pour une lance à impulsions.

Zura est en train d'installer des charges explosives.

Les soldats de Shreve tiennent presque tout le bâtiment. Mais comme la poussière de surveillance est contaminée, ils ne savent pas où nous chercher, ni que nous sommes sur le point de creuser une sortie. Nous avons caché des grenades de proximité dans tout l'étage du dessus, et Yandre tient notre dernier fusil à plasma au creux de son bras au cas où un hovercar nous barrerait la route.

Reste le problème de ma sœur qui porte une bombe autour du cou.

— Alors ? dis-je au Dr Leyva.

Il consulte son écran portable.

— J'ai analysé rapidement le codage du collier. Il n'a rien de vraiment complexe.

J'acquiesce de la tête.

— Pourquoi se serait-il compliqué la vie ? Rafi n'a jamais été très douée en matière de technologie.

Elle me lance un regard mauvais.

— Je vous rappelle que Rafi est juste là, bougonne-t-elle.

— Le problème, reprend le Dr Leyva, c'est que je n'ai pas le temps d'examiner à fond la bombe elle-même.

— Ce qui veut dire… ? fais-je.

Rafi grommelle :

— Ce qui veut dire que ma bombe va devoir être désamorcée par l'auteur d'un réseau de *cuisine* !

— Un réseau de *science* de la cuisine, corrige le Dr Leyva, l'œil toujours rivé sur son écran. Ça fait maintenant un mois que je pirate des codes de Shreve. Je n'ai pas eu beaucoup de mal jusqu'ici. Mais avec un codage aussi simple, j'ai peur qu'il ne s'agisse d'un piège – qu'il y ait un détonateur mécanique caché dans le collier.

Il lève les yeux vers ma sœur.

— C'est quand même vous – *la princesse Rafia.* Vous êtes autrement plus importante que quelques panneaux solaires.

Rafi se racle la gorge.

— Donc, je suis coincée ici.

Il lui tend l'écran.

— Mon programme de piratage est prêt à être lancé. Il vous suffit d'appuyer sur ce bouton. Seulement…

— Seulement, ma tête risque d'exploser. Quelles sont les chances ?

Le Dr Leyva baisse son écran.

— Vous êtes mieux placée que moi pour le dire.

Je secoue la tête, gagnée par la colère.

— Si vous n'en savez rien, docteur, que voulez-vous qu'on en sache ?

Il écarte les mains.

— La question n'est pas la bombe – ce serait plutôt votre père. S'il l'avait voulu, il aurait pu réclamer un code qu'on ne puisse pas craquer en quelques minutes. Mais il s'est contenté de faire simple.

— Autrement dit ?

— C'est peut-être un piège pour éliminer Rafi au cas où elle tenterait de s'échapper. Ou peut-être qu'il a voulu limiter les risques, éviter qu'une ligne de codes défectueuse ne la tue par accident.

— Et vous n'avez aucun moyen de savoir si c'est l'un ou l'autre ?

— Eh bien, si nous avions deux heures devant nous…

Il se tourne vers Zura. Elle en a presque terminé avec ses charges. Le technicien survivant nous a préparé des planches. Yandre a son fusil à plasma sur l'épaule.

— Qu'en dis-tu, petite sœur ? me demande Rafi en touchant son collier. Crois-tu qu'il me tuerait plutôt que de me laisser partir ?

Tout ce que je sais à propos de mon père me revient en bloc. C'est comme si j'avais de l'acide dans les veines.

— Il ne supporte pas de perdre, Rafi, dis-je d'une voix tremblante. Si tu lui échappes, ce serait comme s'il perdait Seaman une deuxième fois. Il ne peut pas se le permettre.

— Il ne me tuerait jamais, affirme-t-elle.

Je m'approche d'elle.

— C'est ce que j'ai cru quand j'étais chez les Palafox. N'empêche qu'il a essayé quand même, parce que la seule chose qui compte pour lui, c'est de *gagner*. Désolée, Rafi. Je te promets que je vais revenir et que je...

Rafi prend l'écran portable des mains du Dr Leyva et presse le bouton.

Le collier s'ouvre avec un déclic.

J'ouvre des yeux ronds – soulagée, stupéfaite, un peu jalouse aussi.

— Désolée, petite sœur, s'excuse-t-elle avec un sourire compatissant. C'est injuste, je sais. Mais on dirait bien qu'il n'est pas encore prêt à me sacrifier *moi*.

DÉCLIC

Nous nous tenons debout sur nos hoverboards, prêts à décoller.

Les charges sont posées. Yandre a déjà pressé la gâchette d'activation de son fusil à plasma. Le chuintement de la batterie résonne dans la salle des trophées comme le sifflement d'une bouilloire.

Au-dessus de nous, les grenades de proximité explosent l'une après l'autre. Nos ennemis sont en train de nettoyer l'étage. En prenant tout leur temps…

Ils nous croient coincés ici.

Alors que nous attendons simplement une ouverture.

— La voie sera libre dans cinq, quatre, trois…, annonce le Dr Leyva, avant de secouer la tête. Non, attendez. Il y a un hovercar lourd qui s'approche.

Je gémis.

— *Arrêtez* de faire ça !

Le Dr Leyva hausse les épaules, penché sur son écran portable.

— Si tu crois que c'est facile…

Il est en train de consulter les réseaux fraîchement libérés de tous les citoyens de Shreve. Deux millions de personnes qui peuvent enfin diffuser ce qu'elles veulent, pour la première fois depuis l'accession au pouvoir de mon père.

La plupart d'entre eux couvrent la bataille, bien sûr. Des milliers d'individus se sont postés sur les toits, caméra braquée vers la tour et les détonations qu'on voit encore crépiter derrière les fenêtres.

Ils veulent tous savoir s'ils sont vraiment libres.

Ils ne le sont pas, car nous avons échoué.

Mais au moins j'ai réussi à sauver ma sœur.

Elle attend sur sa planche comme les autres, vêtue d'une combinaison de camouflage récupérée sur le cadavre d'un Special. Elle a réglé la couleur sur un noir intégral banal, auquel elle parvient malgré tout à donner une forme d'élégance.

Sa robe à plumes est soigneusement pliée dans un coin, avec son collier explosif posé dessus, comme un message d'adieu adressé à notre père.

Le chef X s'agite nerveusement sur sa planche immobile.

— Vous êtes sûrs de ne pas nous tuer tous en faisant sauter ce mur ?

— Ce sont des charges directionnelles à quatre-vingt-dix-huit pour cent, répond Zura. On peut se fier à la technologie victorienne.

— Quatre-vingt-dix-huit pour cent, grommelle le chef X avant de cracher sur le sol.

— Allons-y, docteur, presse Zura. On ne fait que leur donner plus de temps pour nous encercler.

Le Dr Leyva secoue la tête.

— En réalité, ils s'éloignent de la tour pour retourner vers la ville. Il y a des manifestations spontanées un peu partout – avec des feux d'artifice, des foules, comme à Victoria le jour de la Toussaint. L'armée a plus peur de ses propres citoyens que de nous !

— Je vous avais dit que c'était un bon discours, assène Rafi.

Je lui souris, mais en réalité je m'inquiète de ce qui arrivera à tous ces manifestants la semaine prochaine, quand la poussière de surveillance sera de nouveau en service.

Une seule nuit de liberté peut-elle vraiment changer quoi que ce soit ?

— Reste la question des soldats juste au-dessus de nous, rappelle Zura en levant les yeux vers le trou dans le plafond.

Des faisceaux de lampes torches se rapprochent du bord.

— Encore un engin lourd qui rompt le combat, annonce le Dr Leyva en consultant son écran. Ils abandonnent le champ de bataille. Il se passe quelque chose là-bas !

Je me redresse un peu sur mon hoverboard et me surprends à espérer brièvement.

Peut-être que les Victoriens avaient d'autres unités en réserve. Peut-être qu'ils continuent à se battre, et que la rébellion à Shreve aura le temps de…

Mais alors, je vois le Dr Leyva se décomposer.

— Oh non, dit-il doucement.

— Quoi encore ? s'exclame Zura.

Le Dr Leyva se tourne vers moi.

— Je suis désolé, Frey. Ça vient de sortir sur les réseaux. La raison pour laquelle la bataille a pris fin plus tôt que prévu – son hovercar a été abattu.

Je secoue la tête.

— De quoi est-ce que vous parlez ?

Il me tend l'écran.

— Cet engin lourd vient de le récupérer.

Je regarde fixement l'image qui tourne en boucle sur les réseaux.

Col Palafox.

Échevelé, en sang. Le regard vitreux, les poignets attachés dans le dos par des menottes en plastique. Encadré par deux soldats de Shreve.

Prisonnier de mon père.

— Pitié, non, dis-je.

Ma voix se brise. Rafi pose sa main sur mon épaule.

— Ma pauvre Frey. Tu étais si jolie dans ta veste rouge.

Je me tourne vers les autres, espérant un plan, un moyen de sauver Col. Yandre se détourne en lâchant un juron.

Seule Zura croise mon regard, avec une expression de haine absolue.

Elle doit se demander si Artura Vigil n'avait pas vu juste.

— Ce n'est pas ta faute, me glisse Rafi à l'oreille.

Pourtant, si. C'était mon plan.

Une détonation étouffée retentit à l'étage supérieur – l'explosion d'une grenade fumigène. Un épais nuage tourbillonnant descend jusqu'à nous par le trou dans le plafond.

— Docteur, insiste Zura. Il faut y aller, maintenant !

Le Dr Leyva donne son assentiment d'un hochement de tête. Chacun remonte sur sa planche.

Zura actionne le détonateur. Le mur explose dans un fracas assourdissant, projetant une pluie d'éclats métalliques sur les hovercars et les drones postés aux alentours. Le souffle de l'explosion me fait tituber en arrière.

Et la seule chose à laquelle je pense, c'est : *Ils sont en train de ramener Col dans cette tour.* Prisonnier.

Parce qu'il m'a écoutée, qu'il a suivi mon plan. Parce qu'il a sacrifié son armée pour ma sœur.

Les hoverboards décollent, leurs rotors au maximum de leur puissance. Le vent fait trembler les tableaux, soulève de la poussière et de la fumée dans toute la pièce.

Mon équipe s'élance au-dessus du vide, Yandre en tête, avec son fusil à plasma qui découpe les hovercars sur son passage.

Tous en camouflage noir, ils disparaissent aussitôt dans la nuit.

Le temps qu'ils remarquent mon absence, il sera trop tard pour faire demi-tour.

Je descends de ma planche. J'arrache ma combinaison de camouflage, mes gants et mon oreillette.

Frissonnant dans le vent froid qui s'engouffre par la brèche dans le mur, je m'approche de la robe que portait Rafi à notre seizième anniversaire. On n'en avait pas fait de copie pour moi. La fête ne concernait qu'une demi-douzaine d'amis – pas besoin de doublure.

Mais Rafi s'est souvenue combien j'avais aimé cette robe. Elle l'a portée pour moi ce soir.

Je l'enfile. Les fibres intelligentes se tendent sous les plumes ; nos corps ont évolué un peu différemment au cours du mois qui vient de s'écouler. Mais une fois en place, la robe épouse la forme de mes hanches et j'ai la sensation qu'elle a été faite pour moi.

Je cache l'écran portable du Dr Leyva derrière le portrait d'Aribella Palafox. Puis je referme le collier explosif autour de mon cou.

Clic.

Quand ils traîneront Col ici, je serai là. Prête à le libérer, à me battre pour lui. À le ramener à son frère et à ce qui reste de l'armée victorienne.

Tout ira bien.

Les commandos de Shreve sautent dans la salle des trophées une minute plus tard. Ils sont vingt, en armures complètes, armés de pistolets étourdissants et accompagnés d'une douzaine de drones de combat.

Ils me trouvent en train de me recoiffer.

— Vous arrivez trop tard, leur dis-je en prenant la voix de Rafi. Nos visiteurs sont déjà partis.

PÈRE

— Ton père va te recevoir, maintenant, m'annonce Dona Oliver.

Je lui adresse un soupir las et me lève en lissant ma robe. Voilà deux heures qu'il me fait patienter devant son bureau.

Comme c'est mesquin. Tout cela parce que j'ai aidé ma sœur à prononcer un petit discours. Qu'étais-je censée faire – la laisser se faire passer pour moi ?

Dona s'efface devant moi. On ne lit aucun soupçon dans son regard. Seulement la crainte de ce que mon père va me faire.

En ce qui me concerne, c'est surtout elle qui me fait peur. C'est elle qui nous a démasquées la dernière fois que nous avons changé de place, Rafi et moi.

Mais c'est une chose d'identifier deux jumelles que vous avez toutes les deux sous les yeux, c'en est une autre d'en reconnaître une en l'absence de l'autre. Et puis, qui irait croire que j'ai refermé moi-même ce collier explosif autour de mon cou ?

J'entends encore ce déclic.

La porte du bureau se referme derrière moi.

Pour la première fois de ma vie, je me retrouve seule en présence de mon père.

Assis à son bureau, il lève les yeux vers moi. Son regard s'arrête sur les vêtements que je porte.

J'ai passé la matinée dans le placard de Rafi, à me rappeler toutes les fois où je l'ai vue s'habiller. À m'efforcer de ne pas me perdre dans ce labyrinthe de tissus, de coupes et de tendances, sans négliger les règles de l'habillement formel, relâché, dînatoire ou créatif. En essayant de me convaincre que tout cela m'appartenait.

Seuls les plus beaux vêtements sont dignes de la première fille de Shreve.

Inspirée par la voix de Rafi, j'ai fixé mon choix sur une tenue classique – un chemisier blanc boutonné jusqu'au col avec une jupe foncée et des chaussures bien sages. Comme si je postulais pour un travail.

Mon père a la tête de quelqu'un qui n'a pas fermé l'œil de la nuit. Il est rentré directement de sa conférence pour la paix, bien sûr. Il a dû passer la nuit à remettre de l'ordre dans sa ville.

Il m'indique deux fauteuils disposés près de la fenêtre.

Nous nous asseyons ensemble, avec la ville de Shreve étalée devant nous. Les stigmates du combat noircissent la zone agricole, et les rues sont encore jonchées de débris après les manifestations.

Mais le bâtiment le plus sérieusement touché reste cette tour, dont un mur est désormais éventré. De la fenêtre de ma chambre, j'ai vu beaucoup de curieux lever les yeux vers le trou depuis le toit de leurs immeubles.

Au moins avons-nous réussi à lui donner l'air vulnérable.

— As-tu lu ce qu'on dit de nous ? me demande-t-il.

Je ne réponds pas tout de suite. Les réseaux de la ville doivent être en ébullition après notre discours d'hier soir. À ma place, Rafi aurait eu largement le temps de les consulter ; choisir ses vêtements ne lui aurait pris que quelques secondes.

D'un ton à la limite de l'impertinence, je réponds :

— Tu n'as pas encore repris le contrôle des réseaux ?

— Plus tard. Pour l'instant, je les laisse parler. Comme ça nous saurons de qui nous occuper en priorité quand la poussière sera revenue.

Je souris, mais sa logique me glace le sang. Combien de personnes ai-je pu mettre en danger avec mon appel à la rébellion ?

Mon père se penche en avant dans son fauteuil. Je n'avais encore jamais été si proche de lui.

— As-tu enfin compris ? (Il fait un geste vague en direction de la ville.) Frey a pu faire tout cela rien qu'avec une poignée de rebelles et les derniers partisans des Palafox. Elle t'a même obligée à prononcer ce… discours.

Il tremble de colère.

Mais pas contre moi. Contre ma petite sœur.

Pendant un instant, j'ai la tête qui tourne et je reste incapable de dire un mot. J'ai une centaine d'excuses toutes prêtes sur le bout de la langue. Je n'ai pas eu le choix. J'ai jugé préférable de me tenir devant la caméra, auprès de Frey, pour l'empêcher d'aller trop loin. Je savais que la bataille était gagnée.

Mais mon père m'a déjà trouvé toutes les excuses nécessaires.

— Nous avons trop bien formé ta sœur, nous l'avons rendue trop dangereuse. Vois-tu maintenant pourquoi j'ai essayé de la tuer au début du conflit ?

Il quête mon approbation.

Après le diagnostic de Col sur l'état mental de ma sœur, j'en avais presque oublié à quel point elle est forte. Pourtant, cela a toujours fait partie de son travail – faire en sorte que les gens la croient de leur côté, quels que soient les crimes commis par mon père.

Peut-être a-t-elle usé de la même magie sur moi.

— Frey n'est plus ma sœur, dis-je doucement. Elle a tué Naya sous mes yeux. C'était affreux, papa.

— J'en suis sûr. Tu m'en vois désolé, Rafia.

Il n'a pourtant pas l'air désolé. Plutôt ravi, quoiqu'un peu étonné de me voir me ranger si facilement de son côté.

Rafi lui aurait donné plus de fil à retordre.

Je passe le doigt le long de mon collier.

— Tu ne crois pas qu'il serait temps de me retirer ça ?

Son sourire s'estompe, et il plisse légèrement les paupières. Quand il me prend la main, je sens un frisson me descendre dans le dos.

C'est la première fois qu'il me touche.

— Sans mon petit cadeau, elle t'aurait emmenée avec elle. Il te protège contre elle.

Il estime que je devrais lui être reconnaissante pour son collier.

La phrase préférée de Rafi me revient en tête – *Ce n'est pas normal.*

Je hausse les épaules.

— Je suppose. Mais peut-être qu'elle nous laissera tranquilles, maintenant que tu as éliminé les derniers Palafox.

— N'y compte pas. Pas tant que nous aurons ce jeune homme entre nos murs.

Il fait un geste. La porte de son bureau s'ouvre, et deux personnes font leur entrée. L'une est un soldat. Pas un soldat de la Garde shrevienne en uniforme gris immaculé, mais l'un des commandos de la nuit dernière, en armure complète.

L'autre est Col Palafox.

COL

Je me tourne, me dérobe au contact de mon père et adresse à Col un regard blasé.

— Alors c'est lui, le garçon dont s'est amourachée ma petite sœur ?

Il est sale, même si on lui a essuyé le sang qu'il avait sur le visage. On a remplacé son uniforme victorien par une combinaison anonyme faite par un trou dans le mur. Elle ne lui va pas très bien, comme si on l'avait scanné avec les mains dans le dos.

J'ai quand même très envie de le serrer dans mes bras, de respirer son odeur.

Mon père rit doucement.

— Frey n'avait personne d'autre à qui le comparer. C'est peut-être notre faute, nous n'avons pas suffisamment fait son éducation.

Col me regarde fixement.

Pendant un instant, je m'attends à ce qu'il me reconnaisse. Comme s'il était censé *savoir* qui je suis en réalité.

Puis il a l'air horrifié de me voir. Comme s'il contemplait une mauvaise imitation de moi. Je lui avais promis que Rafia était de notre côté, et il la découvre en train de comploter avec notre père.

Je le regarde droit dans les yeux, en le suppliant de lire dans mes pensées.

Tout ira bien.

Sauf que non – parce qu'il porte un collier lui aussi. Pas un collier fin et élégant, comme le mien. Une chose sombre, épaisse, qui fait plutôt penser à un collier de chien.

— Je pensais d'abord le garder comme otage, explique mon père. Pour obliger les Victoriens à être bien sages. Mais à quoi bon, maintenant ? Ils n'ont plus d'armée.

— Donc nous allons le relâcher ? dis-je sur un ton désinvolte. En témoignage de bonne volonté ?

Mon père éclate d'un rire tonitruant.

— J'adore ton sens de l'humour, Rafia.

J'acquiesce de la tête, acceptant le compliment, comme toujours.

— Alors que va-t-on en faire ?

Mon père hausse les épaules.

— Nous allons montrer à ces manifestants comment nous traitons nos ennemis.

Je le dévisage sans comprendre.

— Et puis, pense à l'effet que cela aura sur Frey. Son exécution sera un coup terrible pour elle.

Son exécution.

Pendant un instant épouvantable, la pièce s'assombrit autour de moi. J'imagine un portrait de Col accroché dans la salle des trophées en face de celui de sa mère. Mon cœur cogne furieusement dans ma poitrine.

Mon père plisse les yeux.

— Qu'y a-t-il, Rafia ?

Je prends une grande inspiration, le temps de trouver une réponse.

— Une exécution, papa ? dis-je d'une voix tremblante. Sur les réseaux ? Que vont penser les autres villes ?

Il pousse un soupir désabusé.

— Il est trop tard pour nous soucier de notre réputation. Après le discours de ta sœur, elle ne vaut plus rien.

— Mais s'il y avait un moyen de réparer les choses ? De faire en sorte que tu gardes le contrôle de Victoria ?

Il me regarde avec lassitude, comme s'il avait déjà imaginé et repoussé une centaine de plans pour se réhabiliter.

— À quoi penses-tu, ma chérie ?

Je ne sais pas quoi lui dire. Je ne sais pas comment sauver quelqu'un avec des mots. Je ne comprends que les armes improvisées, les défauts de la cuirasse, le combat jusqu'à la mort.

Je ne connais que la guerre.

Je me lève et me tourne vers Col, le regard implorant. Il m'observe d'un air intrigué, comme s'il se demandait pourquoi j'essaie de le sauver.

Nos regards se croisent, l'air se charge d'électricité…

Et la solution m'apparaît.

— Et si Col Palafox cessait d'être ton ennemi, ou même ton prisonnier ? S'il devenait ton fils ?

Je me tourne vers mon père, retroussant les lèvres en un rictus cruel.

— Et si tu me le donnais, au lieu de le tuer ?

Il y a un moment de silence. Les émotions se succèdent sur le visage de mon père, trop rapides pour pouvoir les interpréter.

J'ai l'impression de sentir la tour basculer autour de nous, brisée par les explosions de la nuit dernière. Brisée par toutes les erreurs que j'ai commises.

Mon père finit par murmurer :

— Une alliance de sang.

— Les citoyens victoriens n'auraient plus de raison de résister. Teo Palafox n'aurait plus de légitimité à revendiquer Victoria. Et les autres villes tiendraient l'excuse idéale pour recommencer à nous acheter notre métal.

Un rire caverneux s'échappe de mon père. Puis il secoue la tête.

— Personne n'y croirait, à moins de diffuser le mariage sur les réseaux. Tu ne vas quand même pas lui mettre le couteau sous la gorge pour l'obliger à te dire oui ?

Je me tourne vers Col et lui caresse le bras. Il frissonne à mon contact.

Tout ira bien.

— J'arriverai bien à le convaincre, père. Tu sais à quel point je peux me montrer têtue quand je veux quelque chose. Inébranlable.

Le visage de Col s'éclaire brièvement ; il a compris. Puis il se reprend et se détourne de moi d'un air bravache.

Je me penche vers mon père, comme pour lui murmurer une plaisanterie.

— Lui et moi, mariés... Imagine un peu la tête que fera la pauvre Frey.

Mon père rit encore plus fort, se lève de son fauteuil et me serre dans ses bras. C'est notre premier câlin. Je n'avais encore jamais connu ces sensations : sa chaleur, sa masse, son *appétit* insatiable.

C'est là que le reste de mon plan se met en place.

La nuit où je m'échapperai de cette tour, je tuerai mon père de mes propres mains.

Ouvrage composé par
PCA – REZÉ

Achevé d'imprimer en septembre 2019
par Normandie Roto Impression s.a.s.
61250 Lonrai
N° d'imprimeur : 1903690
S28385/01

Imprimé en France

PKJ. www.pocketjeunesse.fr
• POCKET JEUNESSE

MIXTE
Papier issu de
sources responsables
FSC® C003309
FSC www.fsc.org

Pocket Jeunesse, une marque d'Univers Poche,
est un éditeur qui s'engage pour
la préservation de l'environnement
et qui utilise du papier fabriqué à partir
de bois provenant de forêts gérées
de manière responsable.